ALLER LASTER ANFANG

Klaus Rabe

ALLER LASTER ANFANG

Technik, Geschichte und Geschichten

Weltbild Verlag

Der Autor

Klaus Rabe, 1953 in Brakel/Westfalen geboren, hat bei „auto motor und sport" gearbeitet. Heute ist er freier Journalist, Schriftsteller und ambitionierter Sammler alter Nutzfahrzeuge.

Genehmigte Lizenzausgabe für
Weltbild Verlag GmbH, Augsburg 1992

Lektorat: Dr. Gerhard Wiese, Stuttgart
Einbandgestaltung: Wolfgang Rühle und Jürgen Peters
Gesamtherstellung: westermann druck GmbH, Braunschweig

ISBN 3-89350-058-8

Inhalt

Die Anfänge: Erste Versuche mit Dampf, Leuchtgas, Benzin und Elektrizität

Angefangen hat alles Ende des achtzehnten Jahrhunderts. In den frühen Jahren der Industrialisierung wurde der Dampf neben der Muskelkraft zur wichtigsten Energiequelle. Die zunächst reichlich monströsen Dampfmaschinen, die zuerst in Bergwerken in England ihren Dienst taten, ließen sich nach und nach auch auf handliche Proportionen bringen. Da lag es natürlich nahe, solch eine Maschine auch als Antrieb einer Kutsche auszuprobieren.

Was den Bauern und Handwerkern um 1800 eher wie Teufelswerk vorkam, hatte für die damaligen Konstrukteure einen ungeheuren Reiz; skurrile Ideen waren an der Tagesordnung. So baute der Engländer William Symington einen Anhänger mit Dampfantrieb, der eine Postkutsche vor sich her schob. Die Pferde konnten in diesem Fall im Stall bleiben. Schon etwas zuverlässiger zeigten sich die sechsrädrigen Dampfbusse des Sir Goldsworthy Gurney, die nach Art heutiger Sattelschlepper aufgebaut waren und Hinterradantrieb besaßen. 1828 liefen die Ungetüme schon im Londoner Stadtverkehr.

Auf längere Strecken wagte sich ab 1832 Dr. William Church mit seinen Dampfomnibussen. Die bunt bemalten Wagen boten Platz für insgesamt 52 Passagiere und verkehrten regelmäßig zwischen London und Birmingham. Dabei bewegten sie sich aber eher behäbig voran. Ein strammer Fußgänger konnte ohne weiteres mithalten.

Der Konkurrent des Dr. Church, ein Walter Hancock, konnte zur selben Zeit auf der gleichen Linie schon mit wesentlich schnellerem Service dienen. Seine Busse boten zwar nur achtzehn Fahrgästen Platz, erreichten aber eine für damalige Zeiten sensationelle Höchstgeschwindigkeit von 25 Stundenkilometern. Von den Dampfern, die Hancock auf die hohen Räder stellte, gingen einige sogar ins Ausland.

Laster auf Tournee

1901, ein Jahr bevor Gottlieb Daimler den Betrieb übernimmt, präsentiert die Allgemeine Motorwagen-Gesellschaft aus Berlin-Marienfelde ihren Laster stolz in St. Petersburg, dem späteren Leningrad. Die historische Kulisse bildet der „eherne Reiter", das 1782 enthüllte Standbild Peters des Großen.

In England war es mit der Expansion der Dampfbus-Unternehmen nach ein paar Jahren aber auch schon wieder vorbei. Die Eisenbahngesellschaften, die zum englischen Königshaus und auch zu den lokalen Behörden wesentlich besseren Kontakt hatten als die freien Busunternehmer, empfanden den Liniendienst auf der Straße als Konkurrenz. Sie setzten 1836 ein Gesetz durch, den sogenannten Locomotive Act, wonach vor jedem Dampfmobil ein Mann mit einer roten Fahne herlaufen mußte. Die Dampfer-Kapitäne hatten ihre Geschwindigkeit dem Fahnenschwinger anzupassen und verloren damit natürlich bei den Reisenden an Attraktivität. Einzig die Schotten kümmerten sich nicht so sehr um die Gesetze aus London. Zwischen Edinburgh und Leith verkehrte 1868 der erste doppelstöckige Omnibus mit Dampfantrieb.

Das Wachstum der Industrie schafft Transportprobleme

Die industrielle Revolution ließ sich auf die Dauer jedoch durch Gesetze nicht aufhalten. Kohleförderung und Stahlproduktion stiegen ständig, und wer sich als Bauer von seinem Acker nicht mehr ernähren konnte, zog in eine der größeren Städte, wo Industrien errichtet und neue Arbeitsplätze geschaffen wurden. Transportprobleme waren plötzlich ein brennendes Thema. Rohstoffe und Halbfabrikate mußten zur Weiterverarbeitung über längere Strecken transportiert werden, die Unternehmer suchten Absatzmärkte nicht nur in der näheren Umgebung, und die in den Industriezentren sich ansiedelnden Arbeiter mußten mit Nahrungsmitteln und anderen Gebrauchsgegenständen des täglichen Lebens versorgt werden.

Mit Pferdefuhrwerken, seit Jahrhunderten wichtigstes Transportmittel, konnten die neuen Aufgaben nicht mehr erfüllt werden, und auch die Flußschiffahrt stellte, zumal sie regional begrenzt war, nicht genügend Transportkapazität zur Verfügung. Kein Wunder also, daß das Eisenbahnnetz im vergangenen Jahrhundert sehr schnell ausgebaut wurde. 1835 verkehrte der erste Zug in Deutschland, gezogen von der Lokomotive »Adler«, zwischen Nürnberg und Fürth, und knapp vierzig Jahre später, 1871, gab es im Deutschen Reich schon ein Schienennetz von über 21000 Kilometern Länge. Knapp die Hälfte davon befanden sich noch im Besitz privater Gesellschaften, den Rest besaß oder kontrollierte der Staat.

Nach der Reichsgründung 1871 erlebte Deutschland einen deutlichen technisch-ökonomischen Aufschwung. Aus einem Konglomerat von konkurrierenden Kleinstaaten war ein einheitlicher Staat geworden, und weil damit beispielsweise auch die Zollschranken fielen, wurde der Handel in einem regional wesentlich ausgedehnteren Gebiet möglich. Die Eisenbahn hatte trotz aller Vorteile allerdings auch strukturelle Probleme: Ihr Netz erreichte im wesentlichen nur die industriellen Schwerpunkte. Es fehlte ein Transportmittel, das auch die abgelegenen Gebiete mit den rasch wachsenden Städten verband. Im Schatten der Bahn gingen deshalb die Experimente mit pferdelosen Fahrzeugen weiter. Selbstfahrende Dampfmaschinen wurden besonders in England populär. Sie zogen Anhänger und Pflüge und wurden stationär zur Stromerzeugung eingesetzt.

Apropos Strom: Es war selbstverständlich, daß man die Elektrizität zum Betrieb von Fahrzeugen einzusetzen suchte. Allerdings stieß man schon damals auf ein Problem, das heute noch nicht gelöst ist: Strom läßt sich nicht auf handliche Weise speichern. Elektro-Pionier Werner (von) Siemens (1816–1892) hielt denn auch seinen stromgetriebenen Bus an kurzer Leine. 1882 präsentierte er in Berlin den ersten O-Bus. Auf einer Strecke von rund 500 Metern hatte er mit Holzmasten eine Oberleitung verlegt, über die die beiden Motoren des Fahrzeugs mit Strom versorgt wurden.

Pioniere des deutschen Automobilbaus

Für wirklich zukunftsweisende Entwicklungen sorgten indes Nikolaus August Otto (1832–1891), Gottlieb Daimler (1834–1900), Wilhelm Maybach (1846–1929) und Carl Benz (1844–1929).

Der Lebensmittelvertreter Otto, geboren in einem verträumten Nest im Taunus, suchte seit geraumer Zeit nach einer einträglichen Beschäftigung, da er heiraten wollte. Als er Wind von den Experimenten eines Belgiers namens Jean Joseph Etienne Lenoir (1822–1900) bekam, der in Paris an einem Gasmotor arbeitete, witterte er seine große Chance. Lenoir hatte versucht, einen Motor mit Leuchtgas zu betreiben, und Otto wollte diesen Gedanken weiter verfolgen. Zusammen mit dem Kölner Geschäftsmann Eugen Langen gründete er am 31. März 1864 die Kommanditgesellschaft N. A. Otto & Co. Mit Langens Geld und Beziehungen präsentierte Otto 1867 seinen noch unfertigen Motor auf der Pariser Weltausstellung – und erhielt für die Maschine eine Goldmedaille. Nach der Anerkennung in Paris ließ auch der wirtschaftliche Erfolg nicht länger auf sich warten. In der Kölner Firma, die ab 1872 Gasmotorenfabrik Deutz, Aktiengesellschaft hieß, wurden die inzwischen etwas ausgefeilteren Motoren schließlich in größeren Stückzahlen für die Industrie gebaut.

Im selben Jahr, 1872, nahm der schwäbische Bäckerssohn Gottlieb Daimler in Deutz bei Köln nach längerem Verhandeln eine Stelle als Technischer Direktor an. Der gelernte Büchsenmacher und Absolvent des Stuttgarter Polytechnikums traf dort seinen Freund Wilhelm Maybach wieder. Während sich die beiden Schwaben gut verstanden, kam es zwischen den in der Kölner Firma gleichberechtigten Herren Daimler und Otto immer wieder zu Spannungen. Erst als Nikolaus Otto seine schon früher gehegte Idee des Viertaktmotors wieder aufnahm und eine Maschine baute, die durch eine dosierbare Luftzufuhr und einen optimal abgestimmten Zündzeitpunkt wesentlich ruhiger und zuverlässiger lief als alle bis dahin gebauten Maschinen, vergaß auch Gottlieb Daimler seinen Ärger und beteiligte sich an der Entwicklung dieses ersten Otto-Motors, auf dessen Prinzip alle heutigen Benzinmotoren – mit Ausnahme des Wankelmotors – basieren, und der für die Gasmotorenfabrik Deutz (heute Klöckner-Humboldt-Deutz AG) ein Riesengeschäft wurde.

Da man jedoch mit den Verbrennungseigenschaften des Leuchtgases, das hart und schwer kontrollierbar verpuffte, nie so recht zufrieden war, stellte der Konstrukteur Wilhelm Maybach Versuche mit einem Benzinmotor an. Gottlieb Daimler kümmerte sich indes besonders in Rußland um Außenhandelsbeziehungen der Firma. Die Kölner kamen mit dem eigensinnigen Schwaben aber nicht zurecht. 1882 schließlich kehrte Daimler nach rund zehn Jahren Mitarbeit der Deutzer Fabrik den Rücken. Sein Freund Wilhelm Maybach kündigte kurz darauf ebenfalls. Im heutigen Stuttgarter Stadtteil Bad Cannstatt erwarb Daimler eine Villa. Auf dem großzügigen Anwesen stand auch ein Gartenhaus, das dem Konstrukteur fortan als Werkstatt diente. Von der neuen Funktion der Laube wußten die Nachbarn allerdings nichts. Die Fenster des Häuschens waren Tag und Nacht verhängt. Nur der Lärm, der aus der Hütte drang, war nicht zu überhören.

Gottlieb Daimlers »Standuhr«

Es dauerte noch rund zwölf Jahre, bis Daimler sein Ziel erreicht hatte. Im Januar 1884 stellte der Stuttgarter Glockengießer Wilhelm Kurtz nach Daimlers Plänen einen Motor fertig,

Präsentation in Paris

Gottlieb Daimler (rechts) stellt zusammen mit seinem engsten Mitarbeiter Wilhelm Maybach (zweiter von rechts) auf der Pariser Automobilausstellung 1889 einen Fünftonner-Lastwagen mit Zweizylindermotor vor.

der unter dem Namen »Standuhr« in die Geschichte einging. Die Maschine – sie steht heute im Deutschen Museum in München – war der erste befriedigende Schnellläufer. Er erreichte 900 U/min, leistete bei einem Gewicht von nur 40 Kilogramm ungefähr ein PS. Außerdem vertrug er das damals nur in der Apotheke verkaufte Benzin ausgezeichet. Der handliche Motor bot sich als Fahrzeug-Antrieb geradezu an, 1885 war es dann soweit: Gottlieb Daimler besorgte sich beim königlichen Hoflieferanten für Wagenbau, Wimpf, in Stuttgart, eine Kutsche, baute seinen Motor ein und unternahm mit seinen Söhnen und Freund Maybach erste Testfahrten. Das Automobil war geboren.

Wer nun den ersten Lastwagen mit Verbrennungsmotor auf die Räder stellte, läßt sich nicht mit absoluter Sicherheit klären, zumal es bei den Autos der allerersten Generation aus heutiger Sicht gar nicht leicht fällt, zwischen Nutzfahrzeugen und Personenwagen zu unterscheiden. Erst als die Autos um die Jahrhundertwende eine spezifische Form bekamen, die die Herkunft von der Pferdekutsche allmählich vergessen ließ, entwickelte sich auch eine

eindeutige Lastwagenform. Immerhin stellte Gottlieb Daimler 1896, zehn Jahre nach seiner Auto-Premiere, eine erste Lastwagen-Baureihe vor. In einem zeitgenössischen Prospekt wurden gleich vier unterschiedliche Typen angepriesen. Ihre Motorenleistungen betrugen vier, sechs, acht und zehn PS*, und sie boten entsprechende Nutzlasten von 1500, 2500, 3750 und 5000 Kilogramm. Der kleinste kostete damals 4600 Reichsmark; für den Fünftonner waren hingegen 7730 Mark aufzubringen – für damalige Verhältnisse ein Vermögen.
»Die Triebkraft liefert der neue Daimler-Motor »Phoenix«, betonte ein Prospekt, »dessen für Fahrzeugbetrieb besonders berechnete, zweckmäßige Konstruktion in jeder Hinsicht unerreicht ist!« Über den Antrieb war da zu lesen, die Kraft werde »mittelst eines neuartigen Riemenantriebs auf ein Vorgelege und von dort mittelst Zahnrädern auf die Lauf- beziehungsweise Triebräder übertragen«. Ein Riemen-Wechselgetriebe, bei welchem die einzelnen Riemen per Handhebel durch Spannrollen ein- und ausgerückt wurden, sorgte für vier Fahrgeschwindigkeiten zwischen drei und zwölf Stundenkilometern.
Mit vier Gängen bewegten sich die ersten Daimler-Laster also vorwärts. Schon ein Jahr später verbesserte man das Typenprogramm im Rahmen der Modellpflege. Die vier Lkw-Ausführungen wurden schwerer und erreichten Spitzengeschwindigkeiten von sechzehn Stundenkilometern. Ein Wermutstropfen: Die Preise wurden auch gleich angehoben.

** Es erscheint uns im Zusammenhang dieser historischen Darstellung nicht angebracht, die PS-Leistung zusätzlich in der heute vorgeschriebenen Maßeinheit Kilowatt (kW) auszudrücken. Die kW-Zahl läßt sich errechnen durch Multiplikation der PS-Zahl mit 0,7355.*

Für den deutschen Autofahrer gab es ab 1898 auch schon eine Fachzeitschrift. »Der Motorwagen« – so hieß das Blatt – widmete dem Daimler-Lastwagen eine längere Betrachtung: »Die Verwendung von Motorwagen zum Transport von Waren und auch von schweren Gütern und Materialien beginnt sich in den verschiedenen Ländern Bahn zu brechen. Die Daimler-Motoren-Gesellschaft hat schon seit über einem Jahr verschiedene Wagen für Gütertransporte ausgeführt, welche sich bewährt haben, und zu Nachbestellungen Veranlassung gaben . . .«

Daimler-Nachbauten im Ausland

In der Tat hatten Daimlers Motoren im In- und Ausland allerhand Freunde gefunden. Auf der Weltausstellung 1889 in Paris hatten schon zwei Franzosen, René Panhard und Emile Levassor, die eine Firma für Maschinen zur Holzbearbeitung besaßen, Gefallen an Daimlers Stahlradwagen gefunden. Levassor besorgte sich die Lizenz, Daimlers Motoren und Autos in Frankreich bauen zu dürfen. 1891 war der erste Panhard-Wagen serienreif und noch bevor Patentgeber Diamler selbst überhaupt einen Wagen in Deutschland verkauft hatte, fand Levassor die ersten Kunden. Schon 1893 boten die Franzosen einen leichten Omnibus und einen Lieferwagen an. Einer Preisliste von 1895 ist zu entnehmen, daß für 5500 Francs damals auch schon ein Lastwagen zu bekommen war. Auch Armand Peugeot, ein französischer Industrieller aus Montbéliard, der schon seit einigen Jahren Dampfautos baute, kam über Panhard und Levassor auf den Geschmack. Ab 1894 baute er Autos mit Benzinmotoren nach dem Daimlerschen Patent. Die Zweizylinder-V-Motoren mit 1,6 Litern Hubraum fanden in diesen frühen Tagen des Automobils hin und wieder auch schon in leichten Lieferwagen Verwendung.

Während die Franzosen der neuen pferdelosen Kutsche weitaus aufgeschlossener gegenüberstanden, schlug den Autopionieren im deutschen Kaiserreich Unverständnis, wenn nicht gar Feindseligkeit entgegen. Konservative und restaurative Denkweisen waren tief verwurzelt. Revolutionäre Problemlösungen – sowohl auf politischem wie auch auf technischem Gebiet – stießen bei Teilen des deutschen Bürgertums, die sich eher an aristokrati-

Kutsche ohne Pferde

Die erste deutsche Omnibus-Linie wurde 1895 auf der Strecke Siegen-Netphen-Deuz eingerichtet. Für die fünfzehn Kilometer benötigte der Benz-Bus, der eher einer Kutsche glich, eine Stunde und zwanzig Minuten. Nach nur knapp einem Jahr scheiterte der Versuch an vielen technischen Unzulänglichkeiten.

schen Traditionen orientierten, auf massives Mißtrauen. Zwar hatte Carl Benz, der in Mannheim völlig unabhängig von Gottlieb Daimler an einem Motorwagen arbeitete, am 29. Januar 1886 das Deutsche Reichspatent Nr. 37 435 für Fahrzeuge mit Gasmotorenantrieb erhalten, aber er wurde jahrelang von mißtrauischen Behörden in seiner Entwicklungsarbeit behindert. Erst 1893 bekam er eine allgemeine Genehmigung zum Befahren der

öffentlichen Wege im Großherzogtum Baden. Wilhelm Maybach wurde sogar 1887 nach der Vorführung eines Motorbootes beim Frankfurter Regattaverein kurzfristig verhaftet. Die Obrigkeit hatte das Spektakel vorher mit der Begründung verboten, der »mit Benzin vollgepumpte Kahn« müsse ganz zwangsläufig in die Luft fliegen.

Und dennoch setzte dann 1885 schließlich bei der Rheinischen Gasmotorenfabrik von Carl Benz der Aufschwung ein. In diesem Jahr wurden insgesamt 135 Fahrzeuge verkauft. Ein Jahr zuvor konnte Benz den ersten Lieferwagen an den Mann bringen. Ein Kaffee-Händler nutzte den Mini-Laster zur Betreuung seiner Kunden.

Eine Omnibuslinie im Siegerland

Den ersten Versuch, eine Omnibuslinie mit Fahrzeugen des Hauses Benz einzurichten, starteten einige Bürger im bergigen, ländlichen Siegerland. Probleme mit dem Personentransport gab es in der Gegend, in der damals schon allerhand Metallindustrie aus dem Boden gestampft worden war, reichlich. So sollte denn der Postkutschendienst durch Motorwagen ersetzt werden. Im Dezember 1894 gründete man, ohne auf entsprechende Erfahrung zurückgreifen zu können, die Netphener Omnibus Gesellschaft. In Mannheim bei Carl Benz besorgten sich die Gesellschafter für 6000 Goldmark einen Bus für zwei Fahrer und acht Passagiere. Der Ausdruck Omnibus im heutigen Sinne (lat.: für alle) paßte eigentlich nur sehr bedingt auf das von einem fünf PS starken Motor getriebene Fahrzeug. Es glich auf den ersten Blick einer Postkutsche. Carl Benz hatte einen Landauer umgebaut und ihm im Heck einen Motor verpaßt. Die Siegerländer waren dennoch stolz auf ihr modernes Verkehrssystem. In der Lokalzeitung wurde der Fahrplan veröffentlicht, nach dem ab Montag, den 18. März 1895, auf der Strecke Siegen – Netphen – Deuz und zurück der Bus verkehrte. Fahrgäste hatten für eine Strecke siebzig Pfennige zu entrichten. Als Haltestellen dienten – ein sympathischer Zug – die Gaststätten am Wege.

Von allen, die mit dem schönen Netpherlande Verbindung unterhalten, ist es von jeher, und mit der Vermehrung der gegenseitigen Beziehungen zwischen hüben und drüben, erst recht mißlich empfunden worden, daß der Verkehr mit jener Gegend bisher nur schwer aufrecht zu erhalten war, stand im Lokalblatt zu lesen, ... so wird die neue Fahrgelegenheit ohne Zweifel vielseitig benutzt und auch von solchen gern wahrgenommen werden, die zu einem beliebigen zwischen den Endzielen der Fahrt gelegenen Bestimmungsorte gelangen wollen. Mit einem Wort, die neue Verkehrseinrichtung hilft einem äußerst stark hervorgetretenen Bedürfnisse ab und wird sich deshalb gewiß in der erwünschten Weise rentieren.

Siegen und Netphen lagen aber nicht etwa durch Welten getrennt, sondern nur fünfzehn Kilometer auseinander. Für die Strecke benötigte der Benz-Bus allerdings eine Stunde und zwanzig Minuten, zumal kräftige Steigungen zu überwinden waren. So rentierlich wie sich die Busunternehmer das vorgestellt hatten, erwies sich der Betrieb dann doch nicht. Die leichten, auf schmalen hohen Rädern stehenden Motorkutschen kamen bei nassem Wetter auf den von schweren Pferdefuhrwerken ausgefahrenen Wegen kaum voran. Schließlich wurden die filigranen Räder mit Hartgummibereifung durch breitere Eisenwalzen ohne Profil ersetzt, die allerdings weitaus weniger Bodenhaftung besaßen. Dazu kamen technische Probleme: Die Busfahrer kamen mit der Wartung der Motoren nicht zurecht. Die erste deutsche Omnibuslinie überlebte jedenfalls den Winter 1885 nicht. Die Netphener Omnibus Gesellschaft schrieb rote Zahlen und Carl Benz nahm seine Omnibusse – zwei waren geliefert worden – nach Mannheim zurück.

Ein weiterer Omnibus-Versuch mißlingt

Nicht viel besser ging es beim zweiten Versuch, in Deutschland eine Buslinie einzurichten. Mit der dreißig Kilometer langen Strecke zwischen Künzelsau und Bad Mergentheim im nördlichen Württemberg hatte man sich wieder eine Straße ausgesucht, die für ein solches Pilotprojekt denkbar ungeeignet war. Die Motorwagen-Betrieb Künzelsau Mergentheim GmbH, gegründet 1898 mit einem Grundkapital von 22 500 Mark, hatte sich für Fahrzeuge der Cannstatter Firma Daimler ent-

Motorisiert ins Grüne *Die Königlich Bayerische Post griff im Jahre 1905 schon auf recht zuverlässige Fahrzeuge aus preußischer Produktion zurück. Der Marienfelder Daimler-Omnibus bot gepolsterte Sitze und für schlechtes Wetter ein Faltverdeck.*

schieden. Eine Probefahrt über die kurvenreiche Strecke, an der der Konstrukteur selbst teilnahm, verlief zur Zufriedenheit aller. Im Alltagsbetrieb hatten die Schwaben dann allerdings die gleichen Probleme wie ihre Vorgänger in Siegen. Aufgeweichte Straßen machten den Motorkutschen zu schaffen. Die von den Behörden genehmigte Höchstgeschwindigkeit von zwanzig Stundenkilometern wurde selten erreicht. Auch klappte die Benzinversorgung nicht so recht. Die Apotheken konnten von dem plötzlich begehrten Brennstoff nicht so viel heranschaffen, wie benötigt wurde.

Abschreckend auf die potentiellen Kunden der Buslinie wirkte ein Vorfall, der sich schnell herumsprach. In einer der zahlreichen Kurven hatte der Fahrer das hohe Gefährt nicht mehr rechtzeitig bremsen können. Hätte sich nicht ein Hinterrad der Kutsche an einem Baum verhakt, wäre sie mitsamt ihren Passagieren einen dreißig Meter tiefen Hang hinabgestürzt. Im Sommer 1899 gab auch diese Bus-Gesellschaft auf.

Wesentlich erfolgreicher verliefen dagegen verschiedene Liniendienst-Versuche in größeren Städten. Die Londoner Motor Car Company kaufte 1898 in Cannstatt über Daimlers englischen Lizenznehmer Frederick Simms einen zwölf PS starken Omnibus für zwanzig Personen. Mit diesem Fahrzeug machten die Briten erste Versuche. Man schien zufrieden zu sein, denn im Oktober 1899 liefen in London zwei Linienbusse, deren Motor ebenfalls von Daimler stammte. Rahmen und Aufbau hatten allerdings heimische Firmen gebaut.

In Stockholm gab es zur selben Zeit Ärger um einen Daimler-Bus. Zwar lief das Fahrzeug recht zuverlässig, aber die Eisenräder des beladen bis zu fünf Tonnen wiegenden Gefährts machten auf dem Katzenkopfpflaster der schwedischen Hauptstadt einen derartigen Lärm, daß sich die Bürger, die an der Strekke wohnten, heftig beschwerten. Schließlich wurde er an eine Zukkerfabrik verkauft, die die Kabine abriß und einen Lastwagenaufbau auf das Chassis montierte. Im Dienste dieser Fabrik lief das gute Stück noch bis in die Mitte der zwanziger Jahre unseres Jahrhunderts.

In Speyer entstand kurz vor der Jahrhundertwende ebenfalls eine Linie mit Daimler-Wagen, die immerhin bis 1910 durchhielt und auch die Postbeförderung übernahm. Vielleicht hätte sie noch länger überlebt, hätte ihr nicht eine neue Lokalbahn die Kunden abspenstig gemacht.

Ermutigt durch den Verkauf eines Busses nach London, legte Gottlieb Daimler 1899 einen Omnibusprospekt vor. Wie bei seinem zwei Jahre zuvor präsentierten Lastwagen-Programm gab es auch hier Motorgrößen von vier bis zehn PS. Für den teuersten, einen Sechzehnsitzer, verlangte er 10 500 Mark.

Das Ausland zieht mit

Daimler und sein Konkurrent Benz aus Mannheim waren jedoch nicht die einzigen Lastwagen-Anbieter. Neben den Produkten von Panhard & Levassor sowie Peugeot tauchte in Frankreich 1897 ein Dreitonner der lothringischen Firma De Dietrich auf, und die Herren Albert de Dion und Georges Bouton, die mit Dampfbussen schon gut im Geschäft waren, boten 1899 für ihr motorgetriebenes Dreirad einen kleinen Anhänger an, um dem autonärrischen Einzelhändler die Belieferung seiner Kunden zu ermöglichen. Auch Emile Delahaye aus Tours bot schon 1898 Lasteraufbauten für seine Autos an, und in Deutschland präsentierten die Bielefelder Dürkopp-Werke 1899 ihren ersten Lastwagen.

Auf den Britischen Inseln bevorzugte man neben den Daimler-Lizenzbauten nach wie vor Dampf als Antrieb. Renommierte Firmen wie Aveling & Barford, Foden, Burrell, Clayton und Mann lieferten in grösseren Stückzahlen Dampf-Laster, deren Frontpartie den Lokomotiven glich, und deren Hinterteil aus einer geräumigen Ladefläche bestand. In Deutschland waren solche Dampf-Ungetüme nie recht populär. Um die Jahrhundertwende war aber der Streit um die diversen Antriebsmöglichkeiten noch nicht entschieden. Neben Dampfmaschinen und Verbrennungsmotoren mischten auch die Elektromotoren noch munter mit.

Nach der Jahrhundertwende: Pionierjahre des Lastwagenbaus

Mit dem Beginn des neuen Jahrhunderts setzte sich bei den Autos ein neues Design durch. Sie sahen nicht mehr wie Kutschen ohne Pferde aus, sondern legten sich ein Aussehen zu, das – in immer wieder modernisierter Form – immerhin rund 50 Jahre aktuell blieb. Auch bei den Lastwagen saß der Motor plötzlich nicht mehr hinten unter der Pritsche oder unterm Fahrersitz, sondern vorn unter einer eigens für ihn gebauten Haube. Die »Schnauze«, heute immer wieder von Lkw-Nostalgikern beschworen, war erfunden.
Zwischen Personenwagen und Lastwagen entwickelten sich die Unterschiede erst sehr allmählich. Beiden lag dasselbe Konzept zugrunde: ein stabiler Rahmen in Leiterform, Räder an allen vier Ekken und ein Motor vorn auf den Rahmen geschraubt, der seine Kraft mittels Getriebe über Ketten oder später Kardanwellen auf die Hinterräder übertrug. Beim Aufbau konnte der Autokäufer damals seine ganze Phantasie entfalten. Ob er nun eine Limousine, ein Kabriolett oder gar eine Pritsche oder einen geschlossenen Kasten hinter dem Fahrersitz haben wollte, blieb ihm überlassen. Die Grenzen zwischen Personen- und Nutzfahrzeug verschwammen häufig. Nicht von ungefähr kam es, daß man bis vor einigen Jahren etwa in Südfrankreich oder Spanien noch Autos aus der Zeit vor 1914 sah, die – meist übel zugerichtet – Landwirten als Traktor oder Lastwagen dienten.
Größere Lasten erforderten indes nach und nach stabilere Konstruktionen und ließen den Lastwagen im heutigen Sinne entstehen. Von den Dampffahrzeugen und Lokomobilen, den selbstfahrenden Dampfmaschinen des neunzehnten Jahrhunderts, war man die handfeste Stahlbauweise ohnehin schon gewohnt. Als Konkurrenten für die motorgetriebenen Lastwagen mit Verbrennungemotoren gerieten die Dampfer allerdings immer mehr ins Hintertreffen. Ausgerechnet in England, dem klassischen Land der Dampfmobile, konnten 1901 einige von Daimler gelieferten Anderthalbtonner bei einem Wettbewerb in Liverpool der dampfenden Konkurrenz davonfahren. »Wenn das Mineralöl später einmal in günstigerer und ausreichender Menge zu beschaffen sein sollte«, hieß es im Abschlußbericht

Bierkutscher stellen sich um

Die Brauereien erkannten den Nutzen der Lastwagen als erste. Dieser Daimler von 1903 sorgte in England für die Verteilung des Gerstensaftes.

der Rallye, »wird mit einer allgemei- Anwendung des Motor-Antriebes zu rechnen sein.«

Geschwindigkeitsrekorde mit Elektroautos

Auch Elektromotoren waren in den Anfangsjahren des zwanzigsten Jahrhunderts als Fahrzeugantrieb noch im Gespräch. Schließlich hatte 1899 ein Elektroauto die damals

magische 100-km/h-Grenze überwunden. Der Belgier Camille Jenatzy erreichte mit seinem, einer Zigarre auf Rädern gleichenden, E-Mobil sogar genau 105,88 km/h. Die Allgemeine Motor-Wagen Gesellschaft mbH in Berlin Marienfelde produzierte ab 1899 Elektrofahrzeuge zum Personenverkehr, aber auch zum Transport kleinerer Lasten. Mit der heute wieder aktuellen Diskussion über die saubere Umwelt argumentierten die Verkäufer der Stromautos schon damals in ihren Prospekten: »Die elektrischen Fahrzeuge haben die aristokratische Aufgabe zu erfüllen, in verkehrsreichen Straßen der Großstädte geräusch- und geruchlos zu verkehren.« Eine Akkuladung reichte aber nur für knapp sechzig Kilometer Fahrt. Dabei war die Batterie sehr schwer und beanspruchte reichlich Platz. Ein Handicap, das Elektroautos bis heute nicht überwinden konnten.

So euphorisch die Berliner ihre Stromer auch propagierten, sie scheiterten mit einem Elektrobus. Beim vielen Anfahren im Liniendienst wurde der Akku einfach zu sehr beansprucht. 1902 übernahm die Daimler-Motoren-Gesellschaft aus Cannstatt das Berliner Werk. Die Schwaben verkauften kurzerhand alles, was an den Bau von Elektrofahrzeugen erinnerte, und ließen in Berlin ihr bewährtes Autoprogramm auflegen. Schwerpunkt wurde der Lastwagenbau, und da wiederum kümmerte man sich besonders um den Bau von Transportern für Flaschenbier und Fässer.

Ähnlich wie den Marienfelder Elektrizitäts-Freunden ging es den meisten Lkw-Bauern, die auf diese Energie schworen. Unzählige Experimente brachten bis heute keine zufriedenstellenden Ergebnisse. Einzig ein System, das auch Professor Ferdinand Porsche benutzte, wurde lange Zeit besonders für Schwertransporte angewandt: Bei diesem sogenannten Mixantrieb treibt ein Verbrennungsmotor einen Dynamo, der den Akkumulator auf Ladung hält. Der Akku wiederum liefert den Strom für meist in den Radnaben untergebrachte Elektromotoren, die das Fahrzeug in Bewegung setzen. Bei Schwerlasttransporten etwa im Erztagebau mit Fahrzeugen, deren Leistung über tausend PS und deren Nutzlast jenseits der Hundert-Tonnen-Grenze liegt, würden herkömmliche Getriebe und Kupplungen nicht lange standhalten, wenn sie die Kraft der Dieselmotoren direkt an die Räder weitergeben müßten. Elektromotoren können dagegen kontinuierlich und völlig ruckfrei ihre Leistung entfalten, so daß Schalten und Kuppeln entfällt. Heute werden diese Elektroantriebe oft durch Hydraulikpumpen ersetzt, die ihre Kraft ebenso kontinuierlich auf die Antriebsräder abgeben können.

Der stärkste Daimler-Lastwagen konnte 1903 mit 25 PS dienen. Für die Fahrzeuge standen Eisenräder aber auch Elastikbereifung (Vollgummi) bereit. Die kleineren Lieferwagen bis 750 Kilogramm Nutzlast erreichten rund zwanzig Stundenkilometer. Daimlers alter Konkurrent Carl Benz expandierte in den letzten Jahren des Kaiserreichs ebenfalls deutlich. Es war eine günstige Zeit für Unternehmer, die in die neue Technik investieren wollten.

Stolzer Fuhrpark

Ein seltenes Bild aus den frühen Tagen des Lastwagens. Vor einem Daimler, einem Adler und einem Dixi posieren die stolzen Fahrer.

Lastwagen als Waffe

Im Ersten Weltkrieg kam dieser Krupp-Daimler-Plattformwagen mit einem 8,8-Zentimeter-Flakgeschütz zum Einsatz.

Die deutsche Wirtschaft an zweiter Stelle in der Welt

Mit der Energie eines Wettkämpfers, der weiß, daß er etwas zu spät gestartet ist, hatten sich die deutschen Unternehmer nach der Reichsgründung 1871 auf einen Wirtschaftswettlauf mit den Konkurrenzländern England, Frankreich und den USA eingelassen. 1910 lag Deutschland auf der Weltrangliste der Industrieproduktion plötzlich hinter den USA an zweiter Stelle. Der englische Produktionsanteil war von 32 Prozent im Jahre 1870 auf 14 Prozent gesunken. Im Deutschen Reich wurden dagegen 16 Prozent aller Industriegüter weltweit erzeugt. Allein die Stahlproduktion war von 0,2 Millionen Tonnen 1870 auf 18,3 Millionen Tonnen 1913 angestiegen.

Diese wirtschaftlichen Entwicklungen forderten ein radikales Umdenken auch auf dem Sektor des Transportwesens. Auf dem Rücken der Pferde konnte zwar noch kaiserliche Repräsentation, nicht länger jedoch effektiver Güter- und Personenverkehr aufrechterhalten werden. Die neu entwickelten Verbrennungsmotoren begannen ihren historischen Platz einzunehmen, und selbst die Behörden gaben ihren Widerstand bald auf. Landesfürsten präsentierten sich stolz mit ihren ersten Autos. Kaiser Wilhelm II. und der russische Zar Nikolaus II. ließen sich ihre Jachten mit Benzinmotoren ausrüsten.

Im badischen Gaggenau, nicht sehr weit von Mannheim, baute 1905 die Süddeutsche Automobilfabrik GmbH (SAF) Lastwagen und Omnibusse mit bis zu sechs Tonnen Nutzlast bei 45 PS. Der Nachbar Benz störte sich nicht sehr daran, weil sein Mannheimer Werk mit dem Personenwagenbau reichlich ausgelastet war. Als die SAF aber in Geldnot kam, griffen die Benz-Manager 1907 zu. Ab 1911 hieß das Haus »Benz Werke Gaggenau«, gebaut wurden ausschließlich nur noch Lastwagen. Für Benz war damit das Platzproblem gelöst, und ein attraktives Nutzfahrzeugprogramm fiel dabei ebenfalls ab.

Neben Daimler, Benz und Dürkopp tauchten nach der Jahrhundertwende nicht nur im Deutschen Reich, sondern auch in Frankreich und England, aber auch in den USA Firmen auf, die am Lastwagenbau Geld verdienen wollten. Viele Unternehmer und Konstrukteure wie etwa Heinrich Büssing hatten sich bislang beim Ausbau der Eisenbahn engagiert. Dort war aber jetzt ein gewisser Sättigungsgrad erreicht, und das neue Transportmittel Lastwagen, das die Eisenbahngesellschaften mit Argwohn betrachteten, schien zumindest auf kürzeren Strecken eine reelle Chance zu haben.

Heinrich Büssing – das vergessen Chroniken von Daimler-Benz nicht

zu erwähnen – ließ sich 1902, ein Jahr vor der Gründung seiner eigenen Lastwagenfabrik in Braunschweig, ein Fünftonner-Fahrgestell von Daimler aus Marienfelde kommen. Abgekupfert hat er aber offenbar nicht, denn ein Jahr später stellte er einen wesentlich leichteren Lkw, einen Dreitonner mit einem Zweizylindermotor, vor.

Das Geschäft mit Nutzfahrzeugen blüht

Eine ganze Reihe von Maschinenfabriken und Autobauern – die meisten sind heute längst vergessen – sah damals einen Silberstreif am Horizont und begann mit der gewinnversprechenden Produktion von Nutzfahrzeugen.
Die Bergmann Elektrizitätswerke in Berlin interessierten sich natürlich in erster Linie für Autos mit Akku. Ab 1909 lieferten sie auch Transporter mit bis zu vier Tonnen Nutzlast.

Die NAG, Neue (später: Nationale) Automobilgesellschaft, in Berlin kam ab 1903 über eine schwere Zugmaschine für die Arbeit in den Kolonien an den Lastwagenbau, und die Brüder Stoewer waren ab 1905 besonders im Busbau sehr aktiv. Ab 1910 stiegen auch die Frankfurter Adlerwerke ins Geschäft mit größeren Nutzfahrzeugen ein. Im selben Jahr wurde in Ratingen die Deutsche Last-Automobilfabrik AG (DAAG) gegründet.
Parallele Entwicklungen waren auch im Ausland zu beobachten. Fiat stellte 1903 in Italien einen Viertonner vor, die Schweizer Firmen Saurer, Berna und FBW wurden aktiv, und ein Prospekt von 1902 lobt den ersten Lieferwagen des Franzosen Marius Berliet. Und in den USA, im New Yorker Stadtteil Brooklyn, bastelten die Mack-Brothers Willie, Jack und Gus ab 1902 an ihren ersten Bussen für Stadtrundfahrten.

In Großbritannien blieb man zunächst lieber beim schwerfälligen Dampfkessel als Antrieb für Lastwagen. Neben den Lizenznehmern von Daimler in Cannstatt machten sich aber inzwischen auch Firmen wie Austin, Commer und Albion Gedanken zum Truck mit Benzinmotor. Erste Konstruktionen ließen nicht lange auf sich warten.
Es blieb nicht aus, daß sich die Militärs der Industrieländer schon bald für die Einsatzmöglichkeiten der Lastwagen im Kriegsfalle interessierten. Als Gefechtsfahrzeuge in vorderster Front konnte sich zumindest die deutsche Oberste Heeresleitung Autos nicht vorstellen. Zur Versorgung mit Nachschub schienen Lastwagen dagegen geeignet zu sein. Der Mangel an Pferden im Krieg gegen Frankreich 1870/71 war den Generalen noch gut in Erinnerung. Außerdem fiel ihnen das schlagende Argument ein, daß ein Auto nur dann Kraftstoff benötige, wenn es gebraucht wird. Ein Pferd dagegen forderte seinen Hafer auch dann, wenn es nur im Stall stand.
Andererseits mochte man dem Heer die Anschaffung größerer Mengen von Lastwagen nicht genehmigen, da sie in Friedenszeiten ohnehin nur ungenutzt herumgestanden hätten. Also gab es nur ein paar Laster für die Soldaten zum Trainieren. Den Rest wollten die Militärs im Kriegsfall bei Privatleuten requirieren.

Lastwagen für den Krieg

Wie die für Kriegszwecke vorgesehenen Lastwagen auszusehen hatten, wurde schon bald durch Verordnungen und Erlasse festgelegt. Es waren durchweg Fahrzeuge der Vier- und Fünftonnerklasse – die Spitzenmodelle der damaligen Lkw-Industrie. Damit die Fuhrunternehmer die teueren Schwergewichte auch kauften, bekamen sie vom Staat eine finanzielle Unterstützung. Für einen Fünftonner, der neu knapp 20 000 Mark kostete, konnte

Der Lkw und die Spediteure

Auf Anregung der Heeresleitung, die Lastwagen bestimmter Größe subventionierte, fanden immer mehr Fuhrunternehmer vor dem Ersten Weltkrieg Interesse an den Lastwagen. Bei der Spedition Schenker entschied man sich 1916 für die 45 PS starken Zweitonner Daimler.

Mit Allradantrieb durchs Gelände *Im Auftrag von Krupp entwickelte Daimler die vierradgetriebene, 100 PS starke Artillerie-Zugmaschine KD 1. Insgesamt wurden im Ersten Weltkrieg mehr als tausend Exemplare dieses Schleppers gebaut.*

man einen Zuschuß von bis zu 9000 Mark erhalten. Das war für die Unternehmer, die nicht an einen kommenden Krieg dachten, ein lukratives Angebot. Am 1. April 1913 wurden die Bestimmungen für die Subventionierung etwas gestrafft.

Der Armeelastzug besteht aus einem Lastkraftwagen mit einem Anhänger, heißt es in einem zeitgenössischen Handbuch, der Zug muß im Inland gebaut sein ... Es unterliegt ausschließlich der Beurteilung der Heeresverwaltung, ob er als kriegsbrauchbar anzusehen ist oder nicht ... Der Lastkraftwagen soll im Stande sein, mit 2 Mann Besatzung und voller Ausrüstung 4000 Kilogramm Nutzlast und einen Anhänger mit 1 Mann Besatzung und mit mindestens 2000 Kilogramm Belastung ... auf Straßen mit fester Decke zu befördern ... Alle Hauptteile des Fahrzeugs ... müssen übersichtlich und leicht zugänglich angeordnet sein.

Mehr als ein Dutzend Autofirmen boten 1913 einen Laster »mit Subvention« an, darunter Daimler, Büssing, NAG, Benz, Mulag, Namag, Dixi, Dürkopp, Nacke, Podeus, Erhardt, DAAG, Stoewer, Argus und Ansbach. Bis 1913 waren schon 825 Wagen nach dem vorgegebenen Standard gebaut worden. Nach einer Faustformel der Militärs konnten diese knapp tausend Laster rund 10 000 Pferde ersetzen. »Bei Kauf«, so die Anleitung, »wähle man die Firma, deren Fabrik dem eigenen Wohnort am nächsten liegt.«
Dabei spielte nicht etwa Lokalpatriotismus eine Rolle, sondern vielmehr die bessere Versorgung mit Ersatzteilen bei nahe gelegenen Firmen. »Die Sitzkissen wähle man in schwarz«, wurde den potentiellen Käufern empfohlen. Aber auch über die Auswahl des richtigen Chauffeurs machte man sich Gedanken:

Macht der Führer einen nervösen, lebhaften Eindruck, so eignet er sich wahrscheinlich für einen Lastwagen ebensowenig, wie ein kleiner schmächtiger Mann. Man wähle ruhige, gesetzte (verheiratete!) Leute, die auch etwas schwerfällig sein dürfen; denn der größte Feind des Lastwagens ist das schnelle Fahren. Wer beim Grafen X. einen eleganten Rennwagen fuhr, ist für den subventionierten Lastkraftwagen des Brauereibesitzers N. meist verdorben. Zum Andrehen gehört eine gewisse Kraft, ebenso wie zur ganzen Bedienung des Wagens, deshalb ist von zu schwächlichen Leuten abzuraten. – »Es ist selbstverständlich«, heißt es dann weiter, »daß ein Mann, den man auf einen so verantwortungsvollen Posten stellt, entsprechend bezahlt werden muß. Bei freier Wohnung scheint ein Monatsge-

halt von 80 bis 100 M angemessen. Manchmal werden dann noch Zulagen gewährt für vorschriftsmäßiges Fahren, d. h. wenn der Mann in dem betreffenden Monat keinerlei Strafmandate erhielt, ... wenn keine Reparaturen durch Verschulden des Fahrers notwendig waren ... Man kann diese Prämien auf mindestens 350 M im Jahr schätzen. Ferner ist es üblich, daß der Mann noch Fahrgeld (pro Tag 1 M) erhält. Das gesamte Einkommen des Fahrers kann man auf etwa 1800 M pro Jahr veranschlagen ... Es sei nochmals wiederholt, daß sich bei besonderer Brauchbarkeit des Chauffeurs ein zu großes Sparen nicht empfiehlt.

Der Erste Weltkrieg beschleunigt die Produktion

Die Subventionslastwagen wurden von den Fuhrunternehmern gern genommen. Die Nachfrage war jedenfalls wesentlich höher als die zur Verfügung stehenden Fördergelder. Als 1914 nach dem Attentat auf den österreichischen Thronfolger Erzherzog Franz Ferdinand in Sarajewo der Erste Weltkrieg ausbrach, war die Oberste Heeresleitung mit dem Aufgebot an Lastwagen nicht zufrieden. Zwar sollen nach Schätzungen noch 1914 im Deutschen Reich mehr als 9000 Lastwagen gebaut worden sein, die Subventions-Lkw machten davon aber nur einen kleinen Teil aus.

Als der Krieg nicht – wie alle Beteiligten in der ersten Euphorie gedacht hatten – nach ein paar Wochen wieder zu Ende war, sondern in langen blutigen Stellungskämpfen in Belgien und Nordfrankreich stecken blieb, wurde der kurzzeitig vernachlässigte Autobau im Deutschen Reich wieder angekurbelt. Autos spielten in einigen Phasen des Ersten Weltkrieges entscheidene Rollen. Nachdem deutsche Truppen am 7. September die Marne überquert hatten, requirierte der Kommandant von Paris, General Maunoury, in einem Anflug von Panik sämtliche Pariser Taxis – rund tausend an der Zahl. Mit ihnen schickte er knapp 10 000 kurzfristig einberufene Rekruten den Deutschen entgegen. Der Coup gelang: Der deutsche Vormarsch kam zum Stehen.

Kriegsmaschinen auf Ketten

Zwei Jahre später ließen sich die deutschen Militärs noch einmal von den Fahrzeugen ihrer Gegner überrumpeln. Deutsche Geheimdienstler hatten von britischen

Revolutionen
und Revolten

Bei gesellschaftlichen Veränderungen spielten Lastwagen oft eine ganz unmittelbare Rolle. Revolutionäre und Putschisten, hier ein Bild vom Kapp-Putsch 1920, bedienten sich der Laster gern aus strategischen Gründen. Mit den Wagen ließen sich Kundgebungen improvisieren oder auch ganze Stadtviertel militärisch kontrollieren.

Tanks berichtet, die auf Ketten daherkämen und vermutlich Wasser oder Benzin transportierten. Im Herbst 1916 spottete die Berliner Illustrirte Zeitung noch über die inzwischen als Kampffahrzeuge enttarnten Tanks: »Mit großem Tamtam hat die Londoner Presse vor kurzem die neueste Errungenschaft der englischen Heeresleitung, die fürchterlichste Kriegsmaschine aller Zeiten, die sogenannten ›Tanks‹ beim Publikum eingeführt. Diese Landkreuzer . . . die bereits jetzt als ein Mißerfolg zu bezeichnen sind . . . ähneln plumpen, schwerfälligen langsam vorwärts kriechenden Panzerraupen.« Zu einigen utopischen Zeichnungen von riesigen gepanzerten und mit reichlich Kanonen versehenen Raupenfahrzeugen wurde im folgenden dann genüßlich über die Abschüsse einiger Tanks an der Somme-Front berichtet.
Ab 1917 rollten Franzosen und Engländer in mehreren Angriffen dann immer gleich mit einigen hundert Panzern auf die Front zu. Die Deutschen hatten den Tanks nichts entgegenzusetzen. Der Lastwagen aus Friedenszeiten war zu einer todbringenden Kriegsmaschine geworden. Die historische Wechselbeziehung zwischen Krieg und Lastwagen ist sicher oft nicht sehr glücklich. Es gibt nicht viele Dinge, die sich für kriegerische Zwecke so einfach mißbrauchen lassen wie der Lkw. Viele Lastwagen verdanken dem Krieg sogar ihre Entstehung. Die – in Friedenszeiten – renommierten Firmen Hansa Lloyd, Vomag und der seit Jahrzehnten geschätzte Feuerwehrhersteller Magirus – sie alle begannen mit dem Lastwagenbau während des Ersten Weltkrieges.

Geld aus der öffentlichen Hand *Wer sich für einen Subventions- oder Regel-Lastwagen entschloß, wurde beim Kauf vom Staat unterstützt. Einzige Bedingung: Im Kriegsfall mußte der Wagen zur Verfügung stehen. Der Anhänger mußte einem dritten Mann Platz bieten, der im Notfall auch mitbremste. Viele Autobauer von damals wie Nacke, Podeus, Namag oder Erhardt sind heute längst in Vergessenheit geraten.*

Der Dieselmotor: Ein alternatives Konzept

Ein zäher Langsamläufer

Der erste Dieselmotor, 1897 bei MAN gebaut, steht heute im Deutschen Museum in München. Bis man den dreieinhalb Meter hohen Selbstzünder auf ein handliches Format brachte, sollte es noch Jahre dauern.

Spott und Hohn erntete 1892 der in Paris geborene Bayer Rudolf Diesel (1858–1913) für seine Broschüre über »Theorie und Konstruktion eines rationellen Wärmemotors zum Ersatz der Dampfmaschine und der heute bekannten Verbrennungsmotoren«. Führende Techniker der damaligen Zeit hielten ihren jungen Kollegen für einen Spinner. Professor Carl (von) Linde (1842–1934) allerdings, der Erfinder der Kältemaschine, für dessen Firma Diesel schon früher gearbeitet hatte, empfahl Diesel der Maschinenfabrik Augsburg. Chef dieser Firma, die später zusammen mit der Maschinenbaugesellschaft Nürnberg die MAN (Maschinenfabrik Augsburg-Nürnberg) bildete, war damals Heinrich Buz. Mit einer zusätzlichen finanziellen Unterstützung von Krupp in Essen ließ er den jungen Diesel in Ruhe an seinem Motorenprojekt weiterarbeiten. Der behielt seine Wohnung samt Konstruktionsbüro in München.

Rund vier Jahre, von 1893 bis 1897, benötigte er, bis er mit seinem eigenen Motor zufrieden war. Das dreieinhalb Meter hohe Gerät (ohne Schwungrad), das heute im Deutschen Museum in München zu sehen ist, arbeitete schon nach demselben Prinzip, das bis heute für Dieselmotoren charakteristisch geblieben ist. Mittels eines Kompressors wurde genau dann Kraftstoff in den Brennraum eingespritzt, wenn der Kolben die zuvor angesaugte Luft stark komprimiert und damit erhitzt hatte. Als Kraftstoff benutzte man damals ein Öl, das noch leichter als das heutige Dieselöl war und eher dem Kerosin ähnelte.

Lange Zeit scheiterten Versuche, die riesengroßen Dieselmotoren, die in der Industrie als Stationärmotoren immer beliebter wurden, auf eine handliche Größe zu bringen. Außerdem liefen die Maschinen viel zu gemächlich, um für Fahrzeuge in Betracht zu kommen. Ein 1901 von MAN vorgestellter Viertaktmotor mit 70 PS kam nur auf 150 U/min, der 140 PS starke Motor von 1904 drehte immerhin schon 400 mal in der Minute.

Rudolf Diesel wurde ein wohlhabender Mann durch sein Patent. Doch glücklich wurde er nicht. Experten von den deutschen technischen Hochschulen warfen ihm vor, seine Motoren entsprächen gar nicht seiner Patentschrift, und Rudolf Diesel reagierte sehr empfindlich auf diese Anwürfe. Er litt unter Depressionen, den weltweiten Erfolg seines Motors als Triebwerk in Nutzfahrzeugen aller Art hat er nicht mehr miterlebt. Bei einer Kanalüberquerung zwischen Antwerpen und Harwich wurde Diesel plötzlich vermißt. Ein holländisches Boot fand ein paar Tage später seine Leiche im Meer treibend. Rudolf Diesel hatte wahrscheinlich Selbstmord begangen.

MAN-Chef Heinrich Buz trieb schon in den Jahren zuvor auch ohne Diesels Mitarbeit die Entwicklung des selbstzündenden Motors weiter. Als 1907 Diesels Grundpatent von 1892 erlosch, interessierten sich plötzlich auch die etablierten Firmen Benz und Daimler für den Ölmotor, der ihren stationären Gasmotoren mittlerweile starke Konkurrenz machte. 1909 begann man bei Benz in Mannheim unter der Leitung des Ingenieurs Prosper L'Orange mit dem Bau von Dieselmotoren. Langfristig sollte auch ein leichterer Schwerölmotor ins Programm aufgenommen werden. Als größtes Problem erwies sich dabei der unhandliche Kompressor, mit dem bei den bisherigen Motoren Luft und Kraftstoff in den Brennraum gedrückt wurden. Die Idee, dieses Verfahren durch eine besondere Gestaltung des Brennraums zu ersetzen, bewährte sich. Mit einer sogenannten Vorkammer hatte Prosper L'Orange schließlich Erfolg. Durch diese eigenwillige Gestaltung des Brennraums ließ sich das Kompressor-Verfahren ersetzen. Der Kraftstoff wurde in die Vorkammer eingespritzt, entzündete sich dort unter dem Druck des Kolbens, und die Explosion setzte sich schließlich in der Hauptkammer fort. Prosper L'Orange ließ sich diese Vorkammer patentieren.

An den Einbau eines solchen Vorkammerdiesels in einen Lastwagen dachte indes noch niemand, die Entwicklung dieses Motors schlief sogar zeitweilig ein. Erst 1919, nach dem Ersten Weltkrieg, griff man die Idee wieder auf.

Der Dieselmotor beginnt sich durchzusetzen

Auch im Daimler-Werk in Berlin-Marienfelde versuchte man, den Diesel-Motor zu verfeinern. Ab 1911 gab es Versuche mit einer kleinen Maschine für die Landwirtschaft, die ohne Kompressor auskommen sollte. Durch den Ersten Weltkrieg unterbrochen, ging bei Daimler die Entwicklung am Selbstzünder erst 1918 weiter. Da kam man allerdings wieder auf das Prinzip der Druckluft-Einblasung zurück. Ausgerechnet im Inflationsjahr 1923 absolvierten bei Daimler, Benz und MAN die er-

sten Diesel-Lastwagen ihr Versuchsprogramm. Während der Geldwert zur Zeit der Weimarer Republik rapide fiel und für ein Brot plötzlich Tausende, dann Millionen und schließlich Milliarden Reichsmark zu zahlen waren, wurden die ersten Laster auf die Räder gestellt, deren Motorenkonzept sich in kurzer Zeit weltweit durchsetzte.
Die Berliner Daimler-Techniker montierten einen Vierzylinderdiesel mit 40 PS bei 1000 U/min in eines ihrer bewährten Viertonner-Fahrgestelle und fuhren Ende August des Jahres mit einer Zuladung von drei Tonnen nach Frankfurt an der Oder und wieder zurück. Die Testfahrt verlief ebenso zufriedenstellend wie eine längere Tour nach Stuttgart vier Wochen später.
Bei Benz in Mannheim hatte man zunächst einige zweizylindrige Dieselmotoren für Motorpflüge konstruiert. Für den Lkw-Betrieb sah man allerdings einen Vierzylinder vor. Im August 1923 rüstete man schließlich fünf Benz-Gaggenau-Chassis mit den Dieselmaschinen aus. Bei Probefahrten im Schwarzwald stellte sich heraus, daß die mit Braunkohlenteeröl gefütterten Motoren weitaus weniger durstig waren als die geläufigen Vergasermotoren. Dazu kam, daß das Öl wesentlich billiger war als Benzin.
Im Nürnberger Werk der MAN liefen zur selben Zeit die Arbeiten an

Zur Not den Ersatzmotor dabei

(unten) *Auf den ersten Versuchsfahrten mit dem neuen Dieselmotor Anfang der zwanziger Jahre trauten die MAN-Techniker dem neuen Aggregat noch nicht so recht. Der alte Vergasermotor wurde auf der Pritsche mitgenommen.*

Eine neue Perspektive

(rechts) *50 PS leistete der Dieselmotor, der im Fünftonner-Benz, gebaut in Gaggenau, zum Einsatz kam.*

einem neuen Vierzylinderdiesel mit 45 PS bei 1050 U/min auf Hochtouren. Die Maschinen kamen ohne den Einblase-Kompressor aus, besaßen aber keine Vorkammer wie der Benzmotor, sondern nur einen scheibenförmigen Vorbrennraum. Der fiel aber schließlich auch weg, eine kugelförmige Vertiefung im Kolben übernahm seine Funktion.
Bei ersten Versuchsfahrten mit einem Werkslastwagen nahmen die Techniker den bewährten Benzinmotor auf der Ladefläche mit. Sicher ist sicher – mögen sie gedacht haben.
Der neue Selbstzünder lief aber recht gut. Der Benziner konnte in Reserve bleiben.

Auf der Berliner Automobilausstellung 1924 – die Währung in Deutschland hatte sich durch die Einführung der Goldmark wieder stabilisiert – präsentierten sich die Ergebnisse der langjährigen Experimente dem interessierten Publikum. Die drei Firmen MAN, Benz und Daimler zeigten nicht etwa Prototypen, sondern boten gleich umfangreiche Verkaufsprogramme.
Der Vorkammermotor von Benz und der Strahleinspritzer von MAN fanden unter den Ingenieuren starke Beachtung, während die Daimler-Konstrukteure einsehen mußten, daß ihr Einspritzverfahren per Kompressor nicht mehr up to date war.

Im Laufe des folgenden Jahres erledigte sich ihre Konstruktion ganz von selbst. Unter dem Druck der schlechten finanziellen Lage nach dem Ersten Weltkrieg, den horrenden Reparationsforderungen der Siegermächte, durch die Inflation und den Einmarsch der Franzosen in das Ruhrgebiet 1923, schlossen nämlich am 1. Mai 1924 die beiden renommierten Firmen Daimler Motorengesellschaft und Benz & Cie, Rheinische Automobil- und Motorenfabrik A.G. einen Vertrag zur Zusammenarbeit besonders auf dem Gebiet der Fertigung.
Als sich 1925 die Fusion der beiden Firmen abzeichnete, hatten die Daimler-Ingenieure keine Chance mehr. Der Lastwagenbau der neuen Daimler-Benz AG konzentrierte sich fortan auf das Werk in Gaggenau, und der Vorkammermotor von Prosper L'Orange erhielt den Zuschlag vor dem damals schon etwas vorsintflutlich anmutenden Daimler-Produkt.
Der modernste Diesel-Lastwagen der Berliner Ausstellung von 1925 war ohne Zweifel der MAN. Die Bayern boten eine Maschine an, bei der nicht – wie damals noch oft üblich – Motor, Kupplung und Getriebe separat und an völlig unterschiedlichen Stellen des Fahrzeugs untergebracht waren. An den MAN-Motor waren Kupplung und Getriebe angeflanscht – alle drei Aggregate bildeten also eine Einheit.
Auch die Fahrgestelle und das Aussehen der MAN-Laster, die von den Kunden natürlich zum großen Teil noch als Benziner geordert wurden, erhielten einen moderneren Zuschnitt. 1925 ließen sich vom überarbeiteten Vierzylinder-Diesel genau 55 Stück verkaufen. Ein neuer Sechszylinder nach demselben Prinzip fand zwanzig Kunden. Die Techniker in der neuen Mercedes-Zentrale in Stuttgart-Untertürkheim mochten natürlich der Konkurrenz das Geschäft nicht allein überlassen. 1928 war ein Sechszylinder mit 70 PS bei 1300 U/min serienreif. Da

er dieselbe Höchstdrehzahl wie der gleichstarke Vergasermotor erreichte, konnte man Fahrgestell und viele Aggregate des Benzin-Fünftonners übernehmen.

Technische Mängel werden behoben – Vorurteile bleiben bestehen

Der schnellaufende Motor, in dessen Zylinderkopf wesentlich höhere Drücke auftraten als in Benzinmotoren, verursachte lange Zeit den Händlern und Käufern Kopfzerbrechen. Erst als die Stuttgarter Firma Mahle angemessen stabile Kolben liefern konnte, hatte der Ärger ein Ende. Die Einspritzpumpen bezog Daimler Benz schon 1927 von Bosch, wo man seit 1924 diese Aggregate in Serie fertigte und auch ständig weiterentwickelte. Der erste Sechszylinder-Diesel von Mercedes trug übrigens die Bezeichnung OM 5. OM steht für Oel-Motor, eine Abkürzung, die bis heute für Dieselmotoren von Daimler-Benz gebraucht wird.
Der rauhe, nagelnde Lauf der Dieselmotoren blieb vielen Kunden der Lkw-Industrie zunächst suspekt. Sie vertrauten lieber den Benzinmotoren, deren Auspuffgase auch nicht so streng rochen wie die mit Gasöl oder Braunkohlenteeröl betriebenen Dieselmotoren. Im Volksmund, aber auch von den Experten, wurden die Selbstzünder bald Rohölmotoren genannt. In Wirklichkeit konnte man sie aber nicht mit unraffiniertem Rohöl und schon gar nicht mit Schweröl betreiben. »Der Dieselmotor verarbeitet nicht nur sehr billige Brennstofffe, er verbraucht davon auch noch wesentlich weniger als der Vergasermotor«, argumentierten die einen. Andere rechneten wieder vor, daß der Kraftstoffverbrauch nur ein angeblich unbedeutender Posten bei der Haltung eines Lasters sei. Und schließlich wisse man auch noch gar nicht, ob nicht die Dieselmotoren nach kurzer Zeit auseinander fliegen würden.
»Die Bedienung des Kraftwagendieselmotors kann ebenso leicht gelernt werden, als wie diejenige des Vergasermotors, um so mehr als alle einer Wartung bedürftigen Teile gut zugänglich angeordnet werden können«, beruhigte 1929 ein E. Buchler in »Das Kraftfahrzeug der Gegenwart« allzu ängstliche Chauffeure. Und weiter: »Die allgemeine Verwendung des Kraftwagendieselmotors wird vorerst dadurch erschwert, daß der Auspuff des Dieselmotors einen schärferen Geruch verbreitet... Überall dort, wo diese Geruchsbelästigung keine nennenswerte Rolle spielt, z. B. bei Überlandstrecken, eröffnet sich dem Dieselmotor ein weites Verwendungsgebiet, vor allem bei Ferntransport großer Ladungen, da sich in diesen Fällen die Ersparnis an Brennstoffkosten ganz besonders auswirkt.«
Zäh – wie die Beschleunigung eines Diesel-Lastwagens – verlief bis zum Anfang der dreißiger Jahre auch der Verkauf der Autos. Von der heute sprichwörtlichen langen Lebensdauer der Dieselmotoren war damals noch nicht die Rede. Allmählich interessierten sich auch die anderen Nutzfahrzeugfabriken für den Dieselmotor. Angesichts der Weltwirtschaftskrise zum Ende der zwanziger Jahre und Millionen von Arbeitslosen bei ständig wechselnden und schließlich mit Notverordnungen regierenden Kabinetten der Weimarer Republik waren Experimente allerdings nicht sehr gefragt.

Immer mehr Firmen bauen Ölmotoren

Deutz in Köln hatte sich schon frühzeitig um kleine Dieselmotoren gekümmert. Nach einem Einzylinder gab es 1928 einen liegenden Zweizylinder. Er wurde in einen Schlepper eingebaut, der unter der Typenbezeichnung MTZ bekannt wurde. Gleichzeitig entwickelten die Rheinländer aber auch größere Reihenmotoren für den Einsatz in Lastwagen.
Henschel in Kassel lieferte 1930 einige seiner Laster auf Kundenwunsch mit Deutz-Dieseln aus, bevor man 1931 sich nach einem Patent der Schweizer Aero AG selbst an den Bau solcher Maschinen machte, um dann ein Jahr später das Luftspeichersystem der Münchener Firma Lanova zu übernehmen. Die Vomag-Werke in Plauen orientierten sich dagegen beim Motorenhersteller Oberhänsli in Bregenz, von dem sie Lizenzen übernahmen.
In den Typentafeln des Reichsverbandes der Automobilindustrie von 1932 stellten die Diesel-Lastwagen nach wie vor eine kleine Minderheit. Daimler-Benz hatte gerade den handlichen Zweitonner Lo 2000 herausgebracht, den es auch als Bus gab, und für den eigens ein 55 PS starker, 3,7 Liter großer Dieselmotor, der OM 59, konstruiert worden war. Ein Dieselmotor galt damals offenbar als besondere Ausstattung. Die Autofirmen knöpften ihren Kunden dafür saftige Preiszuschläge ab. So war der Mercedes Lo 2000 mit Benzinmotor schon für 5320 Reichsmark zu haben. Die Dieselversion kostete dagegen 6580 Reichsmark. Ansonsten gab es bei Daimler-Benz den inzwischen fünf Jahre alten Sechszylinder, den OM 5, im schon reichlich antiquiert anmutenden L 5000, im Dreiachser L 8500 und in den größeren Bussen.
Bei Büssing-NAG gab's im selben Jahr sämtliche Laster vom Viertonner aufwärts gegen einen pauschalen Aufpreis von 3500 Reichsmark mit einem selbstgebauten Dieselmotor. Für 3550 Mark bekam man damals aber auch schon einen viersitzigen Adler Trumpf mit 30 PS. MAN lieferte 1932 schon recht moderne Diesel-Laster. Der Fünftonner besaß den 100 PS starken Sechszylindermotor, und das Chassis des schweren Dreiachsers, das eine Tragkraft von bis zu 12 000 Kilogramm auswies, erhielt einen Sechszylinder mit 140 PS, bei respektablen 16 624 ccm Hubraum.

Fuhrmann – eine echte Knochenarbeit *Die Chauffeure, die diesen NAG, noch mit Benzinmotor, jeden Morgen ankurbeln mußten, durften nicht zu schmächtig gebaut sein. Zwar erreichten die Laster um 1920 allenfalls Höchstgeschwindigkeiten von zwanzig km/h, aber Lenken, Kuppeln, Schalten und Bremsen erforderten schon ein gerütteltes Maß an Kraft.*

Bei Krupp in Essen gabs erst ein Jahr später, 1933, Dieselmotoren. Das Essener Unternehmen hatte sich erst einmal die Entwicklung eines eigenen Motors erspart und statt dessen die Lizenzrechte für den Bau von Gegenkolben-Zweitakt-Dieselmotoren mit Gleichstromspülung von der Dessauer Firma Junkers erworben, die sich dann später nur noch ausschließlich um den Flugzeugbau kümmerte.

Bei Magirus kam es erst relativ spät zum Einbau von Dieselmotoren. Den Ulmern galten die Selbstzünder lange Zeit als zu unkultiviert. 1934 bediente man die Kunden aber dann doch mit einem Vierzylinder und zwei Sechszylinder-Versionen mit 70 und 110 PS. Später wurden von Magirus nur noch Deutz-Dieselmotoren eingebaut. 1937 übernahm die Kölner Humboldt-Deutz AG überdies die Ulmer C. D. Magirus AG. Deutz wurde wiederum im Zuge der von den Nationalsozialisten im Blick auf den geplanten Krieg geförderten Industriekonzentration vom Stahlkonzern Klöckner geschluckt. Magirus war von da ab nur noch ein Mosaikstein im Klöckner-Humboldt-Deutz-Konzern.

Die seit den Tagen von Nikolaus Otto renommierte Firma Deutz beschäftigte sich ebenfalls Anfang der dreißiger Jahre intensiv mit dem Dieselprinzip. Die Kölner lieferten Einbaumotoren verschiedener Stärke. Viele kleinere Firmen wie etwa Hansa Lloyd in Bremen und Faun in Nürnberg bedienten sich aus dem Deutzer Katalog. Und so mancher Fuhrunternehmer ersetzte schließlich die zuschanden gefahrenen Benzinmotoren seiner Laster durch die robusteren Deutz-Diesel. 1939 hatte der Dieselmotor sich zumindest in den deutschen Lastwagen dann durchgesetzt. Die Krupp-Händler konnten noch mit einem benzingetriebenen Viertonner dienen. Nur in der Dreitonnenklasse behauptete sich noch der Ottomotor. Borgward, Opel und Ford retteten diese Modellreihen sogar über den Krieg bis in die frühen fünfziger Jahre.

Nach dem Ersten Weltkrieg: Der Bedarf an Lastwagen steigt

Der Erste Weltkrieg forderte achteinhalb Millionen Tote. Rund fünf Millionen Menschen blieben vermißt. Weite Flächen in Nordfrankreich wurden so verwüstet, daß sie selbst heute, siebzig Jahre später, noch nicht wieder genutzt werden können. Die vier Jahre dauernde, sinnlose Material- und Menschenschlacht hatte – verglichen mit früheren Kriegen – ganz neue Dimensionen angenommen, und die Zivilbevölkerung wurde, wie wohl seit dem Dreißigjährigen Krieg nicht mehr, in Mitleidenschaft gezogen. Außerdem griffen die Militärs in einem Maße auf revolutionäre Technologien zurück, die noch im Deutsch-Französischen Krieg 1870/71 für schiere Utopie gehalten worden wären.

Kaum ein Dutzend Jahre, nachdem die Brüder Wright mit ihrem ersten Fluggerät in die Luft gegangen waren, lieferten sich deutsche und französische Piloten in leichten, mit Stoff bespannten Drahtgestellen erbitterte Luftkämpfe. Kapitäne kommandierten dampf- und dieselgetriebene Kriegsschiffe mit Tausenden von PS, und auf dem Schlachtfeld konnten Autos, mit und ohne Panzer, kriegsentscheidend sein. Am 8. August 1918 hatten englische und französische Truppen, die mit 450 Tanks und starker Fliegerunterstützung östlich von Amiens vorgingen, durchschlagenden Erfolg mit ihrer Offensive. Die deutsche Front stand vor dem Zusammenbruch. Ab Anfang September mußten sich die deutschen Truppen nach weiteren alliierten Angriffen weiter zurückziehen. Unter der Zivilbevölkerung erreichte die Kriegsmüdigkeit ihren Höhepunkt. Am 16. Oktober demonstrierten rund 6000 Arbeiter vor dem Reichstag für Frieden und gegen die kaiserliche Regierung. Nachdem schließlich in den Tagen vom 27. bis zum 30. Oktober etwa 80 000 Matrosen und Heizer den Befehl verweigerten und damit den Angriff der gesamten deutschen Seestreitkraft auf die englische Flotte verhinderten, war ein deutliches Zeichen zur Beendigung des Krieges und zur Ablösung der bestehenden Staatsform gegeben worden. Mit einem Aufstand von 3000 Matrosen und Arbeitern am 3. November in Kiel brach die Novemberrevolution aus. In der Folgezeit bildeten sich in immer mehr Städten des Deutschen Reiches Arbeiter- und Soldatenräte. Unter dem

Sperrige Ladung

Auch der Langholztransport – lange eine Domäne der Pferde – wurde nach und nach von Lastwagen übernommen. Der DAAG kam dabei mit vierzig PS auf zwanzig Stundenkilometer.

Druck der Ereignisse verkündete Reichskanzler Max von Baden am 9. November die Abdankung des Kaisers. Kurz darauf, noch am selben Tag, rief der Solzialdemokrat Philipp Scheidemann am Reichstag die »Deutsche Republik« aus. Tags drauf, am 10. November, setzte sich Kaiser Wilhelm II. bei Nacht und Nebel vom deutschen Hauptquartier in Spa nach Holland ab.
Am 19. Januar 1919 wurde eine Nationalversammlung für das Deutsche Reich gewählt, die wiederum am 10. Februar eine provisorische Verfassung verabschiedete. Friedrich Ebert wurde Reichspräsident, Scheidemann bildete eine Regierung. Reichswehrminister wurde Gustav Noske, ein Sozialdemokrat, der in den folgenden Monaten die Räteregierungen in den einzelnen Städten blutig niederschlagen ließ. Die Industrie stellte wieder auf Friedensproduktion um. Im Vertrag von Versailles, der am 20. Juli 1919 unterzeichnet wurde, war eine Rüstungsindustrie bis auf wenige Werke für den nötigsten Bedarf des auf 100 000 Mann limitierten deutschen Heeres untersagt worden. Alles übrige, von den Siegermächten definierte Kriegsmaterial mußte abgeliefert, die Produktionseinrichtungen unbrauchbar gemacht werden. Die Subventionslastwagen und die im Krieg von der deutschen Artillerie eingesetzten Zugmaschinen fielen nicht unter diese Verfügung, Das Reichsverwertungsamt übernahm mit seinen Zweigstellen die Verteilung der Fahrzeuge, die aus Heeresbeständen, neu oder gebraucht, übriggeblieben waren.

Nur langsam erholt sich die deutsche Wirtschaft von den Kriegsfolgen

Nicht nur die Produktionsumstellung auf Güter des zivilen Bedarfs machte der Industrie 1919 zu schaffen. Durch die jahrelange schlechte Ernährung der Menschen und den durch den Krieg bedingten üblen Zustand vieler Maschinen sank die Leistungsfähigkeit verglichen mit den Jahren vor dem Krieg rapide. 1919 erreichte die Industrieproduktion im Deutschen Reich nur 38 Prozent des Volumens von 1913. Produzierte ein Stahlarbeiter 1913 monatlich im Durchschnitt 37,27 Tonnen Stahl, so entfielen 1919 im selben Zeitraum auf einen Arbeiter nur noch 20,97 Tonnen Stahl. Die Versorgung mit Lebensmitteln war besonders in den großen Städten miserabel. In Mannheim, Hamburg, Frankfurt, Bochum und Kassel kam es im Juni zu Hungerunruhen die einige Dutzend Tote forderten. Um die Versorgung der Industriearbeiter zu gewährleisten, griff man verstärkt auf die übrig gebliebenen Lastwagen der Kriegsproduktion zurück. Transportkapazitäten waren knapp, zumal die Siegermächte auch ein größeres Kontingent an Eisenbahnwagen beschlagnahmt hatten. Die alten Fünftonner »mit

Variable Aufbauten

Das Lieferprogramm der Ratinger Firma DAAG war schon 1919 nach dem Baukastenprinzip organisiert. Auf gleicher Basis waren Lastwagen von drei bis fünf Tonnen Nutzlast zu haben, die Aufbauten konnte sich der Fuhrunternehmer nach Bedarf anfertigen lassen.

Subvention«, oft schon zehn, fünfzehn Jahre alt, und die neueren, etwas leichteren Laster, mit denen Vomag, MAN und Magirus noch während des Krieges den Lkw-Bau begonnen hatten, blieben nicht lange auf den Höfen des Reichsverwertungsamtes stehen. Sie waren ebenso begehrt wie die ehemalige Artilleriezugmaschine vom Typ KD-1, die Daimler im Auftrag der Essener Waffenschmiede Krupp konstruiert hatte, und die – 100 PS stark – zu den ersten in größerer Serie gebauten Allradwagen (1159 Stück) überhaupt zählte.

Lastwagen werden überall gebraucht

Da war es kein Wunder, daß die deutsche Lastwagenindustrie schon 1919 – mehr als die meisten anderen Industriezweige – einen Aufwind spürte. Der Nachholbedarf war nicht zu übersehen; schließlich waren Fahrzeuge vier Jahre lang nur für den militärischen, nicht aber den zivilen Bedarf gebaut worden. Außerdem hatte sich die automobile Technik im Krieg bewährt, so daß man ihr auch in der privaten Wirtschaft stärkeres Vertrauen entgegenbrachte. Vomag in Plauen stellte schon 1919 monatlich 85 Laster her, und Magirus in Ulm lieferte im selben Jahr einen ersten Omnibus für achtzehn Personen auf einem Dreitonner-Lastwagenchassis. Sein Aufbau bestand aus einem mit Stahlblech beschlagenen Hartholzgerippe. Die Motorkraft wurde, damals sehr fortschrittlich, über eine Kardanwelle auf die Hinterachse übertragen. Die Firma Krupp in Essen, der der Kanonenbau verboten worden war, begann mit der Lkw-Produktion. Ein Fünftonner wurde vorgestellt, der vorwiegend als Kommunalfahrzeug und mit Spezialaufbauten für Schüttgut, Müllwagen und Langholz verkauft wurde. Die Lkw-Abteilung erhielt den Namen Friedrich Krupp Kraftwagenfabriken, abgekürzt »Krawa«. Sie existierte fast fünfzig Jahre: Am 30. Juni 1968 stellte Krupp die Lkw-Produktion, die zuletzt nicht mehr rentabel war, ein.

Bei MAN begann man 1919, eigene Lastwagenkonstruktionen zu entwerfen. Der erste MAN-Laster war während des Ersten Weltkrieges nach einer Lizenz der Schweizer Saurer-Werke entstanden.

Robuste Konstruktionen sind gefragt: Eine Testfahrt der Ratinger Firma DAAG

Auf dem Werkshof der Ratinger Firma DAAG stand 1919 ein Lastwagen, der eigentlich viel zu spät kam. Die Rheinländer, die 1910 mit dem Lastwagenbau angefangen hatten, spezialisierten sich zunächst auf den Bau von Subventionslastwagen. Als 1916 auf Veranlassung der Obersten Heeresleitung vom Normenausschuß der Deutschen Automobilindustrie neue Richtlinien für Regel-Lastwagen (ähnlich den subventionierten) herausgegeben wurden, beauftragte man auch die Deutsche Last Automobilfabrik Aktiengesellschaft (kurz: DAAG) mit der Lieferung eines Probewagens. Ende 1918 sollte das Auto fertig sein – da war der Krieg allerdings auch zu Ende. Da aber alle zur Serienproduktion notwendigen Vorbereitungen in der Fabrik schon getroffen worden waren und sich auch eine ganze Reihe von Privatleuten am Kauf des Wagens interessiert zeigten, bemühte sich die Firmenleitung, das Beste aus der unerwarteten Situation zu machen. Also gab DAAG im Sommer 1919 einen aufwendigen Prospekt heraus, der das neue Produkt anpries. Der Laster wurde in einer Grundform angeboten, die dann durch verschiedene Aufbauten und Änderungen ein Nutzlastspektrum von drei bis fünf Tonnen ermöglichte.

»Für die Herstellung des Lastkraftwagens ist diese Vereinheitlichung ein bedeutender Fortschritt, der in der Auswirkung auf die Gestaltung der Automobil-Industrie heute noch nicht abzusehen ist«, hieß es in der Werbeschrift. Tatsächlich setzte sich das Normprinzip, nach dem die DAAG-Leute ihre Autos bauten, im Laufe der folgenden Jahre durch. Heute wäre der Lastwagenbau ohne das Baukastenprinzip gar nicht mehr denkbar. »Der fühlbare Mangel an Zugtieren jeder Art als natürliche Folge des Krieges wird dem Lastkraftwagen neue Verwendungsgebiete erschließen«, betonte der Prospekt weiter, »der Kleinbetrieb, dessen Besitzer bisher der motorischen Lastenbeförderung ablehnend gegenüber stand, muß sich die Vorzüge dieses Transportmittels sichern, um erfolgreich bestehen zu können; aber auch Staat und Kommune werden sich mehr noch als bisher diesem modernsten aller Verkehrsmittel zuwenden müssen.« Da aber nach dem verlorenen Krieg in Deutschland weder die bisherigen militärischen noch sonstige Instanzen da waren, die den Regel-Laster aus Ratingen auf seine Tauglichkeit hätten prüfen können, gingen die DAAG-Leute mit ihrem Produkt selbst auf die Straße: Im Winter 1919 fuhr ein Test-Team mit einem Pritschenwagen unter ungünstigsten Witterungsbedingungen von Ratingen nach Berlin und wieder zurück.

Für die Erprobungstour hatten sich die DAAG-Techniker recht schwierige Strecken ausgesucht. Der Weg führte durch das Sauerland und den Harz nach Berlin, von dort an die Ostsee und über Hamburg wieder zurück nach Berlin. Am ersten Tag ging es von Ratingen aus über Elberfeld und Hagen noch recht zügig voran. Hinter Meinerzhagen im Sauerland mußten noch lange kurvenreiche Steigungen genommen werden, die aber – laut Tagebuch – »trotz reichlichem Neuschnee glatt durchfahren wurden«. Abends erreichte man nach genau 202 Kilometern den kleinen Ort Laasphe im östlichen Sauerland. Hier übernachteten die drei Fahrer. Bei heißem Tee mit einem anständigen Schuß Rum freute sich die Besatzung in einem gemütlichen Wirtshaus über den einwandfreien Lauf des 40 PS starken Vierzylindermotors ihres DAAG.

Ziel des zweiten Tages war Kassel. Auf den zahlreichen Steigungs-und Gefällstrecken des hessischen Berglands bewährte sich die moderne Motorbremse des DAAG bestens, die schon damals über ein Verstellen der Nockenwelle arbeitete. Dadurch veränderte sich die Ventilsteuerung derartig, daß der Motor wie ein Kompressor arbeitete und so die Fahrt bremste. Tags drauf konnte dann eine starke Steigung nur noch mit Schneeketten bewältigt werden. (Die Ketten bestanden damals noch nicht aus einem radumspannenden Netz, sondern aus mehreren kurzen Einzelketten, die in gewissen Abständen um Felgen und Reifen gespannt wurden.)

Giganten mit Dampf und Kriechgang

Dampfwalzen hatten noch vor weniger als 30 Jahren ihren festen Platz im deutschen Straßenbau.

AUG. HAKE
Nº 1
STADTLOHN i.W.

Heiße Energiequelle

Dampfmaschinen gehörten zu den ersten Antrieben pferdeloser Fahrzeuge. In England waren Dampflastwagen wie dieser Foden bis weit in die zwanziger Jahre populär. Dampfwalzen (vorhergehende Seite) konnte man auch im deutschen Straßenbau vor zwanzig, dreißig Jahren noch manchmal sehen.

THE FODEN STEAM WAGON
PRIDE OF BURLEY
M 7124

VELTINS
NL 1,6t
5t
AR-

Schnelle Entwicklung

In nur wenigen Jahren wurden Lastwagen zu zuverlässigen Transportmitteln entwickelt. Zwischen dem Magirus der frühen dreißiger Jahre (oben) und dem alten Benz (links) liegt ein Zeitunterschied von nur zwanzig Jahren.

Lastwagen als Werbeträger

Auffällige Farben und sorgfältige Lackierungen forderten die Lkw-Käufer auch vor sechzig Jahren schon. Lieferfahrzeuge wie dieser Krupp trugen das Markenzeichen ihres Besitzers durch die Straßen.

Diesel im Zweitaktverfahren

Nachdem Krupp eine Zeitlang Gegenkolbenmotoren von der Firma Junkers bezogen hatte, baute man die ausgefallenen Diesel-Maschinen selbst. Diesen Zweitakt-Krupp von 1933 zieren sowohl die Krupp-Ringe als auch der „fliegende Mensch" des Hauses Junkers.

MAGIRUS
TYP M 40
4 to
MAGIRUS
IIA 318612
Diesel
Lastkraftwagen

Mit vierzig PS gegen Schnee und Eis

Bei fünfzehn Grad minus versuchten die Testfahrer am vierten Tag ihrer Tour den Brocken, den höchsten Berg des Harzes, zu bezwingen – per Auto versteht sich. Über vereisten Schnee, der durch lebhaften Schlittenverkehr sehr glatt gefahren war, führte der Weg in starken Steigungen zu einem kleinen Ort mit dem bezeichnenden Namen Elend. Auch den nächsten Ort namens Schierke passierte der hochbeinige Laster noch, vier Kilometer später häufte sich der Schnee dann doch höher als vorgesehen. Trotz der Schneeketten rutschten die Räder in einer steilen Kurve durch. Erst nach mehrfachem Anlauf konnte der Laster die Schneewehe durchstoßen. Kurz darauf mußte das robuste Auto doch passen; auf einer Waldlichtung hatte der Wind einen absolut unüberwindlichen Schneehaufen zusammengeweht. Die Fahrer, dick vermummt in Pelzmänteln, mühten sich noch eine Weile ab, um eine Fahrspur zu schaufeln, aber die Hinterräder des Lasters drehten dennoch durch; auf der unterm Schnee vereisten Fahrbahn hatte der Wagen keine Chance. Die Piloten entschlossen sich, das Auto rückwärts bis zu einer Stelle rollen zu lassen, wo sie gefahrlos wenden konnten.

Am sechsten Tag, ein Stück hinter Weimar, hatten die Chauffeure und ihr Laster wieder einmal eine heikle Situation zu bestehen. Auf der starken Steigung vor Rannstadt kam der Wagen ins Schleudern. Als der Fahrer das Gefährt endlich zum Stehen brachte, rutschte das ganze Fahrzeug plötzlich nach hinten weg, die Hartgummiräder fanden auf dem eisigen Boden keinen Halt. Zum Glück verfing sich ein Prellstein unter der Hinterachse. Dieser Klotz bremste die unfreiwillige Fahrt und verhinderte, daß der Wagen gegen eine massive Buche krachte. Am folgenden Tag ließen sich einige Kratzer am Aufbau dann doch nicht vermeiden. Dem schleudernden Laster kam kurz vor Berlin ein Fuhrwerk in die Quere. Der Kutscher, dessen Gespann nur unbedeutende Schäden davontrug, ereiferte sich über die stinkende Konkurrenz mit Benzinmotor. Erst nachdem ihm die Automobilisten etwas Bargeld zugesteckt hatten, wurde er ruhiger und zog weiter.

Für die etwas mehr als 1000 Kilometer von Ratingen nach Berlin-Charlottenburg benötigten die DAAG-Techniker mit ihrem mit rund drei Tonnen beladenen Laster genau sieben Tage. Der zweite Teil der Tour sollte etwas schneller vor sich gehen. Die Bedingungen waren aber auch wesentlich günstiger. Die Strecke über Rostock nach Wismar an der Ostsee und weiter nach Hamburg ging vorwiegend durch flaches Gelände. Die Tester hatten absichtlich nach der Berg- und Talfahrt durch Sauerland und Harz eine Flachlandetappe eingeplant, um die verschiedenen Kraftstoffver-

Wendig auf dem Bau (links) *In den dreißiger Jahren wurden Lastwagen in zunehmendem Maße bei Bauarbeiten eingesetzt. Nach und nach verdrängten sie die Feldbahnen (im Bildhintergrund) bei Erdbewegungen.*

Laster laufen wie geschmiert (oben) *Immer mehr Industriezweige entdeckten Anfang der zwanziger Jahre den Lastwagen als günstiges Verkehrsmittel, das auch entlegene Adressaten erreichen konnte – ein echter Vorteil gegenüber der schienengebundenen Bahn. Der abgebildete Dixi-Lastzug fuhr für eine Margarinefabrik im Teutoburger Wald.*

bräuche messen zu können. In den Bergen verbrauchte der Vierzylinder-Benzinmotor des DAAG im Durchschnitt genau 36,1 Kilogramm Brennstoff auf 100 Kilometer, in der Ebene gab er sich mit 29 Kilogramm zufrieden. Mit einer Geschwindigkeit von 29,7 Stundenkilometern war der Laster in der Norddeutschen Tiefebene nicht wesentlich schneller als in den Mittelgebirgen, wo er einen Schnitt von 24,4 Stundenkilometern erzielte.
Nach der Rückkehr von Hamburg nach Berlin kam der Wagen »ohne erst in der Fabrik oder in einer Reparaturwerkstatt überholt zu werden« – so der Prospekt – auf den Prüfstand der Versuchsanstalt für Kraftfahrzeuge an der Technischen Hochschule in Charlottenburg. Dort wurden der Motor und verschiedene andere Aggregate zerlegt und auf Verschleißspuren untersucht. Eine Veröffentlichung der Ergebnisse zum Vergleich mit anderen Lastern sei nicht erlaubt, betonte der Prospekt. »Immerhin kann an dieser Stelle wiederholt werden«, hieß es weiter, »daß der DAAG-Einheitswagen in jeder Beziehung allen Erwartungen voll entsprochen hat, in der Standfestigkeit, d. h. in der Beanspruchung seiner Einzelteile, wohl überhaupt an erster Stelle steht und in der Frage von Leistungsfähigkeit und Wirtschaftlichkeit aber vor den bekanntesten und größten Fabriken marschiert.« Bescheidenheit war schon damals nicht gerade eine Zier der Lkw-Prospekte.

Erste Vertriebsnetze trotz Benzinknappheit

Hatten sich vor dem Ersten Weltkrieg die Autokäufer gewöhnlich in ihrer Nachbarschaft nach einem Autowerk umgesehen, um einen Wagen zu erstehen, so konnten sie ab 1919 auch auf Produkte aus entfernteren Provinzen des Landes zurückgreifen, ohne weite Reisen in Kauf nehmen zu müssen. Die Autohersteller kamen ihnen entgegen. Da durch Benzinrationierung und die Verknappung der Vollgummibereifung in der unmittelbaren Nachbarschaft der einzelnen Werke die Zahl der Kaufinteressenten begrenzt war, orientierten sich besonders die Lastwagenproduzenten im gesamten Deutschen Reich. Firmen wie Büssing in Braunschweig oder Magirus in Ulm, die ohnehin in Städten ohne kaufkräftiges Umland residierten, legten Wert darauf, auch in Berlin, Breslau, Hamburg und Frankfurt vertreten zu sein. Und weil mehrere kleine Firmen gemeinsam stärker sind, schlossen sich 1919 Magirus aus Ulm, Dux aus Leipzig, Presto aus Chemnitz und Vomag aus Plauen zum Deutschen Automobil Konzern (DAK) zusammen. Der Sinn des Kartells dieser Vier lag darin, den Lastwagenmarkt so gut es ging untereinander aufzuteilen. Jedes Werk sollte nur gewisse Baureihen produzieren, die wiederum zusammengenommen eine komplette Modellpalette bilden mußten.
Neben der neuen Modellpolitik erarbeiteten sich die Kartellpartner auch ein gemeinsames Vertriebssystem, wie es vorher im Deutschen Reich noch nicht üblich gewesen war. Schon nach ein paar Monaten konnten die Laster-Bauer auf ein landesweites Netz von mehr als zwanzig Niederlassungen verweisen, in denen der Kunde ein nagelneues Auto kaufen konnte, wo er aber ebenfalls seinen Wagen regelmäßig warten lassen konnte und wo man die wichtigsten Ersatzteile dauernd auf Lager hielt. Den Autoproduzenten war klar geworden, daß der Kunde langfristig mehr verlangte, als die Lieferung eines Wagens. Kundendienst wurde zum festen Begriff. Auch die NAG in Berlin gründete 1919 zusammen mit den Hansa-Lloyd-Werken in Bremen und den Brennabor-Werken in Brandenburg an der Havel eine Verkaufsgemeinschaft mit dem Sitz in Berlin und dem stolzen Namen Gemeinschaft Deutscher Automobilfabriken GmbH (GDA). Diese Zusammenschlüsse waren als Zweckgemeinschaften zur damaligen Zeit sicher sinnvoll. Sie leisteten auch Pionierarbeit im Bereich des Verkaufs und des Service, von langer Dauer waren sie dennoch nicht. In der Zeit des relativen Booms Mitte der zwanziger Jahre mochten die Mitglieder des Deutschen Automobilkonzerns (DAK) die freiwilligen Typenbeschränkungen nicht mehr einsehen. 1926 wurde der DAK aufgelöst. Die GDA hielt auch nur bis 1929. Eine andere Serviceeinrichtung, die Tankstelle, hielt sich dagegen bis heute. 1922 eröffnete die Mineralölfirma Olex in ihrem Geschäftshaus an der Mühlenstraße in Berlin-Schöneberg die erste öffentliche Kraftstoffstation. Der Tankwart brauchte schon nicht mehr umständlich mit Kanistern zu hantieren, sondern betankte die Autos direkt über einen Füllrüssel.

Unfälle am laufenden Band

Es passierte viel auf den Straßen der zwanziger Jahre. Fahrer und Fußgänger stellten sich erst langsam auf neue Verkehrssituationen ein. Schlechte Straßen taten ein übriges, um die Unfallzahlen steigen zu lassen. Der DAAG-Bus war eine Böschung hinuntergestürzt.

Lastwagenbau in den zwanziger Jahren: Viele Firmen, eintönige Baukonzepte

1920 zählte man in Deutschland rund 75 000 Autos. In England fuhren dagegen schon 420 000, in den USA gar 9,2 Millionen. Da nach Deutschland kein Benzin eingeführt werden durfte und nur noch fünf Prozent des Bedarfs von 1914 zur Verfügung stand, waren 1920 auch erst 37 Prozent der Vorkriegsautos wieder angemeldet. Erst als im Dezember die Benzinrationierung aufgehoben wurde, machten viele Autobesitzer ihre Vehikel wieder flott. Zahllose neue Firmen stiegen in den Autobau ein. Die Idee der Volksmotorisierung, der damals noch utopisch erscheinende Gedanke, daß in nicht allzu ferner Zukunft das eigene Auto auch für breitere Bevölkerungskreise erschwinglich sein könnte, wurde damals hin und wieder geäußert. Man verwies auf Amerika, wo Henry Ford schon seit 1908 einen Wagen fürs Volk, das Modell T, am Fließband bauen ließ. Die Propaganda verfehlte ihre Wirkung nicht: Wurden 1920 nur 26 924 Führerscheine im Deutschen Reich ausgegeben, so waren es 1925 schon 202 534.

Im Lastwagenbau führte man die konsequente Fließbandproduktion erst relativ spät ein. Zum einen waren die Stückzahlen in der Nutzfahrzeugbranche mit denen der Pkw-Industrie nicht zu vergleichen, zum anderen sah selten ein Lastwagen aus wie der andere. Die Kundschaft hatte – vom Müllwagen bis zum Doppeldeckeromnibus sehr verschiedene Wünsche, und die Hersteller waren bestrebt, es allen recht zu machen. So blieb sogar bis weit in die fünfziger Jahre im Nutzfahrzeugbau die Handarbeit qualifizierter Stellmacher und Karosseriebauer unerläßlich. Die Serienfertigung beschränkte sich im wesentlichen auf den Bau von Fahrgestellen und Motoren. Und selbst dabei waren rationalisierte Arbeitsgänge in den Montagehallen der zwanziger Jahre nur mühsam auszumachen. Der Blick in den Getriebe- und Motormontageraum mancher Lastwagenfirma erinnerte eher an eine völlig ungeordnete Ansammlung von Gußteilen verschiedenster Art und Größe. Bevor sie eingebaut wurden, mußten oft selbst die Getriebe einen Probelauf »auf dem Trockenen« absolvieren. Bei DAAG in Ratingen beispielsweise wurden die Zahnräder der Schaltung erst eine runde Stunde über Transmissionen und Treibriemen in Bewegung gehalten. Arbeitete das Getriebe danach noch einwandfrei, so konnte man es einbauen. Brach ein Zahnrad oder eine Welle, ging das Stück wieder zurück in die Produktion.

Obwohl sich das Fließband beim Lkw-Bau in den Zwanzigern noch nicht durchgesetzt hatte, brachten die unterschiedlichen Hersteller auffallend gleichförmige Fahrzeuge auf den Markt. Im Spektrum zwischen zwei und fünf Tonnen Nutzlast hatten nahezu alle Werke Modelle anzubieten, und technische Raffinessen waren selten zu finden. Die Motoren beschränkten sich fast durchweg auf wassergekühlte Vier- oder Sechszylinder – paarweise gegossen –, den Frontantrieb bezog man allenfalls bei leichteren Personenwagen in die Überlegungen mit ein. Der Übergang vom Ketten- auf den Kardanantrieb gestal-

tete sich besonders zäh. Obwohl die Bielefelder Firma Dürkopp schon 1906 zur Zufriedenheit der Kunden einen für damalige Verhältnisse schweren Laster, einen Viertonner, mit Kardanantrieb ausgerüstet hatte, schworen viele Firmen noch bis tief in die zwanziger Jahre auf die Ketten, die im Betrieb einen gewaltigen Lärm machten. Wenn sich die Kette beim Anfahren spannte, ging immer ein starker Ruck durch das ganze Fahrzeug – eine harte Belastung für das Material. Ein kardangetriebenes Fahrzeug ließ sich dagegen sanft anfahren. Außerdem lag die Kardanwelle abgekapselt im Ölbad, die außen liegende Kette, auf der – so die Firmen – der Kunde nach wie vor bestand, verschmutzte dauernd und mußte dann wieder gereingt und gefettet werden.

Abgesehen von der Entwicklung des schnellaufenden Dieselmotors für Lastwagen und Schlepper, waren bei den Alltagsautos der zwanziger Jahre nicht viele herausragende technische Novitäten zu verzeichnen. Sicher, viele schon länger bestehende Konstruktionen und Erfindungen wie etwa die Autoelektrik, Magnetzünder und Luftreifen wurden verfeinert, Meilensteine der Technik finden sich in dieser Zeit aber allenfalls auf dem Gebiet der Stromlinienforschung. Immerhin setzten sich bei den Motoren allmählich abnehmbare Zylinderköpfe durch. Man hatte gemerkt, daß sich die Maschinen wesentlich leichter reparieren ließen, wenn man von oben an die Kolben kam. Im übrigen ließen sich die Konstrukteure bei der Gestaltung der Kühler und deren Gallionsfiguren ständig etwas Neues einfallen. Hätten sie auf diesem Gebiet nicht so viel Phantasie entwickelt, wären viele Autos nur mühsam voneinander zu unterscheiden gewesen.

Deutsche Autos vom Weltmarkt ausgeschlossen

Die Orientierung nach Marktlücken schien damals noch nicht sehr ausgeprägt zu sein. Durchschnittliches gab es mehr als genug. Langfristig stellte sich aber heraus, daß sich die Firmen durchsetzten, die sich entweder auf bestimmte Marktsegmente spezialisiert hatten, oder solche, die finanziell stark genug waren, um für ihre mittelmäßigen Autos ein durchschlagendes, landesweites Vertriebsnetz aufzubauen. Im Ausland ließen sich die deutschen Produkte nach dem Ersten Weltkrieg nicht zuletzt durch die restriktive Zollpolitik der Siegermächte kaum absetzen. Die USA produzierten 1927 genau 87 Prozent aller Autos weltweit, Frankreich und England hatten auch nur einen bescheidenen Anteil von jeweils 3,6 Prozent, und die deutschen Hersteller lieferten gerade 1,2 Prozent aller Autos. In den USA kam damals schon auf fünf Einwohner ein Auto, in Großbritannien hatte einer von 43 Bürgern ein Auto, und im Deutschen Reich mußten sich 171 Personen ein Auto teilen.

An einen Export in Richtung Westen war für die deutsche Autoindustrie nicht zu denken. Franzosen und Belgier schotteten sich gegen die Konkurrenz mit hohen Einfuhrzöllen ab. Allenfalls in Holland bauten sich einige deutsche Firmen Verkaufsniederlassungen auf. Die Nutzfahrzeughersteller suchten daher schon früh Kontakte zur damals noch jungen Sowjetunion. Dort war in den Jahren nach der Oktoberrevolution der Bedarf an Lastwagen – besonders für die Umstrukturierung in der Landwirtschaft – enorm hoch. Technologien aus Deutschland waren in hohem Maße gefragt. Da man in der Sowjetunion Wert auf robuste Fahrzeuge legte, fanden Anfang der zwanziger Jahre regelmäßige Wettbewerbe statt, bei denen Personen- und auch Lastwagen unter rauhen Bedingungen ihre Fähigkeiten unter Beweis stellen mußten.

Nachdem die 3,5-Tonner von Vomag in Plauen sowohl 1923 als auch 1925 »für hervorragende Wirtschaftlichkeit und einwandfreien Zustand nach der Fahrt« ausgezeichnet worden waren, konnten die Konstrukteure aus Sachsen den 1. Russischen Staatswanderpreis für immer mit nach Deutschland nehmen. Der Erfolg wurde natürlich in der Werbung weidlich ausgeschlachtet, aber er zahlte sich auch in barer Münze aus: Die Sowjets orderten in der folgenden Zeit eine ganze Reihe von Lastern bei Vomag.

Laster im öffentlichen Dienst

Ein Bergmann wird Bierfahrer

Die folgende Geschichte eines Bierfahrers in Dortmund mag ein Licht werfen auf das Leben der Lkw-Fahrer früherer Zeiten. Der gebürtige Pole Roman Michalczyk war mit seinen Eltern im vergangenen Jahrhundert aus Masuren ins Ruhrgebiet eingewandert, weil es dort Arbeit gab. Michalczyk verdingte sich erst wie sein Vater auf einer Zeche unter Tage, mußte dann aber, knapp vierzig Jahre alt, nach einem schweren Beinbruch den Beruf aufgeben. Weil er nicht die Ruhe hatte, zu Hause zu bleiben, von der schmalen Rente zu leben und sich nur um seine Brieftauben zu kümmern, suchte er nach einer anderen Arbeit. Sein Freund Emil Kasparkowiak arbeitete in der Bierstadt Dortmund als Fahrer für eine Brauerei. Und als dessen Beifahrer eines Tages schwer erkrankte und kurz darauf an Diphterie starb, sah der ehemalige Bergmann Michalczyk seine Chance. Er bekam den Job als Beifahrer, aber es fiel ihm wegen seines oft schmerzenden, fast steifen Beins nicht leicht, mit den schweren Fässern zu hantieren. Doch letztlich entschädigte ihn immer wieder, daß sein Kumpel ihn öfter hinters Steuer des alten NAG ließ. Die wichtigsten Handgriffe, die man zum Chauffieren der Bierkutsche brauchte, hatte er sich schnell angeeignet – und wer fragte damals schon danach, ob man einen Führerschein besaß oder nicht.

Die Arbeit bei der Brauerei hatte noch einen anderen Pluspunkt: Der Arbeitgeber gestand allen Beschäftigten ein festes Deputat an Bier zusätzlich zum Lohn zu. Das förderte natürlich auch den Konsum, und es war durchaus üblich, daß am frühen Vormittag die Wurstbrote schon mit beträchtlichen Mengen Gerstensaft heruntergespült wurden. Früher, als noch Pferde eingesetzt wurden, war das kein Problem. Die Brauereigäule fanden in der Regel auch allein den Weg nach Hause, wenn der Kutscher oben auf dem Bock nicht mehr wußte, wo es lang ging.

Bei den Autos war das anders, und der Fuhrparkchef war natürlich unnachsichtig, wenn einer seiner Bierkutscher zu betrunken war und einen Laster umwarf.

Besonders die Kommunen, denen man im Ersten Weltkrieg die Pferde weggenommen hatte, rüsteten ihre Fuhrparks mit Lastwagen aus. Sprengwagen, hier ein MAN, banden im Sommer den Staub auf den nicht asphaltierten Straßen.

Alkohol am Steuer

Eines Abends, als Emil und Roman wieder auf den Brauereihof kamen, war die Stimmung gedrückt, betretene, ernste Gesichter überall. »Heinrich ist tot«, hieß es auf ihre Fragen. Heinrich Lahkämper, ein Kollege, war – offenbar völlig betrunken – mit seinem Laster eine Böschung heruntergestürzt. Dabei war er wohl aus dem Fahrerhaus geschleudert worden, und sein eigener Laster hatte ihn erschlagen. Jedenfalls fand man ihn tot unter dem umgekippten Fahrzeug. Die Brauereifahrer diskutierten noch eine Weile über den Unfall. Geändert hat sich indes nicht viel: Am anderen Morgen schnappten beim Frühstück wieder die Verschlüsse der Bierflaschen.

Lahkämpers Auto wurde wieder repariert. So lange keine wichtigen mechanischen Teile wie Motor oder Getriebe durch den Unfall in

Mitleidenschaft gezogen waren, ließen sich die Laster der zwanziger Jahre fast von jedem Dorfschmied und Tischler wieder herrichten. Die Suche nach einem neuen geeigneten Fahrer fiel dem Fuhrparkleiter der Dortmunder Brauerei dagegen wesentlich schwerer. Schließlich fiel ihm Roman Michalczyk ein. Von dessen schwarzen Touren wußte er wohl; er tolerierte sie stillschweigend, denn schließlich war da noch nie etwas passiert. Anderntags, man schrieb das Jahr 1927, rief er den Beifahrer in sein Büro. Michalczyk hatte ein schlechtes Gewissen. »Jetzts gibts Ärger«, dachte er. Aber dann kam es doch besser, als er erwartet hatte. »Du fährst dauernd schwarz«, begann der Fuhrparkchef, und noch bevor Michalczyk etwas entgegnen konnte, fuhr er fort: »Morgen gehst du zur Kreisverwaltung und meldest dich zur Führerscheinprüfung. Du kannst dann den Wagen vom Lahkämper haben.« Michalczyk war zufrieden.

Jeder angehende Kraftfahrer muß zunächst seinen zuständigen Kreisarzt aufsuchen, der ihm ein ebenfalls behördlicherseits vorgeschriebenes Gesundheitsattest ausstellt, heißt es in einem Handbuch des Automobilwesens von 1927, mit diesem Attest, einem Lichtbild und einer Geburtsurkunde begibt sich der Schüler zu einer Fahrschule und erhält dort die praktische und theoretische Ausbildung ... Die Beschaffung der erforderlichen Papiere, der Besuch der Fahrschule, die Prüfung und die Ausstellung des Führerscheins dauert im allgemeinen vier Wochen.

Die Ausbildung mußte damals »mindestens 12 Fahrtage und 150 Kilometer Fahrstrecke« umfassen. Der Prüfer fragte nicht nur nach Verkehrsregeln, auch über technische Details seines Autos mußte der Führerscheinaspirant erschöpfend Auskunft geben können.

Roman Michalczyk bekam jedenfalls seinen Führerschein und auch den versprochenen und inzwischen reparierten Fünftonner-Krupp mit dem 50 PS starken Vergasermotor. Seine tägliche Tour führte über Unna und Schwerte, gelegentlich auch nach Hagen. Damals begegneten dem Bierkutscher auf den Straßen am Rande des Ruhrgebiets noch recht wenig Lastwagen. Hin und wieder traf er einen Langholzlaster aus Schwerte, der Grubenholz aus dem Sauerland zu den Kohlenzechen rund um Dortmund brachte. Man grüßte sich freundlich, und wenn man Zeit hatte, hielt man auch mal an, um eine Viertelstunde miteinander zu plaudern. Natürlich war die Konkurrenz ebenfalls unterwegs. Brauereien gab es in Dortmund ja reichlich, und alle hatten sich frühzeitig einen motorisierten Fuhrpark zugelegt.

Die Wirtschaftskrise als Zäsur

Für viele Lastwagenfirmen wurde 1929 die finanzielle Decke zu knapp. Einige gaben auf oder wurden von größeren geschluckt. Auch bei DAAG in Ratingen blieb man auf Lastern und Busfahrgestellen sitzen. Krupp übernahm schließlich die Firma.

In erster Linie haben sich die Brauereien mit dem Lastkraftwagen angefreundet, heißt es in einem zeitgenössischen Aufsatz, nach vorliegenden Erfahrungen ist dieser dem Pferdebetrieb unbedingt vorzuziehen, ... ohne Berücksichtigung der Vereinfachung des Betriebes durch den Fortfall der Pferdepflege und der durch die fast fünfmal so schnelle Beförderung bedingten besseren Temperierung des Bieres. Bei allen Brauereien, die im Gebirge liegen oder auf den Absatz im Gebirge angewiesen sind, ist der Kraftwagen bedeutend den Zugtieren überlegen.

Auf staubiger Landstraße

Über eine ungeteerte, geschotterte Landstraße im Bayerischen quält sich der Viehtransporter zum nächsten Schlachthof. Lastwagen halfen in starkem Maße mit, entlegene Gegenden zu erschließen.

In Dortmund selbst begegnete Michalczyk natürlich ständig anderen Lastern. Als er drei Jahre zuvor noch unter Tage gearbeitet hatte, hatte die Zeche auch schon einen Benz Gaggenau mit Kipper unterhalten, mit dem allerhand Materialien zum Unterhalt des Bergwerks herangekarrt wurden und dessen Kippvorrichtung noch aus einer Winde bestand, die per Kurbel hochgedreht wurde. Inzwischen stand ein MAN mit einem Hydraulikkipper von Meiller in München im Dienst der Kohlengrube. Für den Transport der Kohlen selbst wurden Lastwagen zunächst nur selten genutzt. Die schwarzen Brocken fielen über ein Förderband am hauseigenen Gleisanschluß direkt in die Eisenbahnwaggons. Die Reichsbahn war für solche Massengüter nach wie vor billiger.

Lastwagen im Dienst der Kommunen

Dagegen gab es bei der Stadtreinigung kaum noch eine Alternative zum Lastwagen. Als Sprengwagen, die im Sommer den Staub auf den noch nicht geteerten Straßen banden, als Kehrmaschinen und auch als Fäkalientransporter in Ortsteilen, die keine Kanalisation besaßen, mochte sie Mitte der zwanziger Jahre niemand mehr missen. »Kein Gebiet des Lastautomobilbaues hat nach dem Kriege einen solchen Aufschwung genommen, wie das der Kommunalautomobile«, schreibt Louis Betz 1927 in seinem ersten Band über »Spezial-Lastautomobile«, »dazu trug in der Hauptsache bei, daß der Krieg den städtischen Fuhrbetrieben, die vorher mehr oder weniger mit dem Pferdebetrieb verwachsen waren, durch die Wegnahme der Pferde für Heereszwecke den Ansporn zur Automobilisierung aufnötigte.« Im selben Jahr – 1927 – untersuchten Statistiker den Siegeszug des Kommunalfahrzeugs anhand von sechzig repräsentativ ausgewählten städtischen Betrieben. In diesen Orten hatten noch 1913 bei der Straßenreinigung 1008 Pferde ganzen 36 Autos gegenübergestanden. Bis 1927 schrumpfte der Pferdebestand auf 555, während der Lkw-Fuhrpark auf 301 Wagen anstieg. Besonders die Nürnberger Firma Faun, die damit bis heute überlebt hat, und Krupp in Essen spezialisierten sich auf den Bedarf der Rathäuser. Krupp baute lange eine dreirädrige Kehrmaschine mit ungewöhnlichem Aussehen, hinter der oft die Kinder herliefen und Spottverse sangen.

Komfortabel war der Krupp, mit dem Michalczyk unterwegs war, nicht gerade. Das Fahrerhaus besaß nur eine Windschutzscheibe, die Seiten blieben offen. Bei Regen und Schnee fühlte man sich im Laster auch nicht gemütlicher als draußen. »Schlechtes Wetter gibt es nicht«, lautete damals der gängige Spruch, »es gibt nur die falsche Kleidung.« Dagegen besaßen die Lastwagen im Ruhrgebiet, das seit Januar 1923 von Franzosen und Belgiern besetzt war, ein Zubehör, das im übrigen Deutschen Reich weitgehend unbekannt war – und zwar

Mit drei Rädern erfolgreich

In eine Marktlücke stießen Vater und Sohn Vidal aus Hamburg mit ihrem Vorderlader, den sie Tempo nannten. Die Wägelchen halfen in den schlechten Jahren um 1930 mancher kleinen Firma über den Berg.

den Rückspiegel. Die meisten Chauffeure hielten derartiges Zubehör für unnötig, zumal man mit den Autos rüde umging und der Spiegel dann meist als erstes auf der Strecke blieb. Die Franzosen, die den Rückspiegel per Verfügung forderten, machten allerdings ernst: Zwei bayerische Fahrer, die keinen Rückspiegel am Wagen hatten, wurden am 18. Februar 1924 von einem Kriegsgericht zu zwanzig Mark Goldmark Strafe verurteilt – damals mehr als ein Wochenlohn. Die Fahrer betrachteten solcherlei Vorgehen der ohnehin ungeliebten Besatzungstruppen natürlich als Schikane.

Die Weltwirtschaftskrise fordert ihren Tribut: Renommierte Lastwagenfirmen stellen die Produktion ein

In den frühen zwanziger Jahren waren die Autohersteller wie Pilze aus dem Boden geschossen. 86 Firmen produzierten 1924 genau 146 Pkw-Typen. In Zeiten steigender Konjunktur versuchten viele, ein Stück vom Kuchen abzubekommen, und der Autobau erschien als zukunftsträchtige Branche. Die Rechnung ging allerdings nicht auf. Zwar wurden immer mehr Autos gebaut, die Produktion konzentrierte sich aber schließlich auf wenige große Konzerne. Von den 86 Firmen, die 1924 zusammen rund 32 000 Personenwagen herstellten, blieben 1932 nur noch siebzehn übrig, die aber wesentlich mehr, nämlich 41 000 Autos produzierten. Viele kleine Firmen mit zu kurzer Finanzdecke und unausgereiften Konstruktionen verschwanden ebenso schnell wieder, wie sie gekommen waren. Meist wurden sie von wesentlich größeren Unternehmen geschluckt, die ihre Expansion gewöhnlich mit Krediten aus den USA finanzierten. Solche Praktiken waren damals auch in anderen Industriezweigen gang und gäbe. 1929 gab es in Deutschland kaum einen Konzern aus den Bereichen Stahl, Kohle, Chemie und Elektrik, der nicht in Amerika Geld geborgt hatte und entsprechend einen Teil seines Gewinns ins Ausland abführen mußte.

Bei einer derartigen weltweiten Verflechtung auf wirtschaftlichem Gebiet war es kein Wunder, daß die deutsche Wirtschaft direkt vom »Schwarzen Freitag«, dem Krach an der New Yorker Börse am 25. Oktober 1929 betroffen war. Aktienkurse fielen rapide, Banken brachen zusammen. Neben den Deutschen hatten auch Engländer und Franzosen reichlich auf amerikanische Kredite zurückgegriffen. Der relative Boom hatte in den USA zu Überproduktion und gewagten Spekulationen an der Börse geführt. Als der Weltmarkt schließlich weit hinter den Erwartungen zurückblieb, brach das Kreditsystem zusammen. Dabei blieben auch zahlreiche renommierte deutsche Lkw-Bauer auf der Strecke. Die Bielefelder Firma Dürkopp, die schon seit der Jahrhundertwende zu den Pionieren auf diesem Gebiet gehörte, mußte 1929 den Autobau einstellen. Danach hielt man sich mit der einträglicheren Produktion von Nähmaschinen und Fahrrädern über Wasser. Bei der Ratinger Firma DAAG stand der neue Sechstonner wie Blei auf dem Hof. Kaufabschlüsse kamen nur noch selten zustande, und der Essener Krupp-Konzern, für den der Lastwagenbau nur eine kleine Abteilung war, übernahm den kranken Nachbarn. Der Bremer Kaufmann Carl F. W. Borgward konnte 1929 die Bremer Hansa-Lloyd-Werke praktisch für ein Ei und ein Butterbrot übernehmen, und die Firma Mannesmann-Mulag in Aachen wurde 1929 liquidiert. Der Braunschweiger Büssing-Burglöwe fraß sich dick und rund: 1930 übernahmen die Niedersachsen die Komnick-Werke im ostpreußischen Elbing, und 1931 war dann die Lkw-Abteilung der Berliner NAG fällig, die wiederum kurz vorher die Leipziger Presto-Werke geschluckt hatte.

Die beiden erfolgreichsten Firmen des deutschen Autobaus, Benz und Daimler, hatten sich schon frühzeitig Gedanken über die Zukunft gemacht. 1924 schlossen die beiden bis dahin hart konkurrierenden Firmen einen Kooperationsvertrag, aus dem dann schließlich die Fusion beider Unternehmen entstand. In einer Generalversammlung beider Firmen am 28. Juni 1926 einigte man sich einstimmig auf einen Verschmelzungsvertrag. Vorübergehend wurde noch das Nutzfahrzeugangebot beider Partner verkauft. Im Zentral-Konstruktionsbüro in Stuttgart-Untertürkheim entwarfen die Techniker indes ein geschlossenes Nutzfahrzeugprogramm, das unter dem Namen Mercedes-Benz ab 1927 bei den Händlern zu haben war. Die Palette reichte vom Ein- bis zum Fünftonner. Im folgenden Jahr fächerte sich das Programm noch weiter auf; Wagen gleicher Leistungsklasse waren mit verschiedenen Radständen verfügbar. 1929, als andere Lasterfirmen zumachten, überschritt man bei Daimler-Benz die magische Fünf-Tonnen-Grenze: Der Dreiachser N 56 konnte bis zu acht Tonnen laden.

Spezialisierung im Lkw-Bau der beginnenden dreißiger Jahre

»Der Lastkraftwagen ist im Nahverkehr der Eisenbahn überlegen, weil er die Güter unmittelbar von Haus zu Haus befördert«, heißt es in einem Aufsatz eines Dr. Otto Hugo von 1928, »so ist der Kraftwagen berufen, in verkehrsärmeren Gebieten die Aufschließung zu übernehmen ... Das Automobil ist längst nicht mehr ein Sport- oder Luxusmittel für begüterte Kreise, sondern ein Nutzfahrzeug von höchster wirtschaftlicher Bedeutung, welches auch bei den mittleren Schichten des Volkes als ein zeitsparendes und den Ertrag der Arbeit erhöhendes Verkehrsmittel sich überall eingebürgert.« In der Tat griffen schon bald auch kleinere Handwerksbetriebe auf motorgetriebene Vehikel zurück, die ihnen die Arbeit erleichterten. Die einfachsten und billigsten Gefährte zu diesem Zweck boten diverse Motorradfirmen an, die aus ihren Zwei- kurzerhand Dreiräder machten und über der so entstandenen Hinterachse hinter dem Fahrersitz eine kleine Pritsche anbrachten.

Ein Zwerg namens Goliath

Einen anderen Weg ging der Bremer Kühlerfabrikant Carl F. W. Borgward. Er konstruierte einen Vorderlader, ein Dreirad, bei dem sich die Ladefläche vorn befand. »Blitzkarren« nannte er das mit zwei PS ausgestattete Vehikel, das immerhin noch 980 Reichsmark kostete. Ab 1926 baute Borgward den Zwerg, den er selbstironisch »Goliath« taufte, mit 300 Arbeitern in Serie. 1928 war jedes vierte Nutzfahrzeug auf Deutschlands Straßen ein Goliath. Borgwards Idee fand viele Nachahmer. Zwei Hamburger, ein Schmied und ein Vertreter, bastelten in ihrem ganz großzügig »Tempo-Werk GmbH« genannten Betrieb bald ebenfalls Mini-Transporter nach dem Bremer Prinzip. Die von Motorradmotoren im Zweitaktverfahren angetriebenen Vorderlader konnten bis zu 750 Kilogramm schwere Lasten befördern.
Die beiden Firmengründer kamen aber mit ihren finanziellen Angelegenheiten nicht zurecht, und so übernahmen die Hamburger Kaufleute Max Vidal und sein Sohn Oscar, die zuvor ihr Geld durch Kohlenhandel verdient hatten, die Finanzierung der Tempo-Produktion. Besonders die kleinen Betriebe, die bis dahin ihre Waren per Pferdewagen oder mit der Schottschen Karre durch Personenkraft ausgeliefert hatten, rissen den Vidals die ersten Tempos aus den Händen. Kurzerhand warben diese von der Konkurrenzfirma Rollfix-Eilwagen GmbH in Hamburg-Wandsbek den Konstrukteur Otto Daus ab, der sich angeboten hatte, die Dreirad-Lieferwagenidee weiter zu entwickeln.
Daus war ein typischer Bastler und Erfinder. Den Personenwagen, den er täglich fuhr, hatte er selbst konstruiert und auch die meisten Teile in Eigenarbeit gefertigt. Bevor er sich dem Autobau widmete, hatte er sich besonders für die Leichtbauweise auf dem Flugzeugsektor interessiert und auf Flugzeugen eigener Konstruktion sogar das Fliegen gelernt. Daus verpaßte dem Vorderlader stärkere Motoren mit Wasserkühlung, außerdem konnte der Fahrer etwas mehr Komfort genießen: Das einzelne Hinterrad wurde gefedert. Wohl gerade durch die Wirtschaftskrise, die viele Firmen kürzer treten ließ, verkauften Vidal & Sohn bis Ende 1930 genau 1100 dieser Dreiräder. Ein Werbeslogan aus der damaligen Zeit lautete:
»Tempo, Tempo schreit die Welt.
Tempo, Tempo, Zeit ist Geld.
Hast Du keinen Tempo-Wagen,
wird die Konkurrenz Dich
schlagen«.
1932 besaß das urige Vehikel sogar zehn PS, und der rumänische Generalvertreter des Hamburger Werks ließ es sich nicht nehmen, mit einem serienmäßigen sogenannten Typ T 10, beladen mit 750 Kilogramm Gepäck, nach Bukarest zu fahren. Die 2800 Kilometer absolvierte er in acht Tagen – eine recht werbewirksame Leistung. »Ob Nordlandeis, ob Wüstensand, Tempo-Wagen – weltbekannt«, reimten die Verkäufer schließlich.

»Dreikantfeilen« und »Höcketöcks«

1933 boten dann sowohl Borgward wie auch Tempo völlig neu konstruierte Dreiräder an. Die Ladefläche war nach hinten gewandert, das einzelne lenkbare Rad saß vorn, und der Fahrer nahm, vor Wind und Wetter geschützt, in einer Kabine Platz. Die vorn spitz zulaufenden Fahrzeuge hatten bald überall ihre Spitznamen weg. »Dreikantfeile« nannte man sie in Berlin und »Höcketöck« in Westfalen. Die grotesken Lieferwagen gab es besonders von Vidal mit den unterschiedlichsten Aufbauten. Man ging auf die individuellen Wünsche der Kunden gern ein. Der Frontantrieb beim Tempo (der Motor trieb das Vorderrad per Kette) ließ für die Gestaltung der hinteren Aufbauten weiten Spielraum. Beim Goliath legte der Heckantrieb die Baulänge fest, allerdings kippte er wegen der schweren Hinterachse bei schneller Kurvenfahrt nicht so leicht um wie der Tempo. Über folgenden Tempo-Witz lachte man damals: Ruft der Fahrer seinen Arbeitgeber an und sagt: »Chef, der Außenspiegel ist kaputt.« Etwas ungehalten meint der Chef: »Fahr zur Werkstatt und laß einen neuen anschrauben.« Sagt der Fahrer: »Das geht nicht. Das Auto liegt drauf.«

Mögen sie noch so belächelt worden sein, die Dreiräder von Tempo und Goliath – sie haben zur Modernisierung von Handel und Gewerbe mehr beigetragen, als die meisten größeren Fahrzeuge. So kostete ein Goliath-Kastenwagen 1936 rund 1600 Mark, ein Preis, der auch für kleinere Handwerksbetriebe noch erschwinglich war. Die Lieferwagen erreichten damals zwar allenfalls Höchstgeschwindigkeiten von 40 Kilometern in der Stunde, aber man war damit in jedem Fall schneller beim Kunden oder auf der Baustelle als mit allen bislang bekannten Transportmitteln. Schließlich erreichte ein DKW Meisterklasse auch nur 85 km/h, und der 1935 nagelneue, mit selbsttragender Karosserie versehene Opel Olympia kam auf 100 km/h. Wer seinen Freunden damals erzählte, er sei auf den damals nur geschotterten Landstraßen »mit 80« gefahren, galt ohnehin als Raser.

Die nächstgrößere Nutzfahrzeug-Gruppe, die sogenannten Schnelltransporter, umfaßte alle Lieferwagen mit vier Rädern, die erkennbar schneller als Pferdefuhrwerke waren und ein bis zwei Tonnen Nutzlast aufnehmen konnten. Da waren natürlich die Pkw-Hersteller gut im Geschäft, die ihren Fahrgestellen einen etwas voluminöseren Aufbau schneiderten und die hinteren Blattfedern verstärkten. Nach und nach ging man auch dazu über, die Getriebe solcher Transporter weniger auf Geschwindigkeit als auf Last abzustimmen. Langfristig setzten sich in den dreißiger Jahren aber doch Schnell-Laster durch, die nach eigenen Konzepten gebaut wurden, und die nicht mehr geradenwegs von den Personenwagen abstammten.

Die ersten Frontlenker stoßen auf Ablehnung

Einigen Konstrukteuren war aufgefallen, daß bei den konventionellen Nutzfahrzeugen das Verhältnis zwischen dem Laderaum und dem Platz, den Motor und andere Aggregate einnahmen, recht ungünstig war. Besonders in großen Städten, in denen auch damals der Verkehr schon ziemlich dicht werden konnte, empfand man die Schnauzen der Lastwagen, in denen der Motor untergebracht war, durchaus als hinderlich. Autos, bei denen Haube samt Fahrerhaus ebensoviel Platz beanspruchten wie die Ladefläche, waren keine Seltenheit. Das Frontlenkerprinzip, wo der Fahrer

Geballte Kraft *Straßenschlepper mit festem Dach, hier ein Büssing, eroberten sich ihre Arbeitsgebiete besonders im Schüttgutverkehr. Ursprünglich aus Ackerschleppern entwickelt, glichen sie später immer mehr verkürzten Lastwagen.*

direkt über der Vorderachse sitzt und keine Schnauze mehr vor sich hat, bot sich als Lösung an. Am einfachsten ließ sich die Idee bei Kleinstlastern verwirklichen, wo sich der kleine Motor noch ohne weiteres unterm Fahrersitz unterbringen ließ. So entstand 1929 der Goliath Express, und Magirus zog 1932 mit einem ähnlichen Gefährt mit Ilo-Motor nach.

Ein Erfolg wurden diese Mini-Frontlenker allerdings nicht. Die Käufer konnten sich mit dem ungewöhnlichen Aussehen der Fahrzeuge nur schwer anfreunden. Da half auch die Werbung nichts, die mahnte: »Von der Wahl des richtigen Transportmittels hängt die Rentabilität Ihres Geschäftsbetriebes ab. In der heutigen Zeit ist in vielen Betrieben ein wirtschaftliches Ausnutzen der schweren Lastwagen nur zum Teil möglich.« Sicher, es mußte gespart werden. Aber wenn schon ein billigerer Kleinlaster, dann wenigstens einer, der aussah wie ein richtiges Auto. So dachten Anfang der dreißiger Jahre die meisten kleinen Unternehmer. Sie interessierten sich mehr für die Kleinlaster von Ford und Opel; und wem nicht paßte, daß diese beiden Firmen fest in amerikanischer Hand waren, der orientierte sich in Zittau in Sachsen, wo die Firma Gustav Hiller den Phänomen Granit anbot.

Der Granit war mit 1,5 Tonnen Zuladung ein typischer Schnell-Lastwagen der dreißiger Jahre. »Es galt, die große Lücke zu füllen, die zwischen den Klein-Lieferwagen und den behelfsmäßig zum Nutzwagen umgebauten Personenkraftfahrzeugen einerseits und den schweren Lastkraftern von 2 bis 5 Tonnen andrerseits bestand«, erklärt ein Prospekt den Schöpfungsakt der Konstrukteure. »Kühn wurden die letzten Fortschritte der Motorentechnik angewandt«, heißt es weiter. Der Granit war einer der ersten Lieferwagen, dessen Motor Luftkühlung besaß. Der mit Kühlrippen versehene stehende Vierzylinder-Reihenmotor bekam seine Kühlluft – wie später der Volkswagen – über ein Gebläse zugeführt. Preßluftkühlung nannte man das damals; die Zylinderköpfe bestanden aus Aluminium. »Ist es möglich, das Wasser auszuschalten, die Luft unmittelbar zur zuverlässigen Kühlung des Motors zu verwenden, so bedeutet das große Vereinfachung der Konstruktion, Ausschaltung vieler überflüssig gewordener Bestandteile, Beseitigung vieler Störungsquellen – und große Gewichtsersparnis, denn Luft ist überall, man braucht sie nicht mit herumzufahren«, argumentierten die Phänomen-Techniker.

Die Sachsen aus Zittau gehörten damals zu den Pionieren der Luftkühlung. Millionen von Fahrzeugen sind seither damit ausgerüstet worden. Der Motor des Granit leistete 1932 bei 2,5 Litern Hubraum 40 PS. Der Wagen war für damalige Verhältnisse recht komfortabel ausgerüstet. Neben Tachometer und Kilometerzähler befand sich sogar eine Zeituhr und eine Kraftstoffanzeige am Armaturenbrett. Alle Wagen waren serienmäßig mit einem Schnellgang ausgerüstet, mit dem eine Höchstgeschwindigkeit von 75 Stundenkilometern erreicht werden konnte. Außerdem besaß der Granit eine Zentralschmierung, durch die sich über ein Rohrleitungssystem alle Schmierstellen des Fahrgestells mit Fett versorgen ließen – ein Pedaldruck genügte. Über solch moderne Einrichtungen verfügten normalerweise nur hochherrschaftliche Limousinen. Die Lastwagen-Chauffeure mußten den Schmierstellen ihrer Wagen gewöhnlich regelmäßig mit der Fettpresse zu Leibe rücken.

Technische Neuerungen bei MAN

Ein richtiger Lastwagen – das war zur selben Zeit schon der Dreitonner von MAN. Dem Z 1, einem Chassis für Lkw- und Busaufbauten, lagen im Vergleich mit dem Granit deutlich unterschiedliche Konstruktionsprinzipien zugrunde. Der robuste, stehende Sechszylinder-Dieselmotor mit 70 PS saß auf einem stabilen Rahmen im »Fischbauchprofil«, der ohne Nieten auskam. Sämtliche Verstrebungen waren geschweißt. Die Hinterachse unterschied sich von denen konventioneller Art durch die Trennung des Triebwerks von der eigentlichen Tragachse, die aus einem Stück Chromnickelstahl im Gesenk geschmiedet war. Die Antriebskraft wurde von der Kardanwelle über das Hinterachsgetriebe über beide Seitenwellen durch Stirnradnebenantriebe auf die Räder weitergeleitet. Die ungefederten Massen an der Hinterachse verringerten sich dadurch, außerdem soll sich der Reifenverschleiß dadurch in Grenzen gehalten haben.

Aus Traktoren werden Autos

Zum Transport schwerer Lasten auf kurzen Strecken griffen Anfang der dreißiger Jahre immer mehr Fuhrunternehmer auf die sogenannten Eilschlepper zurück. So eilig, wie der Name sagt, hatten sie es normalerweise allerdings nicht. Aber schließlich überholten sie jedes Pferdefuhrwerk, und ihre Anhängelast war auch beträchtlich höher. Das »eiserne Pferd« nannte der Volksmund die Traktoren, die zunächst für die Landwirtschaft konstruiert worden waren, dann aber auch im Straßenverkehr gebraucht wurden. Dafür bekamen die schweren Schlepper von Lanz, Deutz, Hanomag oder Fordson kurzerhand Hartgummireifen aufgezogen. Sie dienten als Vorspann für Möbelwagen oder Kohlenanhänger; und weil Druckluftbremsanlagen bei solchen Transporten meist noch fehlten, mußte ein zweiter Mann auf dem Anhänger bergab mitbremsen.
Nachdem die Marktlücke offenbar geworden war, konstruierten die führenden Schlepperfirmen spezielle Zugmaschinen, die auf dem Acker nichts mehr zu suchen hatten. Die Eil- und Verkehrsbulldogs von Lanz in Mannheim waren nur noch für den Straßenbetrieb gedacht. Bei Hanomag splittete man das Schlepperprogramm: Es gab fast alle schweren Dieselmotoren in einer Ackerschlepper- und in einer Straßenversion. Da sich die Fahrer im Nahverkehr, die täglich auf dem Bock saßen, ein festes Dach über dem Kopf wünschten, gerieten diese Straßenschlepper allmählich zu eigenständigen Fahrzeugen, die mit den Traktoren auch äußerlich nicht mehr viel gemein hatten. Das große Hinterrad fiel weg, und die Pioniere des Zugmaschinenbaus der damaligen Zeit, Kaelble und Hanomag, lieferten Schlepper, die eher wie verkürzte Lastwagen aussahen. Ein besonders originelles Gefährt baute Krauss-Maffei in München. Bei dem Schnell-Zugwagen, einem Zwischending zwischen Traktor und Sattelschlepper, wurde der gelenkte Anhänger über der Hinterachse angekuppelt.
Die Hersteller der Straßenschlepper betonten die höhere Wirtschaftlichkeit ihrer Produkte gegenüber den normalen Lastwagen: Während etwa einige Anhänger noch beladen wurden, konnte der Motorwagen schon mit einer anderen, schon kompletten Fuhre starten. Es gab die Schlepper in jeder Größe. Der kleinste kam von Hanomag. Er sah aus wie ein abgeschnittener Pkw, und der 20 PS starke Kleindiesel war gut für eine Geschwindigkeit von rund zwanzig Stundenkilometern. Kaelble und Faun lieferten dagegen an die Deutsche Reichsbahn schwere Dreiachs-Zugmaschinen mit bis zu 220 PS starken Dieselmotoren, die auf den vielachsigen, niedrigen Culemeyer-Anhängern ganze Eisenbahnwaggons über die Straße ziehen konnten. Besonders

populär war jahrelang der Hanomag Gigant mit 100 PS, der auch nach dem Zweiten Weltkrieg noch kurze Zeit gebaut wurde. Zuletzt verdiente er sein Gnadenbrot oft bei Jahrmarktunternehmen. Weithin bekannt sind die Giganten in Zebralackierung, die beim Zirkus Barum die Elefanten chauffierten.

Wohnmobil als Utopie

Was heute gang und gäbe ist, beschäftigte schon damals, 192[illegible], die Phantasie der Konstrukteure. Bei DAAG zeichnete man ein Wohnmobil, bei dem die Wunschträume wohl die Realität überflügelten. Die Einrichtung wurde dabei, um alles wie in einer bürgerlichen Wohnung unterzubringen, auf Puppenstubenformat verkleinert.

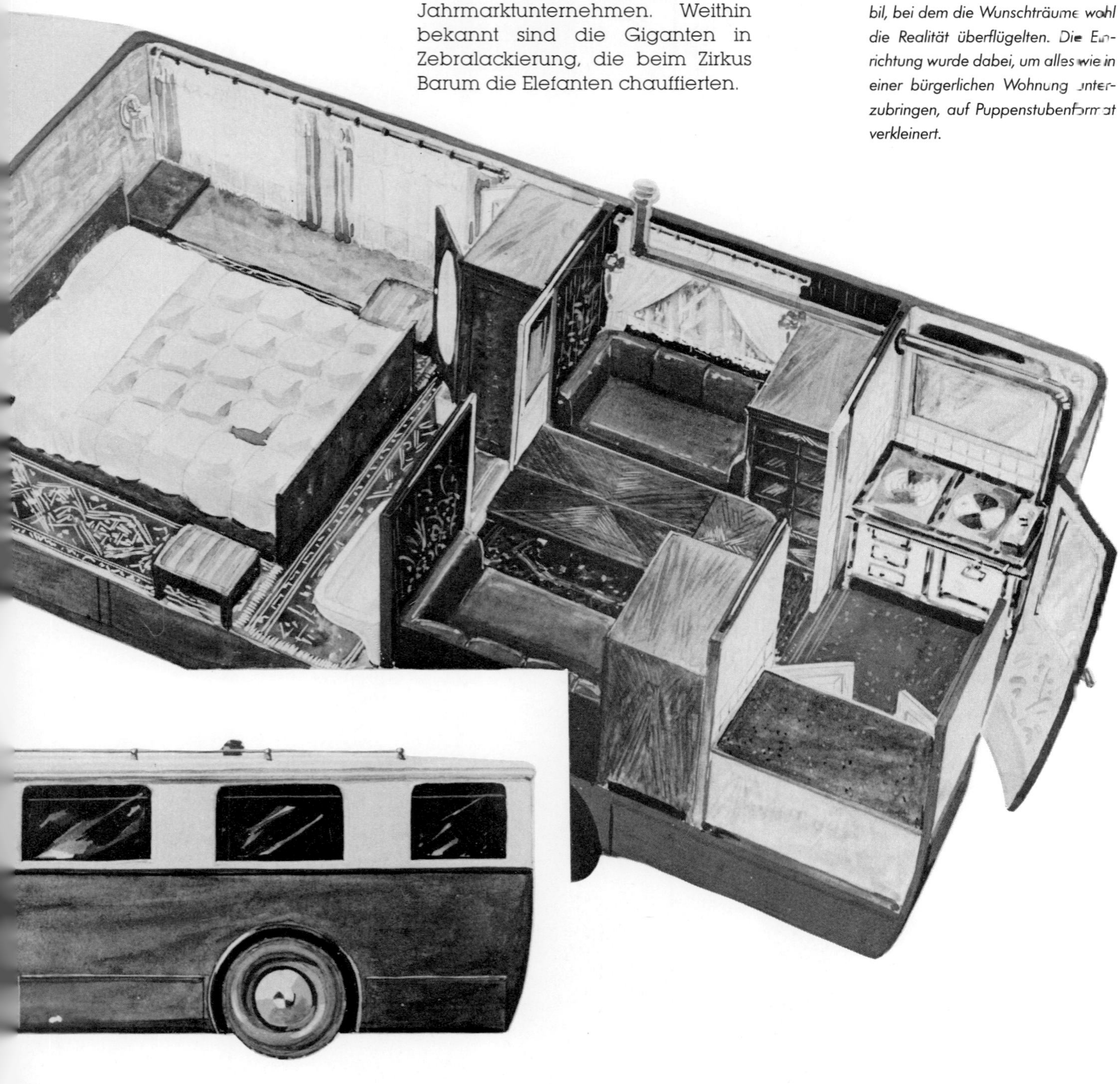

Abseits der Straße: Lastwagen bewähren sich im Gelände

Reise um die Welt

Zuversichtlich zeigte sich Hans Koeppen, der mit seiner Crew auf einem in Berlin gebauten Protos 1908 mit fünf Konkurrenten zur Weltumrundung startete.

Fast dreihundert Autos, damals eine Sensation, begleiteten am 12. Februar 1908 sechs randvoll bepackte Fahrzeuge durch New York. Grund der ausgelassenen Eskorte war der Start dieser sechs Wagen zu einem geradezu wahnwitzigen Unterfangen. Ihre Besatzungen hatten sich vorgenommen, per Motorwagen einmal den Globus zu umrunden. Das Ziel – Paris – sollte nicht auf dem direkten Weg über den Atlantik angesteuert werden, sondern man wählte die mörderische Route durch die USA, über den Pazifik, durch Asien und Osteuropa.

Seit es das Auto gibt, haben immer wieder kühle Techniker und abgebrühte Abenteurer versucht, die Grenzen ihrer eigenen Leistungsfähigkeit und die ihrer Fahrzeuge zu finden. Eine Frau, Bertha Benz, war wohl die erste, die, zusammen mit ihren beiden Söhnen und ohne daß ihr Mann davon wußte, eine Abenteuertour mit dem Auto unternahm. Im August 1888 fuhren die drei die 130 Kilometer von Mannheim nach Pforzheim mit dem zierlichen Dreirad, mit dem Carl Benz 1885 seine ersten Runden gedreht hatte. Morgens um sieben startete Mutter Benz in Mannheim, abends in der Dämmerung kam sie in Pforzheim an. Heute benötigt man für die Strecke eine knappe Stunde.

Reichlich Zeit hatten dagegen die Passagiere der sechs Autos mitgebracht, die 1908 in New York an den Start zur Weltumrundung gingen. Die Pariser Zeitung »Le Matin« hatte die verrückte Idee in die Welt gesetzt. In der Neuen Welt stand man ohnehin jedem Unfug aufgeschlossen gegenüber: Die »New York Times« zog mit und beteiligte sich auch an den Kosten der Veranstaltung. In Berlin war man etwas vorsichtiger, aber immerhin entschloß sich die »BZ am Mittag« aus dem Ullstein-Verlag, einen Wagen mit allen nötigen Utensilien auszustatten und einen Reporter mitzuschicken, der über das Abenteuer dann exklusiv berichten sollte. Den Wagen stellte die Berliner Firma Protos, die seit 1898 Autos baute. Das gute Stück leistete zwischen 30 und 40 PS und bekam einen maßgeschneiderten Aufbau des Berliner Karosseriebauers Josef Neuss. Das vierschrötige Automobil besaß als Kraftübertragung eine Kardanwelle, aber – daran bestand kein Zweifel – es war ein Lastwagen.

Gegen das Unterfangen von 1908 mutet die heute so populäre Rallye Paris-Dakar wie ein Spaziergang an. Dienen bei der heutigen Wüstentour die Lastwagen in erster Linie nur als Versorgungstroß der Personenwagen und Motorräder, so waren die Teilnehmer damals ganz auf sich selbst gestellt. Das reine Fahrgestell des Protos wog 1100 Kilogramm. Mit Aufbau und kompletter Ausrüstung brachte der Wagen aber schließlich vor dem Start 2700 Kilogramm auf die Waage – 800 Liter Benzin schon eingeschlossen. Eigentlich sollten dreizehn Autos aus verschiedenen Ländern an den Start gehen. Letztlich blieben aber nur ein de Dion, ein Motobloc und ein Sizaire-Naudin aus Frankreich, ein Züst aus Italien, ein Thomas aus den Vereinigten Staaten und eben der deutsche Protos übrig.

Durch tiefen Schnee schaufelten sich die Mannschaften bis Chicago durch. Immer wieder mußten Pferdegespanne zu Hilfe genommen werden, in einer Dorfschmiede wechselte man bei fünfzehn Grad minus ein hölzernes Hinterrad, und achtzig Kilometer vor Chicago brach eine Lenkgabel. Als der Protos in Chicago ankam, lag er an vierter Stelle. Fünf Autos waren noch im Rennen. Gegen hungrige Wölfe in den Rocky Mountains hatte der Chef der deutschen Crew, Hans Koeppen, immer eine scharfe Pistole in der Tasche. Gegen Verzögerungen durch verschleppte Ersatzteillieferungen war dagegen kein Kraut gewachsen. In den Bergen wäre es zudem beinahe zu einem fatalen Unglück gekommen. Bei einbrechender Dunkelheit – so ist in Koeppens Tagebuch zu lesen – setzte der Wagen beim Überqueren einer Eisenbahnlinie mit Motorblock und Schwungscheibe so unglücklich auf den Bahngleisen auf, daß die Maschine abgewürgt wurde und der Wagen auf den Schienen hängen blieb.

Das Mißgeschick wäre nicht weiter aufregend gewesen, hätte man nicht in der Ferne schon die Lichter der Union Pacific gesehen. Mit verzweifelter Anstrengung zerrten und schoben Koeppen und sein Beifahrer so lange, bis der Wagen frei kam. Kaum war das Auto in Sicherheit, rauschte schon der Zug vorbei.

Glücklich wieder zu Hause

Arg mitgenommen sah der Protos nach seiner Weltreise aus. Immer wieder war er auf unwegsamen Strecken liegengeblieben. Improvisation war alles: Wichtige Teile wurden mehrmals repariert, und irgendwie gelang es immer, den Wagen wieder zum Laufen zu bringen und schließlich auch Paris zu erreichen.

Beifahreraustausch in Sibirien

Von Seattle ging es per Schiff nach Wladiwostok. Koeppen war inzwischen allein – alle seine bisherigen Beifahrer lagen mit Fieber im Bett. Kurzerhand schickten die Protos-Werke zwei erfahrene Leute mit der Transsibirischen Eisenbahn in den äußersten Osten der heutigen Sowjetunion, von wo aus nur noch der Protos, der Züst und der Thomas an den Start gingen.

Da im Frühjahr die Wege in Sibirien zu sumpfig wurden, zogen die Weltreisenden es vor, auf dem Bahndamm der Transsibirischen Eisenbahn weiterzufahren. Das klappte ganz gut: die russischen Bahnwärter stimmten ihren Fahrplan sogar manchmal auf den deutschen Laster ab. Erst am 22. Juli 1908, also nach einem knappen halben Jahr, passierten die drei Deutschen, inzwischen vor dem Thomas-Wagen an der Spitze liegend, in Ostpreußen die deutsche Grenze.

Am 26. Juli präsentierten sie sich dann vor der Redaktion des »Matin« in Paris.

Geländewagen für das Militär

Die deutsche Oberste Heeresleitung verfolgte interessiert die Rallye um die Welt. Das gute Abschneiden des deutschen Autos half dem Subventionslastwagen auf die Beine. Dennoch wurde der Gedanke, mit dem Lastwagen bislang unerschlossene Gebiete zu erforschen, zunächst kaum weiterverfolgt. Die automobilen Wettbewerbe beschränkten sich in erster Linie auf Geschwindigkeitsvergleiche von Personenwagen. Man fuhr Rennen in London, Paris, Berlin und Rom und benutzte dazu die öffentlichen Straßen. Heute sind solche Veranstaltungen undenkbar geworden. In Westeuropa und den USA baute man Arenen für den Motorsport. Allenfalls in Afrika gibt es heute noch Rallyes wie die Strecke Paris–Dakar oder die East-African, die über öffentliche Straßen gehen, welche aber eigentlich diesen Namen nicht verdienen.

Nach dem Ersten Weltkrieg, den feuerspeienden Tanks und den wendigen Artillerieschleppern gab es dann keinen Zweifel mehr, daß sich Lastwagen auch in schwerem Gelände nützlich machen konnten. Damals fanden sich auf den Weltkarten noch allerhand weiße Flekken – Gegenden, die noch völlig unerforscht waren. Der Nordpol war erst 1909, der Südpol 1911 zum ersten Mal von Menschen erreicht worden, Sven Hedin, der schwedische Forscher, reiste durch Asien, und Durchquerungsversuche der Gobi oder der Sahara endeten noch oft tödlich.

Die Kolonialländer England und Frankreich kümmerten sich schon frühzeitig um Laster-Konstruktionen, die auch auf den schlechten Straßen der Überseeländer eingesetzt werden konnten. Mit den konventionellen zweiachsigen Lastwagen-Chassis war es da nicht mehr getan. Spezielle Fahrgestelle für den Betrieb im Gelände mußten her. Schließlich kam 1920 auch niemand mehr auf den Gedanken, einen Omnibus auf ein normales Lasterchassis zu setzen. Für Busse gab es schließlich den Tiefrahmen. Den Allradantrieb wendete man schon bei Zugmaschinen im Ersten Weltkrieg an. Allerdings wurde

man damals mit der Konstruktion noch nicht so recht glücklich. Die Fahrzeuge wurden zu schwer, zu langsam und zu anfällig. Wesentlich einfacher erschien es da, nach dem Beispiel der Panzer den Lastwagen angetriebene Raupenketten zu verpassen.
Der Techniker Adolphe Kégresse hatte sich schon 1917 Gedanken über solch ein Fahrzeug gemacht. Der Franzose war bis zur russischen Oktoberrevolution Fuhrparkchef in Petersburg bei Zar Nikolaus II. Da seine vierrädrigen Autos dauernd im Schnee stecken blieben, rüstete er ein Mercedeschassis mit einer Lederraupe aus. Genaueres ist über dieses Auto allerdings nicht überliefert: Kégresse setzte sich während der Revolution nach Frankreich ab.

Halbkettenfahrzeuge in Frankreich und Deutschland

In Frankreich freundete Kégresse sich mit dem Autopionier André Citroën aus Courbevoie bei Paris an. Citroën, der 1919 sein erstes Auto präsentierte, stellte ihm einen Teil seiner Fabrik zum Bau seiner Halbkettenfahrzeuge zur Verfügung. 1922 war man mit der Konstruktion endlich einigermaßen zufrieden. Bei Probefahrten in Savoyen überwand der Geländewagen ohne Mühe Steigungen bis zu dreißig Prozent. Firmenchef Citroën hielt nicht viel von sportlichen Erfolgen bei Autorennen. Er suchte härtere Bewährungsproben für seine Autos. Als Kégresse vorschlug, mit vier Halbkettenfahrzeugen (vorn gelenkte Achse, hinten Raupenketten) die Sahara zu durchqueren, war er einverstanden. Vom 17. Dezember 1922 bis zum 6. Januar 1923 legten die vier Spezial-Laster mit Anhängern und einem aufmontierten Maschinengewehr die mehr als 3000 Kilometer zwischen Touggourt und Timbuktu zurück. In den späteren Jahren folgten noch Expeditionen durch Asien mit Kégresse-Raupen, bei denen Menschen und Maschinen ungeheueren Strapazen unterzogen wurden. Für das Haus Citroën waren diese Unternehmungen sehr werbewirksam.
Angelehnt an die Kégresse-Halftracks baute auch Dürkopp 1925 solch ein Fahrzeug, allerdings erschienen die kernigen Gefährte zivilen Kunden damals wie heute zu unhandlich und wartungsintensiv. So kam in Deutschland die Konstruktionsidee erst wieder 1930 zum Zuge. Damals verlegte das Heereswaffenamt der Reichswehr die Entwicklung von Halbkettenfahrzeugen nach München zur Firma J. A. Maffei AG, die nach 1931 Krauss-Maffei hieß. Ab 1932 setzte sich bei den Militärs dann der Plan durch, Halbkettenfahrzeuge künftig als Zugmaschinen für Flak und Artillerie einzusetzen. Für die zivile Nutzung hatten die sonderbaren Fahrzeuge seither kaum noch einen Wert.
Wesentlich universeller einsetzbar waren dagegen die geländegängigen Dreiachser, um die sich ab Mitte der zwanziger Jahre zahlreiche Lasterhersteller kümmerten. Dabei wurden gewöhnlich die beiden Hinterachsen angetrieben (Antriebsschema 6X4). Krupp brachte 1926 einen dreiachsigen Geländewagen mit zwei Tonnen Nutzlast heraus, der technisch nur noch sehr bedingt verwandt war mit dem Achttonner-Dreiachser für den Güterverkehr auf der Straße. Im Gegensatz zum Fernlaster besaß der Geländewagen einen Kardanantrieb, und die Geländegängigkeit wurde durch eine pendelnde Aufhängung von Hinterachse und Zwischengetriebe erreicht. Die zwei Tonnen Zuladung muteten natürlich geradezu lächerlich an für einen Dreiachser. 1928 kam schließlich eine Neukonstruktion in den Versuch, die vier Tonnen tragen konnte. Ein Erfolg wurde dieses Auto allerdings auch nicht.

Die deutsche Lkw-Industrie wittert Profit mit der Rüstung

Mit aufkeimendem Nationalgefühl im Deutschen Reich Ende der zwanziger Jahre und den unüberhörbaren Auftritten der Nationalsozialisten roch die Nutzfahrzeugindustrie auch das mögliche gute Geschäft mit der zu erwartenden Aufrüstung der Reichswehr. Von der Reichswehr ausgearbeitete sogenannte Motorisierungsprogramme verfehlten ihren Zweck nicht: Neben geländegängigen Personenwagen, aus denen später die Kübelwagen wurden, waren auch Lastwagen gefragt, die abseits asphaltierter Straßen noch voran kamen. Die Lokomotivschmiede Henschel in Kassel experimentierte 1928 schon mit einem dreiachsigen, hinten einzeln bereiften Geländewagen mit drei Tonnen Nutzlast und zunächst 70 PS starkem Benzinmotor. Die Getriebeabstufungen ermöglichten dem Wagen Geschwindigkeiten zwischen zwei und fünfzig Stundenkilometern. Aus diesem Versuchswagen wurde schließlich der Typ 33 B 1, der mit kleineren Änderungen (später als Diesel und als Lizenzbau von Magirus) bis in den Zweiten Weltkrieg gebaut wurde.
Daß diese Konstruktionen letztlich doch wieder nur dem Militär dienen sollten, zeigt das Beispiel des Büssing-Geländewagens. Er brachte ein Eigengewicht von 6500 Kilogramm auf die Waage, durfte aber im Gelände nur 2500 Kilogramm laden. Ein derartig krasses Mißverhältnis von eigener Tonnage und Nutzlast hätte jeden zivilen Spediteur selbst in abgelegenen, unzugänglichen Gegenden schnell an den Bettelstab gebracht. Militärisches Denken verstellte den damaligen Konstrukteuren den Blick auf interessante zivile Aufgabenbereiche. Das Baugewerbe etwa, das heute in erster Linie als Abnehmer für 6X4-Lastwagen gilt, war den Technikern um 1930 kaum der Beachtung wert. Handarbeit war damals noch billig. Und für größere

Durch Gebirge und Wüsten

Auf ihren Asiendurchquerungen mußten die Halbkettenfahrzeuge von Citroën, die Konstrukteur Kégresse entworfen hatte, mit katastrophalen Straßenverhältnissen fertig werden. Über einsturzgefährdete Brücken wurden die schweren Laster von den Männern gezogen (vorangehende Doppelseite), und in der Wüste Gobi erkämpften sie sich mit ihren Ketten einen Weg. In engen Schluchten mußte sich die Mannschaft oft mit der Spitzhacke weiterhelfen (folgende Doppelseite).

963-W1

Schwere Maschinen für das Gelände

Um 1930 interessierte man sich verstärkt für Geländelastwagen. Viele Fahrzeuge dieser Art waren allerdings zu schwer bei zu niedriger Nutzlast. Vom Mercedes G 3 a (oben) wurden immerhin rund 2000 gebaut. Bei Tatra in der Tschechoslowakei wandte man sich damals dem Zentralrohrchassis (links) zu.

Erdbewegungen griff man auf Feldbahnen oder allenfalls schwere Raupenschlepper zurück.

Also ging es mit dem Bau der geländetauglichen Sechsradwagen – wie diese Spezies damals gern genannt wurde – erst in ernstzunehmender Weise voran, nachdem die Reichswehr für die Entwicklung der leichteren Gelände-Lkw 1930 ganze 60 000 Reichsmark zur Verfügung stellte. Büssing-NAG steckte seinen Anteil in den Typ G 31, Daimler-Benz entwickelte den Typ G 3 weiter, der schon ab 1928 in kleiner Serie in Stuttgart/Untertürkheim produziert wurde. Vom verbesserten Typ G 3 a baute Mercedes von 1929 bis 1934 immerhin rund 2000 Stück. Er besaß einen 60 PS starken Sechszylinder-Vergasermotor mit 3,5 Litern Hubraum. Nachrichtenspezialisten bestanden ab 1932 auf dem Einbau des OM 59, eines Dieselmotors, der den Funkbetrieb nicht so störte, wie der Benziner.

Erwähnenswert in diesem Zusammenhang ist eine Konstruktion der tschechischen Firma Tatra aus der damaligen Zeit. Dort hatte der Ingenieur Hans Ledwinka dreiachsige Geländefahrzeuge entworfen, die nicht den bis dahin gebräuchlichen Leiterrahmen, sondern quasi als Rückgrat des Autos ein stabiles Zentralrohr besaßen. An diesem Zentralrohrrahmen waren die Hinterräder mit pendelnden Halbachsen aufgehängt. Jedes Rad konnte also für sich den Unebenheiten des Bodens nachgeben. Bei den bis dahin bekannten, noch nicht mit Einzelradaufhängung versehenen Konkurrenten waren immer die beiden gegenüberliegenden Einzelräder oder Zwillingspaare starr miteinander verbunden. Das wesentlich bessere Zentralrohrkonzept wird übrigens auch heute noch bei modernen Tatra-Lastwagen angewandt.

Neue Berufsgruppe mit Selbstbewußtsein: Fernfahrer versorgen die deutschen Städte

In Berlin, zwischen Wannsee und Zehlendorf, gab es in den dreißiger Jahren einen Gasthof an der Landstraße, der von Fernfahrern gern besucht wurde. »Bei Mutter Mochow« nannten die Kapitäne der Landstraße das Haus, das schon rund 200 Jahre den Kutschern und Fuhrleuten zur Rast diente. Wer aus dem Süden oder dem Westen Deutschlands nach Berlin kam, kehrte gewöhnlich dort ein. »Erbsensupp' ein Hochgenuß, die man bei Mutter Mochow essen muß!« mahnte ein Schild in der gemütlichen Kneipe. Vater Mochow servierte den deftigen Eintopf. Dazu gabs eine Bockwurst und Senf – »schön scharf, wie aus der Jugendzeit«, pflegte der Wirt zu kommentieren. Er hatte das Lokal 1878 übernommen und war besonders stolz darauf, daß sich die Fernfahrer, von denen in den letzten zehn Jahren immer mehr gekommen waren, ebenso wohl fühlten, wie einst die Kutscher.

Alles unter Kontrolle

Der Reichs-Kraftwagen-Betriebsverband (RKB), eine Einrichtung der Nationalsozialisten, versuchte, die eher eigenbrötlerischen Fernfahrer unter einen Hut zu bringen.

Morgens, vor der Einfahrt in die alte deutsche Hauptstadt, tranken die Lasterchauffeure gern noch einen heißen Kaffee. Sie ordneten ihre Ladepapiere, suchten ihr Ziel auf dem Stadtplan oder mieteten einen Verkehrslotsen, von denen immer einige draußen warteten, um gegen entsprechendes Entgelt ortsunkundigen Fahrern durch die Großstadt zu helfen. Abends, bevor es auf Tour nach Süden über Halle und Leipzig oder über Magdeburg nach Westen ging, schlugen sich die Fernfahrer nochmal den Magen mit Erbsensuppe voll. Die rauhen Gesellen, die sich weder von Regen noch von Schnee oder Nebel von ihrer Fahrt abhalten ließen, hatten eigentlich immer Hunger. Die Portionen bei Mutter Mochow waren sicher nicht klein. Dennoch soll mal einer der Fahrer sieben Teller Eintopf verputzt haben.

In nur wenigen Jahrzehnten hatte sich das Transportsystem gründlich verändert. Der Umbruch war weitaus tiefgreifender als in Jahrhunderten vorher. Der jungen Fernfahrergeneration, im Alter meist zwischen dreißig und vierzig Jahren, die ihren Beruf schon bald für so selbstverständlich hielten, als ob es ihn schon immer gegeben hätte, erzählte Vater Mochow manchmal die Geschichte eines Fuhrmanns aus den letzten Jahren des vergangenen Jahrhunderts.

65 Kilometer – in einer Woche hin und zurück

Dieser Kutscher brachte jede Woche Papier aus einer Treuenbrietzener Fabrik rund 65 Kilometer nach Berlin. Montags belud er seinen Wagen, dienstags in der Morgendämmerung fuhr er mit seinem großen, dreispännigen Planwagen los. Nach strammer Fahrt kam er abends am Gasthof Mochow an, wo er auch übernachtete. Am Mittwochmorgen ging's die restlichen fünfzehn Kilometer nach Berlin hinein. Der Fuhrmann belieferte seine Kunden und übernachtete in Berlin. Donnerstags wurde Rückgut, meistens Eisenwaren, geladen, und danach reichte es gerade wieder bis zu Mochows Kneipe, wo er wiederum bis zum nächsten Tag blieb. Freitags zottelte der brave Kutscher schließlich wieder nach Treuenbrietzen. Wurde es ihm zu langwei-

DIESEL
IIIH-7998

lig oder schliefen ihm die Beine oben auf dem Kutschbock ein, lief er ein Stück neben seinem Gespann her. Für Pausen mußte er sich anderthalb Stunden Zeit nehmen. Soviel Futterzeit mußte er seinen Pferden schon lassen, sonst reagierten sie eigenwillig und störrisch. Zu Hause wurde dann samstags die Fracht aus Berlin abgeladen und sonntags konnte der Fuhrmann dann den lieben Gott einen guten Mann sein lassen.
Die Fernfahrer wurden meist recht nachdenklich, wenn Vater Mochow die Geschichte vom Kutscher erzählte, die gerade fünfzig Jahre alt war. Ihre modernen schweren Diesellaster waren auch nicht gerade Ausbunde von Temperament, aber die knapp 70 Kilometer von Treuenbietzen nach Berlin bewältigten sie in schlimmstenfalls drei Stunden. Da mußten ihnen aber noch ein paar Schafherden den Weg kreuzen oder die Straße, etwa durch einen Gewitterregen, in einem so miserablen Zustand sein, daß man nicht mal die behäbigen Diesel ausfahren konnte. Distanzen bis zu 100 Kilometern waren in den dreißiger Jahren schon keine große Diskussion mehr wert. Da gabs von den großen Städten ausgehend bereits ein dichtes Nahverkehrsnetz. Wesentlich abenteuerlicher verliefen da Fahrten über größere Entfernungen – etwa von Berlin nach München oder von Hamburg nach Stuttgart.

Lkw-Fahren ist ein Stück Freiheit

Trotz nach wie vor schlechter Straßen und der übermächtigen Konkurrenz der Deutschen Reichsbahn interessierten sich Anfang der dreißiger Jahre immer mehr Unternehmer für das Transportgeschäft. Zwar durften laut Gesetz noch 1929 zweiachsige Lastwagen allenfalls eine Nutzlast von fünf Tonnen haben, aber damals nahm man es nicht so ganz genau. Überladene Züge waren an der Tagesordnung. Und damals entstand auch das legendäre Selbstbewußtsein der Fernfahrer, die sich draußen auf der Landstraße, hinterm riesigen Vierspeichensteuer ihres Lasters und Hunderte von Kilometern von zu Hause entfernt wesentlich freier fühlten als an eine Werkbank oder an ein Fließband in der Fabrik gefesselt, das jeden Arbeitstakt minutiös vorschrieb. Damals begann auch der Hader zwischen den Lastwagenfahrern oben auf dem Bock und der Obrigkeit.
Die Obrigkeit, der Gesetzgeber, das waren für den Kapitän der Landstraße kleine graue, stockfleckige

Der Fernverkehr hat Konjunktur

In den dreißiger Jahren entwickelten sich die Fernfahrer zu einer selbstbewußten Berufsgruppe. Der Mercedes L 6500 (links oben) gehörte zu den beliebtesten Fernlastern. Die Büssing-Armada (links unten) stellte sich 1939 dem Fotografen. Rechts unten ein Büssing mit Kofferaufbau auf der Betonpiste der neuen Autobahn.

Beamte und Buchhalter mit Drahtbrille und Ärmelschonern, die kaum über den Flur ihres Büros hinaussehen konnten, Leute, die – wie jeder Fuhrmann argwöhnte – mit der Eisenbahn unter einer Decke steckten. Von denen mochte man sich nur sehr ungern etwas vorschreiben lassen. Bis heute ist diese Respektlosigkeit geblieben. Lkw-Fahren ist ein Stück Freiheit.

Die Nationalsozialisten versuchten, die rauhen Gesellen mit den schwieligen Händen, den ewig schmuddeligen Pullovern und der unvermeidlichen Chauffeurskappe in den Griff zu bekommen. 1936 mußten sich alle hauptberuflichen Fuhrunternehmer registrieren lassen. Gezählt wurden 9000 Unternehmer, die zusammen rund 12 600 Lastzüge besaßen. Das heißt, der Großteil der Fuhrunternehmer saß selbst hinterm Steuer. Viele Eigenbrötler und Individualisten waren darunter, die ihre Ersparnisse zusammengekratzt hatten, um sich mit einem günstig erworbenen und oft schon betagten Laster selbständig zu machen. Die meisten hatten eine Schlosserlehre absolviert. Und das war gut so, denn an den Lastern ging damals alle Nasen lang irgendetwas kaputt. Etwa vierzig Prozent dieser knapp 13 000 Lastzüge gehörten 1936 zur schweren Klasse; allein der Motorwagen durfte mindestens fünf Tonnen Last aufnehmen, bei den inzwischen zahlreich vertretenen Dreiachsern reichte die Belastbarkeit bis an die Zehntonnengrenze.

Eigenbrötler werden gleichgeschaltet

Alle registrierten Fuhrunternehmer mußten Mitglied des Reichs-Kraftwagen-Betriebsverbandes werden. Dieser sogenannte RKB wurde am 21. September 1935 als Körperschaft des öffentlichen Rechts mit Sitz in Berlin gegründet. Sein Ziel war es, den gewerblichen Güterverkehr zusammenzufassen und zu vereinheitlichen. Außerdem arbeitete dieser Verband im Einvernehmen mit der Deutschen Reichsbahn Transporttarife aus, und er gab Beförderungs- und Begleitpapiere aus, die rechtsverbindlich waren. Damals war es übrigens noch nicht selbstverständlich, daß Speditionen sich auch einen eigenen Fuhrpark hielten. Viele dieser Unternehmen bestanden nur aus einem oder mehreren Büros, die als Makler fungierten, die Frachten also nur vermittelten. Sie nahmen Aufträge von Industriefirmen an und suchten dann nach einem günstigen Transportweg – ob Schiff, Bahn oder inzwischen auch Lkw. Im Laufe der dreißiger Jahre kamen verschiedene Verträge zwischen Spediteuren und RKB zustande mit dem Erfolg, daß jeder Fuhrunternehmer, der bisher seine Fahrten nur von Frachtkontoren zugeteilt bekam, jetzt auch selbst als Spediteur auftreten und mit Kunden aus der Industrie Kontakt aufnehmen konnte.

Die Nationalsozialisten hatten schon vor ihrer Machtergreifung durchblicken lassen, daß sie dem Kraftfahrwesen, wie es damals hieß, auf die Sprünge helfen wollten. Adolf Hitler, eben erst zum Reichskanzler ernannt, verkündete am 11. Februar 1933 desselben Jahres zur Eröffnung der Internationalen Automobil- und Motorradausstellung IAMA in Berlin ein Vierpunkteprogramm, nach dem in seinem »Tausendjährigen Reich« die Volksmotorisierung vor sich gehen sollte. Der Kraftwagenverkehr sollte innerhalb der allgemeinen Verkehrspolitik einen eigenständigen Bereich bekommen, steuerliche Entlastungen sollten nach und nach durchgesetzt werden, großzügige Straßenbaupläne wurden propagiert, und außerdem stellte Hitler die Förderung des Motorsports in Aussicht. Der Autonarr Hitler, der selbst nie einen Führerschein besaß, war offenbar der Ansicht, daß das Auto ein wichtiges Werkzeug werden konnte, wenn seine aggressive Politik den Nachbarstaaten gegenüber zur kriegerischen Auseinandersetzung werden würde.

Das Nationalsozialistische Kraftfahrer-Korps (NSKK) versuchte Verbände und Vereine innerhalb des Autobereichs zu koordinieren. Der Deutsche Automobil Club (DAC) wurde gegründet, und sämtliche schon bestehenden Autofahrer-Clubs gingen in ihm auf. Am 17. Januar 1934 reichte der Konstrukteur Ferdinand Porsche dem Reichsverkehrsministerium den Entwurf eines Volkswagens ein, der ein vollwertiges Gebrauchsauto für weite Bevölkerungskreise werden sollte. Bis aus dem Vorschlag der Volkswagen wurde, den es heute noch gibt, sollten allerdings noch etliche Jahre vergehen.

Mit dem Ausbau von Fernstraßen begann man dagegen recht früh. 1933 waren die Autos durchweg besser, als die Straßen, die ihnen zur Verfügung standen. Die Technik – Höchstgeschwindigkeit und Komfort – hätte angenehme Reisen durchs Reich ohne weiteres möglich gemacht, hätten die Überlandstraßen nicht zum großen Teil aus bestenfalls geteerten, meist aber nur geschotterten, mit Schlaglöchern übersäten Pisten bestanden, auf denen man immer damit rechnen mußte, daß hinter dem nächsten Bauernhaus urplötzlich ein Ochsenkarren auftauchte, oder daß ein Bauernknecht auf dem Fahrrad mit einer Sense auf der Schulter in Schlangenlinien daher kam. Eine Nur-Autostraße, wie man sie damals nannte, war der Traum des stolzen Besitzers eines BMW Dixi ebenso wie der des Fernfahrers im schweren Dreiachs-Büssing.

Die Idee kam aber nicht, wie heute oft irrtümlich behauptet, von den Nationalsozialisten. Sie waren sicher die ersten, die den Bau solcher Autobahnen in großem Stil aufzogen. Die Idee stammt aber schon aus dem Jahr 1909, als sich in Berlin einige Privatleute zusammensetzten, um eine Rennstrecke für Autos zu bauen, auf der Pferdekarren und Fußgänger nichts zu suchen hatten, eine Straße ohne Kreuzungen, mit zwei getrennten Fahrbahnen. Es dauerte allerdings noch bis 1921, bis diese Automobil-Verkehrs- und Übungsstraße, kurz Avus genannt, endlich fertig war. Mitte der zwanziger Jahre interessierten sich immer mehr Straßenplaner für die Autobahn-Idee. In Italien gab es Pilotprojekte, aber im Deutschen Reich fehlte letztlich die Initiative und das Geld. Da dachte zwar eine Gesellschaft namens HAFRABA über Pläne nach für eine Autobahnlinie von Hamburg über Frankfurt nach Basel (daher auch der Name), aber die Gedanken, seit 1925 immer weiter vertieft, blieben Sandkastenspiele. Die Finanzierung der Autobahnen durch Benutzungsgebühren war rechtswidrig. Im Paragraph 13 des Finanzausgleichsgesetzes von 1927 hieß es: »Mit dem Inkrafttreten des Kraftfahrzeugsteuergesetzes wird die Erhebung von Chaussee- und ähnlichen Wegegeldern von Kraftfahrzeugen . . . unzulässig«.

Autobahnen im Dienst nationalsozialistischer Politik

Die nüchtern wirtschaftlichen Berechnungen, die den Autobahnbau jahrelang als unrentabel erscheinen ließen, wichen nach 1933 der nationalsozialistischen Ideologie. »Wenn man früher die Lebenshöhe eines Volkes oft nach der Kilometerzahl der Eisenbahn zu messen suchte, wird man in Zukunft die für den Kraftverkehr geeigneten Straßen anzulegen haben«, propagierte Hitler. Daß der Großteil der Bürger und Arbeiter 1933 noch nicht vom eigenen Auto zu träumen wagte, hinderte die Nationalsozialisten nicht daran, ihr Vorhaben breiten Kreisen schmackhaft zu machen. Den Vorwurf, die Autobahnen dienten eigentlich nur den reichen Leuten zu unbeschwerten Lustfahrten, konterten sie mit dem Argument, der Lastwagenverkehr komme dadurch deutlich schneller voran – und außerdem benutzten sie den Autobahnbau als Arbeitsbeschaffungsmaßnahme. In erster Linie wurden Arbeitslose eingesetzt, und in der Anfangsphase bediente man sich auch nur der nötigsten Maschinen, um möglichst viele Arbeiter beschäftigen zu können. Beliebt war die Arbeit dennoch nicht. Mit Vorliebe nötigten die Nationalsozialisten ihre politischen Gegner, sozialdemokratische und kommunistische Arbeiter, zum Autobahnbau. Der militärische Aspekt der breiten Fernstraßen wurde 1933 noch nicht so hervorgekehrt. Dennoch schätzte der Straßenbauingenieur Fritz Todt, der für das nationalsozialistische Regime als Generalinspektor des Autobahnbaus fungierte, daß auf einer durchgehenden Autobahnlinie vom Rheinland bis Oberschlesien 300 000 Soldaten mit Sturmgepäck in 100 000 beschlagnahmten Autos in zwei Nächten von der Ost- zur Westgrenze des Deutschen Reiches transportiert werden könnten.

Das erste Autobahnteilstück wurde zwischen Frankfurt und Darmstadt in Angriff genommen. Nach dem ersten Spatenstich durch Adolf Hitler am 23. September 1933 gab es einen riesigen Wirbel in der inzwischen gleichgeschalteten Presse. Die Nationalsozialisten schlachteten ihre Aktion zu Propagandazwecken weidlich aus. Die Autoindustrie nahm den Baubeginn als Signal zur Konstruktion von Wagen, die für die neuen Schnellstraßen besonders geeignet sein sollten. Die Stromlinie war für Autokarosserien entdeckt worden, und der Adler 2,5 Liter, der 1937 präsentiert wurde, erhielt wegen seiner windschlüpfigen Form im Volksmund den Spitznamen Autobahn-Adler. Omnibusschnellverkehr zwischen großen Städten – bis dato eine Illusion wegen der schlechten Straßen – schien damit nunmehr in greifbare Nähe zu rücken.

Mindestens ein Dutzend Karosseriefirmen in Deutschland kümmerten sich plötzlich um den Bau von stromlinienförmigen Omnibusaufbauten.

Größere Straßen – Größere Autos

Im Lastwagenbau bekam der Dreiachser, den Büssing schon 1923 vorgestellt hatte, der aber lange wegen der Nutzlastbeschränkungen eher als Notbehelf galt, einen neuen Stellenwert. Durfte noch 1931 ein Sechsradwagen nur ein Gesamtgewicht von 16 Tonnen auf die Waage bringen, so wurden diese Bestimmungen nach und nach immer weiter gelockert. Konnte der erste schwere Dreiachser von Daimler-Benz, der N 56 von 1929, gerade gut sieben Tonnen tragen, so betrug die Nutzlast 1931 für den L 8500 schon 8,5 Tonnen. Und der L 10 000 von 1936, ein dreiachsiges Monstrum von 10,4 Metern Länge, nahm ohne weiteres zehn Tonnen Ladung auf. Der L 10 000, der gewöhnlich noch einen dreiachsigen Anhänger ziehen mußte, war für den Fernverkehr auf den Autobahnen konzipiert. Auf engen, gewundenen Landstraßen muß so ein Fahrzeug der Alptraum jedes Fernfahrers gewesen sein. Der Motorwagen allein benötigte einen Wendekreis von mindestens 25 Metern. Bei einer Motorleistung von 150 PS erreichte der Laster eine Geschwindigkeit von 53 Stundenkilometern. Im Fernverkehr empfahl sich allerdings ein Schnell- und Schongang, mit dem der Wagen auf 75 km/h kam. Ohne Anhänger liefen rund 38 Liter Diesel auf 100 Kilometer durch die Einspritzdüsen, mit Hänger verbrauchte er leicht auch über 50 Liter. Gleichzeitig war ein Liter Schmieröl fällig.

Die schweren Dreiachser der dreißiger Jahre zogen ihre Kraft durchweg aus sechs- oder achtzylindrigen Dieselmotoren. Neben dem Mercedes hatte Henschel ab 1936 den Typ 36 W 3 mit 170 PS aus 15 708 ccm Hubraum im Programm, Büssing präsentierte den 900, dessen stärkste Ausführung schon damals 180 PS hatte und Vomag in Plauen lieferte im selben Jahr den 8 LR 653 mit 145 PS. Der »Große MAN Diesel« kam schon 1932 auf den

Markt. Sein Sechszylindermotor aus einem Block war in seinem Geburtsjahr mit 140 PS der stärkste Lkw-Motor nach dem Dieselprinzip. Allerdings blieb man in Bayern den Dreiachsern nicht treu. Mitte der dreißiger Jahre wurden sie von der Firma MAN wieder aus dem Programm genommen.
Rund 2000 Dreiachser waren Anfang 1937 im Reichs-Kraftwagen-Betriebsverband registriert. Mit Hänger kamen sie auf Nutzlasten von bis zu 22 Tonnen. Solche Züge fuhren die Unternehmer gewöhnlich selbst. Zwar kam dann noch ein zweiter Fahrer zum Ablösen mit, aber um als Lasterbesitzer ganz zu Hause zu bleiben und zwei Fahrer zu bezahlen, reichten meistens die Einnahmen nicht. 1936 bekam ein Fahrer nach Tarif 48 Mark wöchentlich Lohn und dazu rund sechs Mark Tagesspesen für die Zeit, die er unterwegs war. Gewöhnlich gabs für erfahrene Kapitäne der Landstraße aber deutlich mehr. Viele Unternehmer beteiligten ihre Leute mit zwei Prozent am Frachterlös, schon um sicher zu gehen, daß sie selbst ein Interesse daran hatten, daß die ihnen anvertraute Ladung heil und pünktlich ankam.
Die Arbeit hinterm Steuer war hart. Fahrzeitbeschränkungen und vom Fahrtenschreiber diktierte Zwangspausen waren noch weitgehend unbekannt. Der Tarifvertrag vom 1. Januar 1937 regelte die Arbeitszeit für die Fahrer:

Einschließlich Bereitschaftsdienst und Vorbereitungsdienst, jedoch ausschließlich der Pausen, darf die Arbeitszeit 132 Stunden in zwei Wochen nicht überschreiten. In keiner der beiden Wochen darf jedoch mehr als 72 Stunden gearbeitet werden. Die Arbeitszeit ist in Schichten einzuteilen. Eine Schicht darf . . . nicht mehr als 24 Stunden betragen. Die Pausen richten sich nach der Länge der Schichten. Bei einer Schicht von mehr als acht Stunden eine Stunde Pause, . . . bei einer Schicht von 24 Stunden fünf Stunden Pause. Nach jeder Schicht muß eine ununterbrochene Ruhezeit gewährt werden . . . Nach einer Schicht von 24 Stunden: zehn Stunden Ruhe. Schichten über zwölf Stunden sind nur zulässig, wenn das Fahrzeug mit zwei Mann besetzt ist. Innerhalb einer Arbeitsschicht beträgt der reine Dienst des Fahrers am Steuer höchstens zehn Stunden.

Dreiachser als Könige der Landstraße

Zu den gewaltigsten Lastwagen der dreißiger Jahre gehörten der Mercedes L 10 000 mit 150 PS und zehn Tonnen Nutzlast (oben). Er hatte einen Wendekreis von mindestens 25 Metern. Der DL 48 von Vomag in Plauen (rechts) konnte mit 130 PS dienen. Er kostete 1935 runde 30 000 Mark – ohne Anhänger, versteht sich.

Unfallursache: Übermüdung

So ganz genau nahmen es die Fahrer damals natürlich mit den Zeiten am Steuer nicht. Es war an der Tagesordnung, daß wesentlich mehr gefahren wurde, als eigentlich erlaubt war. Die Polizei kontrollierte damals solche Verstöße kaum, und die angestellten Fahrer wurden mit Übertarifen bei Laune gehalten. Wer Fahrer und Besitzer des Lasters in einer Person war, war ohnehin bestrebt, so viele Fuhren wie möglich zu machen, damit Geld in die Kasse kam. Rückschlüsse auf die Fahrzeiten ließen sich damals ohnehin bestenfalls aus den Zeitstempeln in den Frachtpapieren ziehen. Übermüdung gehörte lange zu den Hauptunfallursachen im Fernverkehr. Wenn auf völlig gerader Strekke ein Lastzug ohne jeden ersichtlichen Grund von der Fahrbahn abgekommen war und mit den Rädern nach oben im Straßengraben liegen blieb, war für die Polizei der Fall meist klar: Den Fahrer hatte der Schlaf übermannt. Besonders auf den neuen Autobahnen nickten übernächtigte Fernfahrer durch das monotone, tackernde Fahrgeräusch, verursacht durch die damals üblichen Fugen in der Fahrbahn, wesentlich eher ein, als auf kurvigen Bergstrecken.

Trotz aller Freiheiten, die die Kapitäne der Landstraße unterwegs genießen konnten, war die harte Arbeit hinterm Steuer nicht jedermanns Sache. »Der Großkraftwagen«, ein zeitgenössisches Fachblatt, klagte 1936 über Arbeitskräftemangel:

Zuverlässige und erfahrene Lohnfahrer sind heute sehr rar und entsprechend gesucht. Der Lastzugbetrieb steht und fällt mit dem Fahrer. Der Unternehmer gibt ihm in der Regel sein ganzes Vermögen in die Hand. Sitzen ein paar leichtsinnige Leute auf dem Bock, die einfach drauflosschalten, -kuppeln und -fahren, die sich irgendwo, wenn es ihnen gerade gefällt, über die Zeit aufhalten und dann, ohne Rücksicht auf Fahrzeug und Reifen, drauflosjagen, um verlorene Zeit wieder einzuholen, so bleibt Schaden selten aus. Fährt der Unternehmer selbst mit, dann achtet er auf jedes Geräusch, merkt alles im Entstehen; er steht ja mit seinem Wagen auf Du und Du . . . Ja, die Personalfrage ist eine Existenzfrage.

Den Fuhrunternehmer der zwanziger, dreißiger und auch noch fünfziger Jahre darf man sich nicht als distanzierten Arbeitgeber mit Schlips und Kragen und mit dicker Zigarre vorstellen. Der Chef packte selber mit an, hatte keine Angst vor schmutzigen Händen. Er kannte sein Auto bis auf die letzte Schraube, reparierte die »Mühle«, wenn es eben ging, selbst, und er hatte auch gewöhnlich die wichtigsten Ersatzteile wie Keilriemen, Filter und Dichtungen auf Lager, damit sich die Standzeiten bei Defekten in Grenzen hielten. Schließlich klingelte die Kasse nur, wenn auch die Räder rollten. Und obwohl die Laster damals technisch wesentlich anspruchsloser waren als heutige Trucks, die über elektronische Anzeigen und Turbolader mit Ladeluftkühlung verfügen, forderten sie deutlich mehr Arbeits- und Wartungsaufwand, wenn sie treu und zuverlässig ihre Dienste leisten sollten.

Aufwendige Startvorbereitungen

Wenn heute ein Fernfahrer verschlafen aus seiner komfortablen Ruhekabine kriecht, reibt er sich die

Augen, setzt sich hinters Steuer, glüht kurz vor und läßt den Diesel dröhnen. So einfach ging das vor fünfzig Jahren nicht. »Bevor man eine große Fahrt antritt, sollte man regelmäßig eine gründliche Untersuchung des Wagens vornehmen, da man sich hierdurch Störungen, Zeitverlust und Ärger unterwegs spart«, heißt es in einer zeitgenössischen Anleitung. Der erste Handgriff galt dem Kühler. Der Wasserstand wurde geprüft, dann begann das Ritual mit der Schmierung. Es reichte nicht, allein den Motor-Ölstand zu überprüfen. Bei vielen Motoren – besonders bei schweren Dieselmaschinen – mußten die Kipphebel der Ventile regelmäßig mit frischem Öl versorgt werden. Außerdem fanden sich noch etliche andere Aggregate und bewegliche Teile, von der Wasserpumpe bis zu den Spurstangengelenken, denen der Fahrer vor langen Touren mit der Fettpresse zuleibe rückte. Danach ließ er den Motor im Stand erst eine Weile laufen, horchte mit offenem Ohr auf irgendwelche Unregelmäßigkeiten im Geräusch und überprüfte, ob der Kompressor im Luftbehälter genug Druck aufbaute, um die Druckluftbremsen für Motorwagen und Anhänger zu versorgen. War alles in Ordnung und die Ladung samt Plane sachgemäß verpackt und verzurrt, galt noch ein letzter Blick der Butterbrotdose und der Thermosflasche mit heißem Kaffee, dann gings los. Radios gabs in den schweren Brummern damals noch nicht. Die hätte man bei dem Lärm sowieso nicht gehört, und der Verkehrsfunk war noch nicht erfunden.

Anton Grashofer aus München fuhr damals einen Vomag 5 LR 448 mit einem Achttonneranhänger. Der 100 PS starke Motorwagen durfte fünf Tonnen laden – zusammen kam der Zug also auf eine Nutzlast von rund 13 Tonnen. Grashofer gehörte nicht zu den sogenannten Urverladern, die sich ihre Fahrten selbst besorgten, oder meistens nur für einen Stammkunden auf Tour gingen, sondern er fuhr mit einem offiziellen Fahrtenbuch die damals in vielen Städten eingerichteten Laderaumverteilungsstellen an. Am liebsten lenkte er sein Gespann in Richtung Berlin, weil er da mit guter Auslastung rechnen konnte. Der Bayer hatte in der väterlichen Schlosserei eine Lehre gemacht und war dann 1930 bei einem befreundeten Fuhrunternehmer zunächst als Beifahrer eingestiegen. Zwar reichten 1936 die Ersparnisse noch bei weitem nicht zum Kauf eines eigenen Lastzuges, aber Vater Grashofer half mit einer kräftigen Finanzspritze, und den Rest der knapp 40 000 Mark, die für den nagelneuen Zug fällig wurden, holte sich der Jungunternehmer als Kredit von der Bank.

Fernfahreralltag anno 1937

Eines schönen Herbsttages schaukelt Anton Grashofer wieder mal mit einer Ladung Maschinenteile in Richtung Berlin. Leipzig liegt schon lange hinter ihm. Bei Mutter Mochow kommt diesmal keine Kaffeepause in Frage, weil Grashofer sowieso schon spät dran ist. In der Nähe von Hof war ihm ein Reifen am Hänger geplatzt. Es liegen einfach noch viel zu viele verdammte Hufnägel auf den Straßen herum. Mit einer Winde hatte der Fahrer den Hänger hochgebockt und ein Reserverad montiert. Als die verdreckten Radschrauben auch dem schweren Radkreuz nicht nachgeben wollten, mußte das Verlängerungsrohr herhalten. Gegen den langen Hebel hatten die Schrauben keine Chance. Grashofer war allein – für einen Beifahrer reichte das Einkommen nicht – und ein einzelner Mann mußte schon Bärenkräfte aufbringen, um ein schweres Laster-Rad wieder auf die Stehbolzen der Radnabe zu heben.

Inzwischen jedoch ist der Vorfall schon wieder vergessen. Mit schmutzigen Händen, aber guter Laune rollt Grashofer in die deutsche Reichshauptstadt. In Wilmersdorf passiert er das Fabriktor, wo er seine Maschinenteile abliefern muß. Man wartet schon mit einem Kran auf die Lieferung aus Bayern. Eine Viertelstunde lang turnt der Fahrer auf seinem Gespann herum, bis die Plane soweit entfernt ist, daß der Kran zulangen kann. »Wenns sonst nichts ist«, freut sich Grashofer. Da hat er schon Härteres erlebt. Oft genug muß er beim Abladen selbst mit anfassen. Die belieferten Firmen verlangen das meistens. Kutscher,

die nicht mitspielen, bleiben eben auf den Werkshöfen stehen, bis sie es sich anders überlegen. Diesmal geht es schnell. Auch sind die Frachtpapiere in kurzer Zeit im Büro der Firma abgehakt. Grashofer hat es jetzt eilig, zur zentralen Laderaumverteilungsstelle zu kommen, denn da werden die guten Frachten nach Ankunftszeit verteilt.

In Berlin praktiziert man 1937 die sogenannte Rückwärtsversteigerung bei der Frachtvergabe. In der Verteilungsstelle, einem Büro am Autohof, wo die Laster in Reih und Glied geparkt stehen, werden die von den Spediteuren eingehenden Aufträge gesammelt. Dreimal am Tag, um 9.30 Uhr, um 12 Uhr und

nachmittags um 16 Uhr werden die Fuhren ausgeboten. Zu diesen Stichzeiten versammeln sich die Kapitäne der Landstraße, die auf neue Ladung warten, in diesem Kontor. Auf einer Liste am Schwarzen Brett ist die Reihenfolge ihrer Ankunft angeschlagen. Wer am längsten wartet, hat die Nummer eins. Bei der Frachtausbietung ist immer die niedrigere Ankunftsnummer gegenüber der höheren im Vorteil; wer länger wartet, hat bessere Karten. Zuerst verliest einer der Frachtmakler die gesamte Liste der angebotenen Güter, und dann gehts zur Sache. 67 Fuhrunternehmer warten auf ihre Chance.
Erstes Angebot: 18 Tonnen müssen nach Hamburg. Fahrer Nummer 47 will die Fahrt haben, Nummer 35 meldet sich mit Vorrecht, Nummer 20 liegt noch besser, aber Chauffeur Nummer acht bekommt schließlich den Zuschlag. Der Mann ist auch ganz scharf auf die Tour. Er kommt aus Wedel im Norden der Hansestadt, und hat so mal wieder die Gelegenheit, zu Hause bei seiner Familie vorbei zu fahren. Fast sechs Wochen hat er sich da schon nicht mehr blicken lassen. Gute Frachtaufträge haben ihn bis hinter Breslau und dann nach Rostock gelotst. »Erkennen dich eigentlich deine Kinder noch«, fragen ihn die Kollegen manchmal. »Klar«, sagt er dann, »an der Mütze«. Der Mann aus dem Norden hat sogar noch Glück: ein anderer Kollege mit noch niedrigerer Nummer hätte die Fuhre auch gern genommen, aber dessen Laster faßt nur fünfzehn Tonnen, achtzehn müssen aber befördert werden.

Kampf gegen die Müdigkeit

Zu den Ursachen vieler Unfälle zählten damals wie heute Übermüdung, schlechte Bremsen oder abgefahrene Reifen. Dieser Vomag kam von der Straße ab und prallte gegen einen Baum.

Glocken für das Münster

Im Ulm griff man natürlich traditionell auf die Hausmarke Magirus zurück. Zum Transport der restaurierten Glocken des Ulmer Münsters nahm man einen M 40.

Fernfahrer als clevere Geschäftsleute

In der Verteilerstelle herrscht eine Atmosphäre wie beim Pokern. Die Fuhrunternehmer flachsen sich gegenseitig an, und keiner versucht sich anmerken zu lassen, daß er daran interessiert ist, möglichst bald einen fetten Brocken zu schnappen. Wenn es sich nicht gerade um besser bezahlte Spezialtransporte handelt, drängelt sich kaum jemand von den Fahrern, sobald eine neue Partie angeboten wird. Das Zögern hat seinen Grund: Wer auf kleiner Nummer steht, und damit Vorrechte in der Hand hat, kann ja zunächst mal warten. Er sticht die Konkurrenz beim Zuschlag notfalls immer noch aus. Wird dann in der oberen oder mittleren Nummernlage heftiger um die Ladung geworben, dann ist das Angebot offenbar so interessant, daß man damit auf seine Rechnung kommen kann. Allzu wählerisch geben sich die Fuhrleute in Berlin 1937 aber auch nicht. Die Reichshauptstadt ist eine riesige Verbraucherstadt. Es rollen wesentlich mehr Güter herein als wieder hinaus. Bis zu 150 Lastzüge warten

an manchen Tagen an der Frachtvermittlung. Manche ziehen es sogar vor, gar nicht zu warten und gleich wieder leer abzufahren, wenn sie auf dem Hinweg eine lukrative Tour hatten. Die Fahrer, die sich mit den Kosten eines mehrtägigen Zeitverlusts in die niedrige Nummernzone herabgewartet haben, stellen natürlich besonders hohe Ansprüche an die angebotene Ladung. Manche warten bis zu acht Tagen, bis sie die richtige Partie finden. Da ist es ein Rechenexempel, ob die höher bezahlte Fracht die Wartezeit aufwiegt.
Die frisch Angekommenen haben natürlich auch ihre Tricks, um an gute Fuhren zu kommen. Genau wie die Fahrer mit niedrigen Nummern heucheln sie völlige Gleichgültigkeit, wenn da eine mittelmäßige Partie ausgelobt wird. Auch wenn sie mit der Partie liebend gern losfahren würden, bleiben sie kühl. Sie wissen, daß sie mit ihrer Meldung nur die anderen, besser plazierten Kollegen aufmerksam machen. Da bleiben dann nach den Versteigerungsterminen oft scheinbar mäßige Partien übrig. Doch das sieht nur so aus. Die cleveren unter den eben erst Angekommenen schleichen sich ins Maklerbüro, lassen sich übrig gebliebene Frachtkontingente überschreiben, und sind oft schon Stunden später wieder unterwegs zu ihrem Bestimmungsort. In Berlin wird 1937 kaum eine Partie älter als zwei, drei Tage – es sei denn, es handelt sich um leere Fässer, sperriges oder mit schlechtem Transporttarif belegtes Gut. Und selbst solche Fahrten – etwa nach Ostfriesland oder Ostpreußen – sind spätestens dann vergeben, wenn ein Fahrer aus der entsprechenden Gegend auftaucht, den es mal wieder nach Hause zieht. Fahrten in entlegene Ecken liegen häufiger an, als die meisten Fernfahrer sich das wünschen. Der Grund liegt auf der Hand: Große und mittlere Städte haben gewöhnlich einen Bahnhof, können also auch mit der Bahn versorgt werden. Aber besonders die kleineren Orte, wo der Adressat der Fracht auch keinen eigenen Laster unterhält, um seine Sachen vom Bahnhof abzuholen, sind auf den Fernverkehr angewiesen.
Viele der Lastwagenbesitzer leben 1936 von der Hand in den Mund. Verhungern muß zwar keiner, aber wer nicht fest in Diensten eines regelmäßigen Auftraggebers steht, sondern mit den Laderaumverteilungsstellen arbeitet, kann im Grunde gar keine vorausschauende Kalkulation für sein Unternehmen aufstellen. Die Frachtvergabe hat zu sehr Lotteriecharakter. Nur eines weiß der Fuhrunternehmer sicher: Eine gewisse Mindestmarge muß sein, sonst kann er seinen Laster gleich verkaufen. Soweit ist es aber selten gekommen. Im Gegenteil – wer einmal Blut geleckt hat im Fernverkehr, kann sich gewöhnlich kaum vorstellen, wieder hinter der Werkbank zu stehen, oder unter anderer Leute Auto zu liegen und Schrauben nachzuziehen.
Während der Wartezeiten auf den Autohöfen blättern die Motorkutscher lieber in den neuesten Prospekten. 1936 parken da noch allerhand Vehikel, deren Baujahre bis in

Die Klasse der Bären

Die obere Nutzlastgrenze der Zweiachser lag in den dreißiger Jahren bei 6,5 Tonnen. Laster dieser Kategorie waren in allen Branchen beliebt. Die Henschel 6 J 2 (oben) liefen für Esso, die Tanker auf Büssing-Fahrgestellen (rechts unten) wurden von der Firma Haller in Stuttgart aufgebaut. Der Fahrer des nagelneuen Krupp LD 6,5 N 242 (rechts oben) bekommt von seinem Chef noch letzte Anweisungen.

Richard Schenk vorm.
Schenk
Strassen-u.
Hamburg
Volksdorf
Tel. 209203.
Zug 2

OLEX
IIA-15206

die Mitte der zwanziger Jahre zurückgehen. Die guten Stücke sind oft immer wieder liebevoll repariert worden. Die Vollgummiräder mußten eines Tages den Luftreifen weichen, und mancher Benzin schlukkende Vergasermotor ist durch einen wesentlich sparsameren Dieselmotor von Deutz oder Junkers ersetzt worden.

Lastwagenbau im Zeichen der Kriegsvorbereitung

Hohe Nutzlasten bei sparsamem Kraftstoffverbrauch versprechen die Lkw-Prospekte ihren Kunden. Im Gespräch unter den Fahrern ist eine Vereinheitlichung des Lkw-Angebots für den Fernverkehr. Die Nationalsozialisten, die den Krieg schon planen, fördern solche Tendenzen ganz gezielt. »Es ist ja das im Allgemeininteresse wesentliche Ziel, einen einheitlichen großen Wagen bei den Fernfahrern allmählich einzuführen«, heißt es in »Der Großkraftwagen« 1936, »am meisten Aussicht wird dabei einem Sechseinhalb - Tonner - Typ - Zweiachser mit entsprechend leistungsfähigem Motor und starken Übertragungsteilen gegeben, der zusammen mit zwei Siebentonneranhängern auch auf seine zwanzig Tonnen Gesamtnutzlast kommt, wesentlich wendiger ist als der Dreiachser und sich viel besser mit Hofeinfahrten abfindet.« Lastwagen-Gespanne mit zwei Anhängern sind zur damaligen Zeit nichts Außergewöhnliches. Erst 1953 werden die schwer lenkbaren und auch nicht ganz ungefährlichen Züge verboten.
Die deutsche Lkw-Industrie geht auf die Forderung nach Sechseinhalbtonnern gern ein. Über die unselige Beschränkung auf fünf Tonnen hat man sich lange genug geärgert, und die riesigen Dreiachser sind eben doch nicht für jede Landstraße geeignet. Nur für das Autobahnnetz (1936: 1000 Kilometer, 1938: 3000 Kilometer) lohnt sich die Anschaffung der über zehn Meter langen Gefährte auch meist nicht. Bei Mercedes gibt es seit 1936 den Typ L 6500, dessen Fahrerhaus und Schnauze identisch mit denen des dreiachsigen L 10 000 sind. Sein Sechszylinderdiesel leistet 135 PS. Das eckige, urtümliche Fahrerhaus wird 1938 gegen ein modernes rundes ersetzt. Der Sechseinhalbtonner von Krupp, Typ LD 6,5 N 242, wird 1937 vorgestellt. Sein Zweitaktdiesel leistet 125 PS. Büssing-NAG kommt im selben Jahr mit dem Tp 650, 1938 besetzten dann auch Faun und Vomag diese Gewichtsklasse, und Magirus zieht noch 1939 mit einem Monstrum, Typ L 265/365, nach. Sein Kölner Deutz-Motor leistet sogar 145 PS. Natürlich sind auch MAN und Henschel in dieser Klasse präsent, und mancher Fernfahrer träumt in den ausgehenden dreißiger Jahren davon, hinterm Steuer eines solchen Brummers zu sitzen. In rauhen Mengen werden sie allerdings nicht mehr gebaut. Der Zweite Weltkrieg erledigt diese Träume.
In der Berliner Frachtverteilstelle gehen die Fahrer kumpelhaft miteinander um. Klassenschranken gibt es da eigentlich nicht. Aber man merkt doch, daß die Fahrer eines nagelneuen 6,5-Tonners etwas mehr Respekt entgegengebracht bekommen, als etwa die Piloten betagter Drei- und Viertonner. Anton Grashofer aus München liegt da mit seinem Vomag ganz gut im Mittelfeld. Immerhin erreicht er mit seinem Gespann auf ebener Strecke eine Spitzengeschwindigkeit von fast sechzig Stundenkilometern. In der Berliner Gütersammelstelle hat er diesmal allerdings Pech. Dabei hat alles so gut angefangen. Obwohl er noch gar nicht lange wartet, bieten sich plötzlich 13 Tonnen einigermaßen gut tarifiertes Frachtgut nach Landshut. Sonderbarerweise zeigen die Kollegen kein Interesse, und dem Bayern kommt die Tour gerade recht. Er holt sich den Zuteilzettel ab, da klingelt das Telefon. Der Spediteur ist am andern Ende der Leitung. Die Ladung, teilt er mit, erhöht sich um zwei Tonnen. Grashofer flucht wie der sprichwörtliche Bierkutscher. 13 Tonnen kann er nicht annehmen. Damit ist sein Lastzug überladen. Verärgert gibt er den Frachtzettel wieder zurück. Für heute hat er die Nase voll. Es ist ohnehin schon gegen 17 Uhr. Sollen doch die Kollegen sich um die restlichen Fuhren schlagen. Am nächsten Tag wird er es mit einem besseren Platz auf der Liste versuchen.
Etwas mißmutig läuft er zu seinem Wagen. Mit einer hölzernen Meßlatte sondiert er den Kraftstoffpegel im Tank. 160 Liter faßt der Behälter, er ist noch gut halb voll. Bei einem Verbrauch von 20 Litern auf 100 Kilometern sind also noch rund 400 Kilometer drin. Der Motor kann – nach Peilstab – einen Schluck Öl brauchen. Aus einem Kanister, den er immer mitführt, füllt Grashofer etwa anderthalb Liter HD-Öl nach. Der

Vomag-Motor mit seinen 9,5 Litern Hubraum benötigt insgesamt 18 Liter Schmieröl. Grashofers Laune bessert sich allmählich. Er hängt die Seitenteile der Haube wieder ein und klopft seinem Laster anerkennend auf die geschwungenen Kotflügel. »Alois« hat er den Wagen getauft, und in den fast zwei Jahren, die die beiden jetzt schon zusammen sind, ist ihm Alois zum guten Kumpel geworden. Manche seiner Kollegen haben ein geradezu erotisches Verhältnis zu ihrem Laster. Ein junger Fahrer schwärmt derartig von seinem Krupp, daß ihn seine Kumpels schon oft damit aufziehen. »Wenn das Auto kochen könnte, würde er es wahrscheinlich heiraten«, frotzeln sie.

Laster im Baugeschäft

Den Mercedes L 6500 (rechts) schätzte man in Steinbrüchen und Kiesgruben als robustes, kräftiges Arbeitspferd. Der Büssing Diesel (unten) hilft beim Bau einer Braunschweiger Siedlung.

Anton Grashofer ist schon seit sechs Jahren verheiratet und hat zwei kleine Töchter im Alter von zwei und vier Jahren. Obwohl seine Frau recht gut alleine klarkommt, versucht er, so oft wie möglich nach Hause zu kommen. Aber es klappt eben nicht immer nach Wunsch. In der Fernfahrerkneipe auf dem Autohof gibt es ein öffentliches Telefon. Der Münchener läßt sich vom Fräulein vom Amt kurz mit Zuhause verbinden. Seine Frau kennt das schon. Die nächsten vierzehn Tage ist mit ihm dann kaum zu rechnen. Später hockt er dann noch mit ein paar Kollegen beim Bier zusammen. Man fachsimpelt über die große Politik ebenso wie über gute Wirtshäuser am Straßenrand, wo es anständige Portionen für wenig Geld zu essen gibt, und wo eine umgängliche Kellnerin auch sonst für Fernfahrer allerhand übrig hat. Gegen elf Uhr abends fallen dem Kapitän der Landstraße die Augen zu. Er verabschiedet sich von seinen Kumpels und zieht sich in seinen Laster zurück. Eine Schlafkabine hat der Vomag zwar nicht, aber da Grashofer ja ohne Beifahrer unterwegs ist, reicht ihm die Sitzbank in der Kabine. Das Fahrerhaus ist gerade breit genug, daß er sich ausstrecken kann. Eingewickelt in ein paar Wolldecken schläft er ein.

Am nächsten Tag hat er Glück. Gleich morgens gegen zehn Uhr erwischt er bei der Frachtverteilung eine Tour nach Dortmund. Da kann nichts schief gehen. Das Ruhrgebiet ist ein beliebtes Anlaufziel, weil man dort nicht lange auf Rückfracht warten muß. Zwar entfernt sich Grashofer immer weiter von München, aber das ist ihm gleich, solange die Kasse stimmt. Und Westdeutschland ist für Leute, die im Fuhrbetrieb schnelles Geld verdienen wollen, immer noch ein guter Tip. Die Schwerindustrie hat einen schier unersättlichen Transportbedarf. Abgerechnet werden die Touren – egal ob nach Flensburg oder nach Garmisch – für die Unternehmer mit Fahrtenbuch über den Reichs-Kraftwagen-Betriebsverband, der ja auch die Fuhren vermittelt. Die Speditionen rechnen also die von ihnen in Auftrag gegebene Tonnage mit dem Verband ab, der wiederum die Fuhrunternehmer nach Tarif und Fahrtenbuch bezahlt. Es kann zwar schon mal sechs bis acht Wochen dauern, bis Grashofer die Entlohnung für seine Fuhre auf seinem Münchener Konto findet, aber das ist ihm egal. Schließlich braucht er sich als Kapitän der Landstraße dafür nicht mit dem Schreiben von Rechnungen herumzuschlagen.

Ohne Lastwagen geht nichts: Eine Brauerei organisiert den Bierversand

Die Schultheiß-Patzenhofer Brauerei AG mit ihrem Hauptsitz in Berlin gehörte Mitte der dreißiger Jahre zu den größten Lagerbierbrauereien der Welt überhaupt. Elf Brauhäuser gehörten damals dazu, sechs in Berlin und je eine Brauerei in Dessau, Breslau, Hindenburg, Oppeln und Beuthen. Verkauft wurde der beliebte Gerstensaft von der Nordsee über Schleswig-Holstein und an der Ostseeküste entlang bis nach Stolp in Pommern. Im Westen gab es Schultheiß bis nach Hannover, im Süden bis nach Thüringen, und im Osten lieferte man bis nach Schlesien.

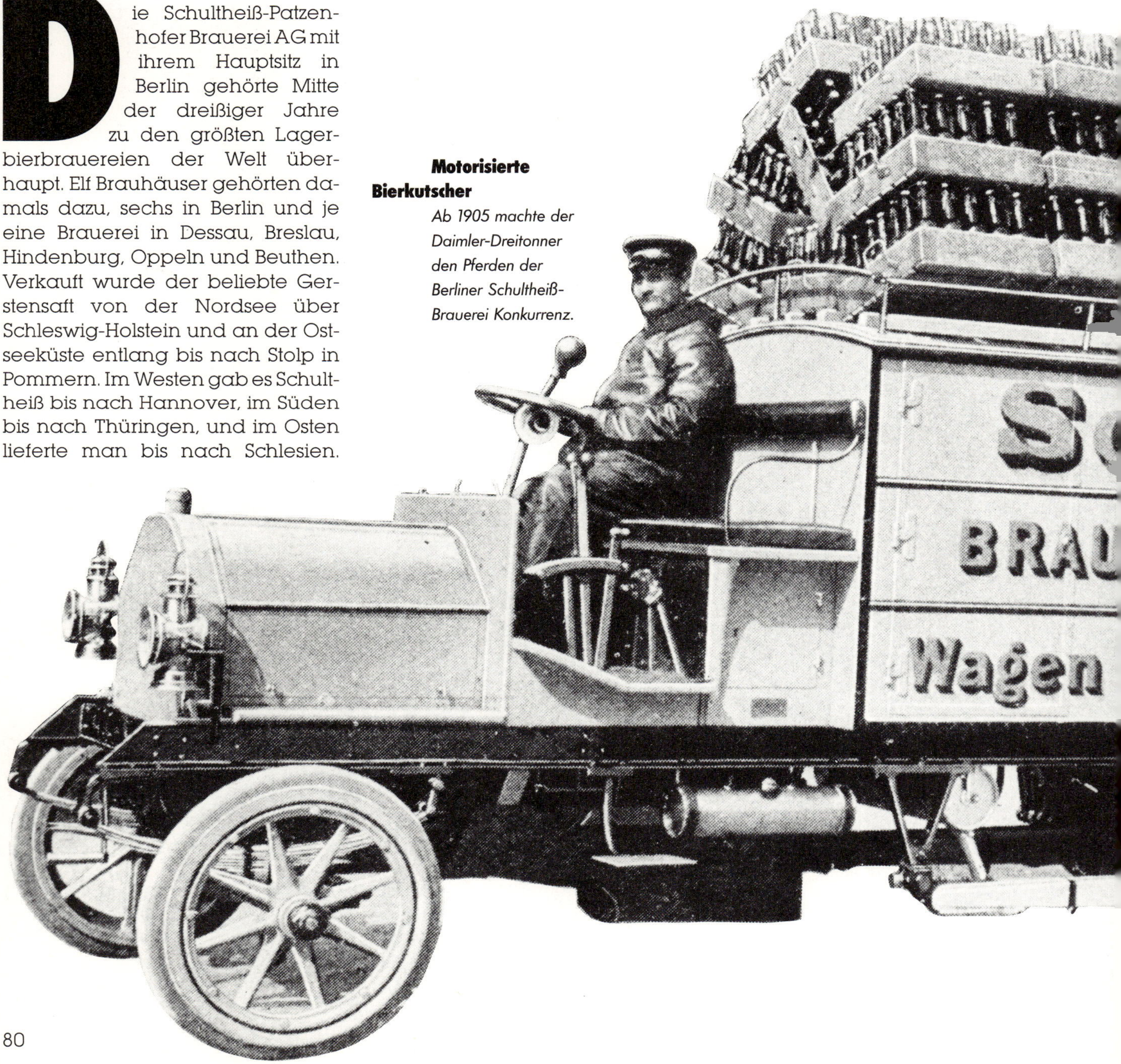

Motorisierte Bierkutscher

Ab 1905 machte der Daimler-Dreitonner den Pferden der Berliner Schultheiß-Brauerei Konkurrenz.

Rund eine Millionen Flaschen Bier verließen jeden Arbeitstag das Haus; insgesamt wurden täglich im Durchschnitt rund achttausend Hektoliter Bier auf die Reise zum Verbraucher gebracht.
Noch 1936 hielt sich der Bierkonzern zweitausend Pferde. Dazu kamen hundertsechzig Lastwagen, meist mit Hänger, und hundertachtzig eigene Eisenbahnwaggons. Außerdem hatte man noch vierzig freie Fernfahrer vom Reichs-Kraftwagen-Betriebsverband unter Vertrag, sogenannte Urverlader, die nur noch für die Brauerei fuhren. Den elf Brauereien des Konzerns unterstanden weitere 146 Niederlagen, die auch jeweils einen eigenen Fuhrpark zur Auslieferung in ihrem Bereich unterhielten. Die Brauereien waren wohl die ersten, die das Deutsche Reich mit einem dichten Transportnetz überzogen, das auch entlegene Bergdörfer nicht vergaß. Denn waren die Dörfer noch so klein, ein Gasthaus gab es überall.

Die Brauereien müssen heute genau rechnen; vieles steht gegen sie, schrieb 1937 die Spediteurs-Zeitschrift »Der Großkraftwagen«, eine Umschichtung in der Bedürfnisskala hat wohl stattgefunden. Die Brauereien merken's an ihren eigenen Arbeitern. Heute verlassen viele bei Feierabend die Hoftore angezogen wie Gents. Früher haben sie vielleicht etwas mehr in den Biertopf und etwas weniger in die Kleidung gesteckt. Die Alkoholgegnerschaft und die Verbreiterung sportlicher Betätigung haben dem Bierumsatz Abbruch getan. Auch die Kraftfahrerei hat drosselnde Wirkungen ausgeübt. In mancher Droschkenkutscherkneipe, in der früher der Bierhahn kräftig aufgedreht wurde, gehts nun weit ruhiger zu. Der Durchschnittskraftfahrer mied früher auf seinen Fahrten den lieben Alkohol nicht so peinlich wie heute. Der Fernfahrer, der lange Stunden am Steuer gesessen hat, fragt nach etwas Warmem. Die Brauereien haben, obwohl die Arbeitslosigkeit zurückgedämmt ist, bei weitem nicht den Ausstoß der Vorkrisenjahre erreicht, und nur die gute Hälfte des Vorkriegsabsatzes.

Biertransporte haben's eilig

Not brauchten die Bierbrauer vor fünfzig Jahren dennoch nicht zu leiden. Ein kühles Helles verachtete kaum jemand. Und da Bier – im Gegensatz zum Wein – durch längeres Lagern nicht besser wird, war man bemüht, es schnellstens von der Brauerei zum Zapf zu transportieren. Um die Niederlagen draußen im Lande regelmäßig mit frischem Bier zu versorgen, wurden in erster Linie Fernverkehrslaster eingesetzt. Für die weiteste Strecke, rund 250 Kilometer von Berlin zur westpreußischen Niederlage in Schneidemühl, benötigte ein schwerer 18-Tonnen-Zug rund acht Stunden – die Straßenverhältnisse in Richtung Osten waren eben nicht die besten. Damit nichts schief ging und auch kleinere Pannen die Fernfahrer nicht aus dem Konzept bringen konnten, wurden die Fernzüge nachts als erste beladen. Bis Mitternacht mußten die Lastzüge – beson-

ders die gewerblichen – in Reih und Glied an den Laderampen der Brauereien stehen. Das frische, meist erst in den letzten Stunden auf Versandfässer oder Flaschen gezogene Bier kam über Transportbänder bis an die Verladerampen und von dort auf die geräumigen Pritschen der Lastzüge. Die Fahrer konnten derweil in Ruhe eine Zigarette rauchen; die eingearbeitete Kolonne der Brauerei übernahm das Laden im Handumdrehen. Mit der Fuhre ging es dann auch gleich los. Sämtliche Lade- und Transportzeiten waren so kalkuliert, daß das Bier in jedem Fall noch in den frühen Morgenstunden in den Niederlassungen ankam. Selbst in Schneidemühl waren die Fässer längst abgeladen, wenn etwa im Sommer die sengende Mittagshitze auf den Lastzug brannte.
Zurück nahmen die Lastzüge dann die leeren Fässer und Flaschen wieder mit zum Abfüllort. Für die freien Unternehmer, die in Diensten der Brauerei unterwegs waren, gestaltete sich die Rückfahrt mit Leergut immer ein wenig zum Trauerzug, weil solche Fahrten nur schlecht bezahlt wurden. Auf der anderen Seite erhielten sie schließlich für den Hinweg einen angemessenen Tarif, und – was vielen noch wichtiger war – sie brauchten nicht jeden Tag wieder um neue Ladungen zu pokern; die Brauerei hatte immer Arbeit.
Das Verhältnis zwischen Inhalt und Verpackung war im Getränkehandel seit eh und je recht ungünstig. So kam damals auf hundert Liter Bier im Durchschnitt ein Faßgewicht von achtzig Kilogramm. Für einen Hektoliter Bier mußte der Transportunternehmer also eine Nutzlast von hundertachtzig Kilogramm veranschlagen. Noch wesentlich ungünstiger lag dieses Verhältnis beim Transport von Flaschenbier. Der Normalkasten mit dreißig Flaschen zu je 0,33 Liter Inhalt wog damals mit vollen Flaschen vierunddreißig Kilogramm, im Leerzustand vierundzwanzig Kilogramm. Das Bier hatte also nur einen Anteil von weniger als einem Drittel des Gesamtgewichts. Dennoch muß sich das Geschäft wohl gelohnt haben, denn man baute sogar reine Flaschenbier-Transportwagen, die bestenfalls fünfunddreißig Kästen aufnehmen konnten. Die verkauften ihre 1050 Flaschen dann allerdings nur im Nahbereich.

Brauereigäule bleiben konkurrenzfähig

In Berlin, rund zwanzig Kilometer im Umkreis der Brauereien, hatten sogar Mitte der dreißiger Jahre die Pferde noch ihre Chance. Die Brauer rechneten nach der Faustregel, daß im Stadtkern etwa alle zwanzig Meter ein Ausschank zu finden war. Und wenn dann auch noch die Fahrer beim Abladen die Motoren ihrer Laster laufen ließen, so kam der automobile Transport des Biers doch deutlich teuerer als die Belieferung mit dem Pferdegespann. Kein Wunder also, daß auch die Schultheiß-Brauerei 1937 noch eine ganze Reihe von Ställen unterhielt, in denen hundert und mehr Pferde untergebracht waren. Die schweren Kaltblüter benötigten pro Tag rund siebzehn Kilogramm Futter, wovon etwa zehn Prozent aus Brauereirückständen kamen. Der Rest mußte zugekauft werden. Es ist übrigens ein Gerücht, daß Brauereipferde früher mit Bier getränkt wurden; sie bekamen gewöhnlich auch nur ordinäres Wasser. Pro Arbeitstag kostete ein Gespann, zwei Pferde, Wagen, Unterbringung, Pflege, Futter, Fahrer und Beifahrer rund fünfundzwanzig Reichsmark. Zu diesen Kosten ließen sich in der Innenstadt fünfundzwanzig bis dreißig Hektoliter Bier ausfahren. Da fiel dem Auto die Konkurrenz schon schwer.
Ein schwerer Belgier, das typische Brauereipferd überhaupt, kostete 1937 rund zweitausend Reichsmark. Ein 2,5-Tonner-Lastwagen war wesentlich teuerer. Etwa fünftausend Mark mußte man dafür dem Händler auf die Theke legen; ein Dreitonner mit Dieselmotor erreichte auch schnell die Siebentausend-Mark-Grenze. Dennoch waren die leichten Lastwagen bei der Bierauslieferung auf dem flachen Land bald ohne Konkurrenz. Sie bedienten ihre Kunden nämlich erheblich schneller. In der gleichen Zeit setzten sie, verglichen mit den Pferdefuhrwerken, ein Mehrfaches an Bier um. Allerdings – so rechnete man damals – mußte alle fünf Kilometer

schon ein Hektoliter Bier abgesetzt werden, sonst wurde die Tour unrentabel. Im Dienst am Kunden konnten sich die Brauereien oft gar nicht mal die günstigste Transportmethode aussuchen. Wenn samstags die Fabriken früher Feierabend machten, gingen die Arbeiter gern noch auf ein paar Bier in die Kneipe an der nächsten Ecke. Merkte der Wirt nun am Samstagmorgen, daß sein Biervorrat knapp wurde, dann bekam er selbst-

verständlich Nachschub. Solche brandeiligen Notdienste konnten die Brauereien nur mit Lastwagen sicherstellen.
Mit dem motorisierten Fuhrpark ließen sich auch saisonale Schwankungen im Biergeschäft recht gut abfangen. So verkaufte man damals im Winter rund ein Drittel weniger Bier als im Sommer. Entsprechend weniger Transportkapazitäten waren gefordert. Während in Spitzenzeiten die Lastwagen mit Hänger auf Tour gingen, rückten sie in der kalten Jahreszeit gewöhnlich solo aus. Außerdem beschafften die meisten großen Brauereien Fahrzeuge in drei verschiedenen Gewichtsklassen. Die untere Nutzlastgrenze bildeten meist die 2,5-Tonner, in der Mittelklasse bewährten sich die Viertonner, und die 6,5-Tonner oder auch die Dreiachser mit 7,5 Tonnen Nutzlast bildeten die Spitze. Die Fahrten der ganz großen Brocken wollten sehr genau ausgetüftelt sein. In den engen mittelalterlichen Stadtkernen vieler deutscher Kleinstädte gab es oft nicht die nötigen Rangiermöglichkeiten. Und unter den Tortürmen der massiven alten Stadtmauern blieb auch schon mal der eine oder andere Laster stecken.
Im städtischen Lieferbetrieb griffen manche Brauereien sogar auf eine Fahrzeuggattung zurück, der man im allgemeinen keine Chancen mehr gab: Auf kurzen Strecken setzten die Bierproduzenten oft auch Elektrowagen ein. Da viele Brauereien eine Dampfturbine betrieben, die für ein eigenes Stromnetz sorgte, war die Energiebeschaffung kein Problem. Der Strom, der nachts im Brauereibetrieb nicht ausgenutzt wurde, konnte die Lastwagenbatterien laden. Allerdings reichten solche Energieschübe nur für vierzig bis fünfzig Kilometer. Wenn sich einer der Fahrer nicht rechtzeitig auf den Rückweg machte, mußte er sich von der Dieselkonkurrenz nach Hause schleppen lassen.

Mit dem Bier frisch zum Zapf
Die Brauereien gehörten zu den besten Kunden der Lastwagenhersteller. Die Fuhrparks - hier Fahrzeuge der Stuttgarter Dinkelacker-Brauerei - bestanden je nach Lieferbereich aus Lastern unterschiedlicher Tonnagen.

Bierfahrer als Nachrichtenkuriere

Berliner Bierfahrer waren Originale ebenso wie die Milchwagenkutscher, die für Bolle in der alten Reichshauptstadt unterwegs waren. Man kannte sie seit Jahren und schätzte ihre oft kauzige Art. Außerdem dienten sie als zuverlässige Nachrichtenquelle. In Berlin und weiterer Umgebung geschah nichts, was sie nicht wußten und was sie nicht auch weiter erzählt hätten. Wurde mal ein beliebter Bierkutscher in einen anderen Bereich versetzt, so hagelte es Proteste der Wirte. Manche Kneipiers drohten dann sogar, die Brauerei zu wechseln. Für sie waren die Bierfahrer Vertrauensleute, denen man ohne zu zögern den Schlüssel zum Bierkeller in die Hand drücken konnte, in dem schließlich auch Schnaps und Würste aufbewahrt wurden. Die Literzahl, die der Fahrer dem Wirt in Rechnung stellte, wurde ebenfalls nicht lange überprüft. Man vertraute sich gegenseitig.

Beim Bierkonzern Schultheiß-Patzenhofer hätte man damals eigentlich nicht auf freie Spediteure zurückgreifen müssen. Doch man hielt sich mit Absicht keinen größeren eigenen Fuhrpark. Von den freien Fuhrleuten konnte man sich in Zeiten schlechten Bierabsatzes schneller trennen. Doch das war nicht der einzige Grund; schließlich wurden auch größere Reparaturen nicht in der eigenen Werkstatt, sondern bei Vertragshändlern in Auftrag gegeben. »Leben und leben lassen«, lautete das Motto. »Unser Bier kann von anderen Leuten nur getrunken werden, wenn die Brauerei auch selbst Geld unter die Leute bringt«, formulierte ein Brauereileiter damals die Politik des Hauses, »so sichern wir uns die Beliebtheit unserer Biere in weiten Kreisen der mittleren Gewerbetreibenden, die von jeher mit gutem Durst begabt waren.«

Kriegspläne der Nationalsozialisten: Der Lkw-Bau wird normiert

Versorgung auch auf den Flughäfen

Die legendäre Ju 52 der Lufthansa bekam ihren Kraftstoff auf dem Stuttgarten Flughafen natürlich aus einem Lastwagen heimischer Produktion: dem Mercedes LZ 6000 mit einem Tankauflieger der Firma Haller.

Auf den Reißbrettern der Ingenieure entstanden in den dreißiger Jahren allerhand interessante Lastwagenkonstruktionen. Die Dieselmotoren wurden verbessert; bei Krupp wandte man sich verstärkt dem Gegenkolbenmotor zu. Bei Hanomag und Büssing verbannte man den Motor von der Wagenfront und schraubte ihn liegend hinters Fahrerhaus. »Unterflur« nannte man diese Bauart, die sich dann erst nach dem Krieg bei Büssing durchsetzte. Auch andere Firmen wie Krupp oder Magirus präsentierten Frontlenkerlastwagen, Faun baute sogar einen schweren Vierachser, und Henschel experimentierte mit Dampflastern. Die meisten dieser interessanten Konstruktionen blieben indes Prototypen oder sie wurden nur in geringen Stückzahlen gebaut. Den nationalsozialistischen Machthabern war auch gar nicht an einer breiten Angebotspalette im Nutzfahrzeugbereich gelegen. Mit dem Blick auf bevorstehende kriegerische Auseinandersetzungen legten sie wesentlich mehr Wert auf weitgehende Normierung.

Sie sorgten für eine straffe Organisation der deutschen Wirtschaft und ihrer Verbände. Nach dem Gesetz zur Vorbereitung des organischen Aufbaus der deutschen Wirtschaft vom 27. Februar 1934 unterstand die Wirtschaftsgruppe Fahrzeugindustrie der Reichsgruppe II Industrie, die wiederum der Reichswirtschaftskammer direkt unterstellt war. Die WIGRUFA umfaßte sämtliche Hersteller von Fahrzeugen jeglicher Art und von entsprechendem Zubehör. Die Firmen mußten Mitglied sein, und eines der Hauptaufgabengebiete dieser Wirtschaftsgruppe bestand darin, auf die Einhaltung von Normen im Autobau zu achten. Dabei war schon 1934 der Einfluß des Heereswaffenamtes nicht zu übersehen.

Neben den Konstruktionen rein militärischer Geländelastwagen oder Halbkettenschlepper interessierten sich die Logistiker des Militärs natürlich auch für die Fahrzeuge, die im zivilen Bereich eingesetzt wurden. Es war völlig klar, daß – wie schon im Falle des Ersten Weltkriegs – bei einer Mobilmachung auch die zivilen Autos konfisziert werden würden. Und um in diesem Fall nicht auf einen bunt zusammengewürfelten Haufen völlig unterschiedlicher Fahrzeuge zurückgreifen zu müssen, sollten lebenswichtige Teile der Autos baugleich und untereinander auswechselbar sein. Außerdem bemühte man sich, möglichst ohne ausländische Werk- und Kraftstoffe auszukommen. Ein Reichsbohrprogramm sah 1934 genau 57 Suchaktionen nach Öl vor, und zur selben Zeit begannen in verschiedenen Chemiekonzernen die Versuche, Autoreifen aus künstlichem Kautschuk, Buna genannt, herzustellen. Die bayerische Landesregierung ordnete an, daß gebrauchte Schmieröle der öffentlichen Verkehrsunternehmen zu sammeln und zu regenerieren seien.

Die bereits fortgeschrittene Konzentration auf dem Automarkt kam den nationalsozialistischen Planern natürlich zugute. 1935 stellten nur fünf Firmen, nämlich Opel, Auto Union, Daimler-Benz, Adler und Ford 84,7 Prozent aller Zulassungen. Bei den Lieferwagen und mittleren Lastwagen teilten sich Opel, Ford, Mercedes, Hansa-Lloyd-Goliath und Büssing-NAG 79 Prozent des Geschäfts; und bei den schweren Lastern von fünf und mehr Tonnen Nutzlast spielten Büssing, Mercedes, Krupp und MAN mit zusammen 71 Prozent Marktanteil die Hechte im Karpfenteich. Bevor allerdings die Autobauer selbst mit den Wünschen der neuen Machthaber konfrontiert wurden, beschäftigten sich die militärischen Vordenker mit dem Umfeld. Sie senkten die Zahl der angebotenen Reifentypen drastisch, und 1936 raffinierte man schon rund die Hälfte der in Deutschland verbrauchten Leichtkraftstoffe aus heimischen Rohstoffen. Ganz besonders förderte man die Gewinnung von Sprit aus der heimischen Steinkohle.

Gleichschaltung der Autoindustrie

Auf Anforderung des Reichswirtschaftsministeriums reichten Vertreter der deutschen Autoindustrie schließlich Ende 1937 Vorschläge zur Begrenzung der Autotypen ein.

Im folgenden Jahr übernahm dann Oberst Adolf von Schell die neu geschaffene Dienststelle eines Generalbevollmächtigten des Kraftfahrzeugwesens. Er berief einen Beirat aus Vertretern der wichtigsten Hersteller und Zubehörfabrikanten ein, denen er auf der ersten Zusammenkunft im Dezember 1938 seine Pläne vortrug: Die Typenvielfalt im Pkw-Bereich sollte drastisch verringert werden; Firmen, die gleichzeitig Lkw oder Schlepper bauten, sollten den Pkw-Bau zum Teil aufgeben. Im Lkw-Bau forderte von Schell die Festlegung auf wenige Grundtypen der Nutzlastkategorien 1,5 Tonnen, 3 Tonnen, 4,5 und 6,5 Tonnen. Die einzelnen Firmen sollten jeweils nur ein oder zwei dieser Typenreihen produzieren. Hersteller von kleinen Stückzahlen durften nur noch Kommunalfahrzeuge oder Werkzeugmaschinen bauen. Omnibusse waren ebenfalls nur noch analog der Lkw-Typenreihen vorgesehen.

Mit dem Segen von Minsterpräsident Hermann Göring erließ Adolf von Schell am 2. und 15. März 1939 die ersten Ausführungsvorschriften zur Typenbeschränkung in der Autoindustrie. Danach durften nur noch einunddreißig Personenwagen- und neunzehn Lastkraftwagen-Haupttypen gebaut werden. Durch den Krieg, der am 1. September mit dem deutschen Überfall auf Polen begann, kam dieses sogenannte Schell-Programm nicht mehr voll zum Zuge. Die deutsche Pkw-Produktion war ab 1941 ohnehin nicht mehr nennenswert. Im Lkw-Bereich baute man bewährte Modelle kurzerhand weiter, weil Zeit und Gelegenheit für geplante aufwendige Gemeinschaftsprodukte einfach fehlten. Vom 2. Oktober 1939 an gab es für Privatleute keine Einzelgenehmigungen mehr zum Kauf von Lastwagen und Omnibussen.

Bewährungsprobe für große und kleine Lastwagen

Die Wehrmacht bediente sich bei den Transportunternehmen. Viele schwere Fernlastzüge wurden konfisziert. Oft bekamen sie noch auf dem Speditionshof eine provisorische feldgraue Tarnlackierung, bevor sie ihre letzte Fahrt antraten. Kaum einer der stolzen Besitzer hat später seinen treuen Laster wiedergesehen. Die Ferntransporter, die eigentlich für die Autobahnen in Deutschland gebaut worden waren, hatten auf den Wegen in Polen und später in Rußland keine Chance. Sie versagten schon bei leichtem Gelände, boten riesengroße, kaum bewegliche Ziele für Fliegerangriffe, und sie wurden dann oft, wenn wieder mal ein kaum zu ersetzendes Teil defekt war, einfach irgendwo stehen gelassen. In Deutschland wurde es derweil eng im Güterverkehr. Einzelne Branchen wie die Lebensmittelversorgung, der Kohlenhandel und verschiedene Handwerkssparten schlossen sich zu Transportgemeinschaften zusammen, um die wenigen noch übrig gebliebenen Nutzfahrzeuge rationell einzusetzen.

Während die eingezogenen Zivillaster schon nach kurzer Zeit verheizt worden waren, bewährten sich kleinere und wendigere Lastwagen im täglichen Einsatz besser. Eines der wohl beliebtesten Fahrzeuge deutscher Soldaten im Zweiten Weltkrieg war der Opel Blitz-Dreitonner, den es auch in Allradausführung gab. Der Opel lief während des Kriegs in großen Stückzahlen – später auch bei Mercedes in Lizenz – vom Band. Von Ford und Magirus gab es ebenfalls Dreitonner.

In der 4,5-Tonnen-Klasse waren Büssing, Mercedes und MAN vertreten, unter den dreiachsigen Geländewagen setzten sich besonders der Mercedes LG 3000 und der Henschel 33 D 1 durch.

Völlig abgemagert (folgende Doppelseite) *Nur noch mit der allernötigsten Ausstattung verließ der Mercedes L 4500 zum Ende des Zweiten Weltkrieges die Werkshallen. Es mußte an allen Enden gespart werden. Das Einheitsfahrerhaus aus Preßspanplatten ersetzte die Stahlkabine.*

Schweres Gerät aus Nürnberg *Faun brachte 1938 – orientiert an englischen Vorbildern – einen schweren Vierachser heraus. Die Normierungspläne der Nazis ließen dem L 1400 D aber keine Chance.*

Lastwagen in harten Tests *Was hält ein Lastwagen aus? Dieser Frage ging man bei Magirus in Ulm gründlich nach. Auf dem Testgelände stieß der Versuchswagen an die Grenzen seiner Belastbarkeit.*

Eine Vereinheitlichung bis zur letzten Konsequenz gelang den nationalsozialistischen Militärplanern bei einem Dreiachser, den das Heereswaffenamt offiziell als »leichten Einheits-Lkw« bezeichnete. Dieser im Volksmund Einheits-Diesel genannte Sechsradwagen wurde in völlig indentischer Bauweise sowohl von MAN, Magirus, Büssing-NAG, Henschel, Borgward und Faun fabriziert. Bei der Motorenkonstruktion war MAN federführend gewesen, das Fahrgestell war ein Henschel-Produkt. Es gab den Einheits-Diesel mit den verschiedensten Aufbauten ab 1937. Sein Sechszylindermotor mit 6,234 Litern Hubraum leistete achtzig PS. Das allradgetriebene Gefährt war im Gelände kaum zu schlagen, konnte aber nur mit 2,5 Tonnen Nutzlast dienen. Auf Grund der niedrigen Zuladung wurde der Einheits-Diesel schon 1940 aus allen Produktionslisten gestrichen. Starke Fahrzeuge waren da eher gefragt. Die Halbkettenzugmaschinen, die es in sechs Größen von einer bis zu achtzehn Tonnen Zugkraft gab, wurden zum Teil bis Anfang 1945 noch gebaut.

Ein neuer Treibstoff: Holzgas

In den vorangegangenen Jahren war bei Autoherstellern immer wieder mit Holzgas experimentiert worden. Solange aber flüssiger Treibstoff reichlich zur Verfügung stand, waren nur wenige auf den Gedanken gekommen, ihr Auto mit einem Generator auszurüsten, der feste Brennstoffe verkokte und das dabei entstehende Gas zum Antrieb seines Motors benutzte. Während des Kriegs wurde der Holzgasbetrieb dann ganz plötzlich aktuell. Zur Umstellung von Lastwagen und Traktoren auf Generatorbetrieb gründete man 1940 die Gesellschaft für Tankholzgewinnung und Holzabfallverwertung AG, die alleiniger Empfänger des vom Reichsforstmeister bewilligten Generatorholzes war. Sie lieferte das Holz an die unter staatli-

33

cher Kontrolle stehende Generatorkraft AG, die – so der Plan – an ihren 3000 Holztankstellen die noch berechtigten Autohalter beliefern sollte. In kleinem Rahmen funktionierte die Versorgung sogar. 1941 kosteten hundert Kilogramm Generatorholz an der Tankstelle genau 5,15 Reichsmark.

Bei den Lastwagen saß der Holzgasgenerator, der etwa die Form eines Badeofens hatte, meist rechts hinterm Fahrerhaus. Bei einigen Fahrzeugen, wie etwa dem Vomag 4,5-Tonner, integrierte man die Anlage schon ins Fahrerhaus. Außerdem wurde ein nicht zu übersehender Gaskühler noch vor dem eigentlichen Motorkühler angebracht. »Der Umbau von Kraftfahrzeugen auf heimische Brennstoffe« heißt eine Broschüre von 1943, in der der Gasgenerator erklärt wird. »Der Fahrzeuggaserzeuger ist ein ... Ofen, der unten einen Aschenraum besitzt, dann einen Rost, darüber eine Einschnürung für die Verbrennungszone und darüber einen Vorratsbehälter. Von außen tritt Frischluft ... in den Verbrennungsraum ein, die sich mit dem bei der Vergasung des festen Kraftstoffs entstehenden Kohlenstoff zu Kohlenoxyd (CO) verbindet ... Kohlenoxyd ist ein giftiges, aber im Motor gut verwendbares Treibgas.«

Zur Gasgewinnung wurde der Generator bis zu den Luftdüsen mit Holzkohle gefüllt, dann wurde Generatorholz bis zur Einfüllöffnung nachgeschüttet und der Fülldeckel luftdicht verschlossen. Über ein Anzünderohr steckte man nun die Holzfüllung in Brand, die sich dann allmählich zu Holzkohle umwandelte und dabei Kohlenmonoxid produzierte. Dieses Gas gelangte über Filter und Kühler zum Motor. Solange der Motor noch nicht selbst für Durchzug sorgte, übernahm ein Anfacher diese Aufgabe. Es dauerte erst immer einige Zeit, bis der Ofen die nötige Menge Gas lieferte. Der Fahrer konnte meist am Anfachgebläse mit einem Streichholz testen, ob die Gasmenge schon reichte, seinen Motor zu treiben. Lief die Maschine dann endlich, mußte der Fahrer mit einem Hebel am Armaturenbrett das richtige Gas-Luft-Gemisch einstellen. »Das Ohr des Fahrers wird leicht feststellen können, wann der Motor am besten läuft«, heißt es dazu in der Beschreibung.

Die Autos liefen dann tatsächlich mit dem Holzgas, brachten aber wesentlich weniger Leistung als beim Betrieb mit Benzin. Nach der Beschreibung sollte eine Füllung des Generators mit klein gehacktem Holz für zwei, drei Stunden Fahrt reichen. In den meisten Fällen fiel die Leistung aber schon deutlich früher rapide ab, etwa weil sich die Füllung im Generator nicht richtig gesetzt hatte. Dann hielt der Fahrer an, öffnete den Deckel der Anlage und drückte die Holzfüllung mit einem eigens dafür angefertigten Stampfer wieder zusammen.

Ab 1942 stand flüssiger Kraftstoff nur noch für die Luftwaffe und für Panzer und Lkw an der Front zur Verfügung. Für Heimatfahrzeuge war grundsätzlich nur noch der Holzgasgeneratorbetrieb zugelassen. Man mußte an allen Ecken und Enden sparen. Es war nicht mehr zu übersehen, daß Hitler seinen Aggressionskrieg nicht mehr gewinnen konnte. Vom 3. Januar 1943 an fielen bei neu produzierten Autos Blinker und Scheinwerfer weg, Lastwagen erhielten nur noch die Einheitsfahrerhäuser aus Preßspanplatten, die von den Landsern respektlos »Pappkisten« genannt wurden. Knapp 200 000 Autos wurden bis zu diesem Zeitpunkt mit den umständlichen Holzgasgeneratoren ausgerüstet. Viele Fahrer haben die Gasöfen gehaßt: Sie leisteten wenig, machten viel Dreck und waren nebenbei nicht ganz ungefährlich.

Lastwagen als Tötungsmaschinen

Das wohl finsterste Kapitel in der Geschichte des Lastwagens fällt ebenfalls in die Zeit der nationalsozialistischen Herrschaft in Deutschland. Im

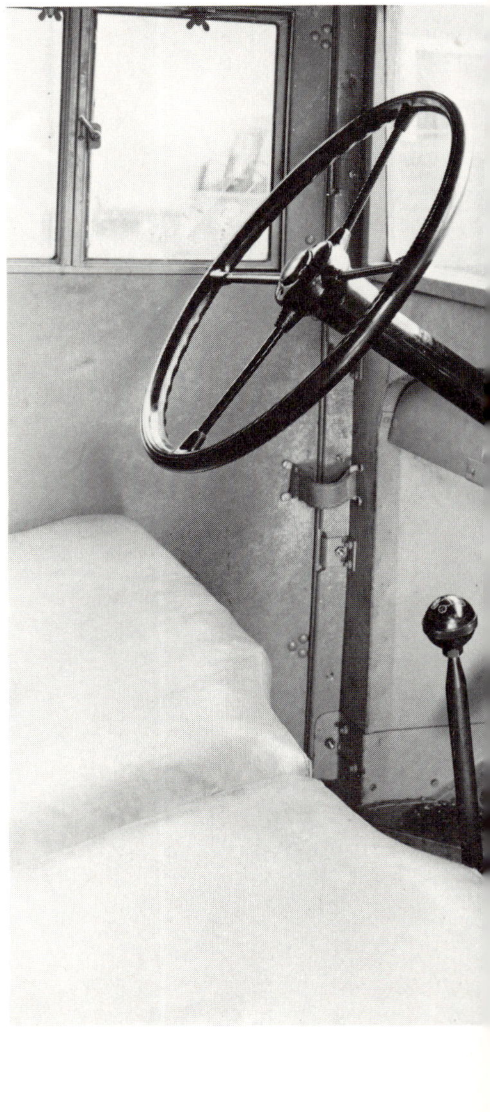

Feste Brennstoffe im Versuch (oben) *Mit zahlreichen Experimenten versuchte man bei Magirus die Generatoren zu optimieren, mit denen aus Holz oder Kohle Gas gewonnen wurde.*

Spartanischer Arbeitsplatz (links) *Nur die wichtigsten Bedienungselemente bot das Einheitsfahrerhaus des Mercedes L 4500.*

Auftrag des »Reichsführer SS«, Heinrich Himmler, machte sich 1940 der Hauptsturmbannführer im Reichssicherheitshauptamt, Walter Rauff, Gedanken über neue Tötungsmethoden von Juden und anderen Häftlingen in Konzentrationslagern. Durch einen Unfall, bei dem ein Polizist beinahe in seiner Autogarage an Abgasen erstickt wäre, wurde die unmenschliche Idee geboren: Rauff ließ 1941 bei der Aufbaufirma Gaubschat in Berlin-Neukölln einen Prototyp eines »Sonderfahrzeugs« bauen, über dessen Zweck er keine langen Umschweife machte. Mit diesen Lastwagen sollten KZ-Häftlinge umgebracht werden. Dazu wurden die Auspuffgase in den hermetisch abgeriegelten Laderaum geleitet.

Mit dem Zynismus der Technokraten, die nie miterlebten, wie Menschen in diesen Gaskammerautos starben, entwickelten Rauff und seine Leute das Tötungssystem weiter. In der Korrespondenz zwischen dem SS-Mann und der Firma Gaubschat wird in einer Tonart über die rollenden Gaskammern geredet, als handele es sich um Omnibusaufbauten. Rauff beschäftigte Ingenieure und Techniker, die es für ihre Pflicht hielten, nüchtern und sachlich eine möglichst effiziente Tötungsmaschine auf ein Lastwagenchassis zu bauen, und die sich einen Klapprost auf Eisenrädern einfallen ließen, damit die »Säuberung der Spezialfahrzeuge« von den verkrümmten, ineinander verkrallten Leichen problemloser vor sich gehen konnte.

Was mag wohl in dem Lastwagenfahrer vorgegangen sein, der mit zwanzig, dreißig Menschen im Laderaum losfuhr, die plötzlich merkten, daß sie sterben mußten, die schrien, im Dieselqualm husteten und verzweifelt gegen die Wände trommelten. Gefahren wurde solange, bis kein Lebenszeichen mehr zu hören war. Ein langsamer, grausamer Tod. Auf den Türen der Todeswagen war das Rote Kreuz aufgemalt worden!

Stadt auf Rädern

Der Reichsautozug Deutschland, der vorwiegend aus Fahrzeugen von Magirus bestand, war von den Nationalsozialisten als Versorgungskolonne aufgestellt worden. Der Zug, in dem vom mobilen Hospital bis zur rollenden Bäckerei alles untergebracht war, was bei größeren Menschenansammlungen benötigt wurde, kam ursprünglich bei Großkundgebungen zum Einsatz. Im Laufe des Krieges wurden die Fahrzeuge vermutlich der Wehrmacht zugeteilt.

Endstation Schlamm

Der Zweite Weltkrieg bedeutete für die meisten Lastwagen das Ende. Besonders den Strapazen in der Sowjetunion waren viele Fahrzeuge wie diese beiden Fords nicht gewachsen.

Pferde auf Pferde-Stärken

Pferde als kriegswichtiges Material werden auf einem Lkw der Marke Krupp durch unwegsames Terrain transportiert.

Lastwagen im Sonntagsanzug: Omnibusse machen der Bahn Konkurrenz

»Ich will Wagen bauen für Leute, die sonst zu Fuß laufen müßten«, pflegte Heinrich Büssing zu sagen, der 1902 in Braunschweig seine eigene Lastwagenfirma gründete. Der Lasterpionier dachte dabei natürlich noch nicht an einen »Volkswagen«, sondern versuchte einen Omnibus zu realisieren, dessen Fahrpreise auch für die »kleineren Leute« erschwinglich sein sollten. Mit seinem ersten zwanzig PS starken und sechzehn Stundenkilometer schnellen Bus konnte er immerhin die Braunschweiger Postdirektion so weit begeistern, daß sie ihm auf der Strecke Braunschweig–Wendeburg die Postbeförderung anvertraute. Damit hatte Büssing den Bann gebrochen. Wenn selbst die öffentlichen Institutionen dem Autobus vertrauten – so dachten Kaiser Wilhelms Untertanen – dann konnte er ja kein Teufelswerk sein.

Benz und Daimler, die ja schon vor der Jahrhundertwende die abenteuerlichen Buslinien Siegen–Netphen und Künzelsau–Bad Mergentheim mit ihren Autos ausgerüstet und dabei bittere Erfahrungen gemacht hatten, waren natürlich nach wie vor im Geschäft. Die Bayerische Postverwaltung, die schon zu Zeiten, als es noch keine Eisenbahn gab, nicht nur für die Briefbeförderung, sondern auch für den Personenverkehr per Kutsche zuständig war, interessierte sich für das neue Verkehrsmittel. Die Wahl der bayerischen Postler fiel auf ein Produkt aus Preußen. Sie bestellten in Berlin-Marienfelde einen Daimler mit achtundzwanzig PS für zweiundzwanzig Fahrgäste, bei dem die Hinterachse über Ritzel und einen Zahnkranz angetrieben wurde. Der Kettenantrieb erschien für den Personenverkehr schon damals als zu ruppig. Mit einer Höchstgeschwindigkeit von 18,5 Stundenkilometern ging er vom 1. Juni 1905 an auf die Strecke Bad Tölz–Lenggries im Oberbayerischen. Damit die Fahrgäste die reizvolle Landschaft ge-

nießen konnten, waren besonders große Fenster eingebaut worden. Da auf steilen Gefällstrecken die Bremsen überdurchschnittlich stark beansprucht wurden, konnte während der Fahrt Kühlwasser aus einem Behälter auf die Bremsbakken geleitet werden.
Die Königlich Bayerische Postverwaltung beobachtete die Omnibuslinie runde zwei Jahre recht kritisch. Doch dann war man überzeugt, daß der Omnibus Zukunft hatte. Von 1907 bis 1911 baute man dreiundfünfzig ständige Linien auf, die das ganze Jahr über betrieben wurden. Für die Sommerzeit richtete man weitere neunzehn Linien ein, die besonders den Sommerfrischlern, wie man die Touristen damals nannte, zugute kamen. Insgesamt liefen bei der bayerischen Post 1911 genau 164 Motoromnibusse und acht Lastwagen, die meisten aus der Produktion von Daimler Marienfelde.
Der Geschäftsbericht der Post für das Jahr 1911 weist auch eine zufriedenstellende Bilanz aus: »Immerhin ist auch im Jahr 1911 so viel verdient worden, daß reichliche Abschreibungen und eine durchaus genügende Verzinsung des Anlagekapitals nachgewiesen werden können.«
Auch die Allgemeine Berliner Omnibus-Actiengesellschaft (ABOAG) ließ sich schon 1904 zwei Motoromnibusse vorführen – einen von NAG, den anderen von Daimler aus Marienfelde. Bis dato hatten die Berliner Verkehrsbetriebe rund 260 Pferdeomnibusse mit 1100 Zugtieren eingesetzt. Man entschied sich für den Daimler-Bus, und die Marienfelder lieferten noch im selben Jahr 162 Stück. Da das Daimler-Werk bei der plötzlichen und unerwartet starken Nachfrage an die Grenzen seiner Kapazität stieß, kam schließlich auch die NAG aus Oberschöneweide in der Berliner Nachbarschaft zum Zuge und ab 1906 die Firma Büssing. Die Braunschweiger setzten sich in Berlin bekanntlich durch. Noch heute prägen ihre Produkte das Stadtbild.

Lizenz aus der Schweiz (oben) *Auf Patente der schweizerischen Firma Saurer stützte sich MAN 1916, als man mit dem Lastwagenbau begann und auch schon Busse für die Königlich Bayerische Post baute.*

Frische Luft im ersten Stock (links) *Weil Daimler die sprunghafte Nachfrage nach Bussen in Berlin nicht mehr decken konnte, wurden auch bei der NAG Busse mit offenem Oberdeck geordert.*

»Die Sonntagspremiere des Automobil-Omnibus«

Die erste motorisierte Buslinie in Berlin verband das Hallesche Tor mit der Chausseestraße. Nach der Eröffnung am 19. November 1905 schwärmte der Berliner Lokalanzeiger:

Die Sonntagspremiere des Automobil-Omnibus, dessen Einführung in den öffentlichhen Verkehr, wie angekündigt, gestern erfolgte, ist ausgezeichnet verlaufen ... Berlin ist gestern um eine Attraktion reicher geworden. Es sind bisher nur zwei Automobil-Omnibusse im Verkehr, da die Polizei erst Erfahrungen mit ihrem praktischen Betrieb sammeln will. Die beiden Autos erregten auf dem Weg Hallesches Tor–Friedrichstraße–Chausseestraße allenthalben Sensation. An den Haltestellen sammelten sich viele Hunderte, die den Anspruch auf Beförderung erhoben. Gegenüber dem schwächlichen elektrischen Omnibus, der vor wenigen Jahren nach längerer Probezeit todesmatt aus dem Verkehr gezogen werden mußte, bedeuten die beiden Automobile einen wirklichen Fortschritt.

Es gab allerhand Vorschußlorbeeren. Bürger und Zeitungen wunderten sich über »Gelenkigkeit« und »erfreuliche Sicherheit auf dem Asphalt«. Ganz so reibungslos verlief der Liniendienst aber dann doch nicht. Da keine routinierten Fahrer zu finden waren, wurde auf Kutscher der Pferdeomnibusse zurückgegriffen. Innerhalb von achtzehn Tagen brachte man ihnen das Nötigste zum Betrieb der Busse bei, bevor man sie losfahren ließ. Da die Kurbelwellen- und Pleuellager der damaligen Motoren noch nicht automatisch geschmiert wurden, sondern von den Fahrern regelmäßig mit Öl versorgt werden mußten, kam es aus Nachlässigkeit des öfteren zu Schäden. Rauchende oder ausgelaufene Lager waren an der Tagesordnung. In den ersten Wochen des Linienbetriebs hatte die ABOAG an der Strecke Monteure, getarnt als unauffällige Zivilisten, postiert, die kleinere Reparaturen an Ort und Stelle erledigen konnten. Schließlich sollten die neuen Busse gar nicht erst in den Geruch der Unzuverlässigkeit kommen. Imagepflege spielt nicht erst heute eine wichtige Rolle bei Busunternehmen.

Ebenfalls 1905 setzte man im Schwarzwald auf der Strecke zwischen Baden-Baden und Gernsbach die ersten Busse aus Gaggenau ein. Der Hersteller, die Süddeutsche Automobilfabrik (SAF), die Carl Benz 1910 übernahm, lieferte auch die Busse für weitere Strecken im Badischen, die noch im selben Jahr bedient wurden. Die Busse boten damals zwischen acht und vierzig Sitzplätze bei Motorleistungen von zwölf bis zweiunddreißig PS. Eine Sonderausführung mit vierzig PS wurde nur in ebenem Gelände eingesetzt. Sie bot bis zu zweiundfünfzig Personen Platz und erreichte eine Geschwindigkeit von fünfundzwanzig Stundenkilometern.

Daimler, SAF, Büssing oder NAG zimmerten die Omnibusaufbauten zunächst auf ganz normale Lastwagenfahrgestelle. An eine Stahlbauweise dachte noch niemand. Den kompletten Aufbau des Fahrgastraumes besorgten Schreiner und Stellmacher. Besonders strapazierte Teile wurden allenfalls mit Blech beschlagen. Solche Arbeiten gestalteten sich recht zeit- und platzaufwendig. Und da die etablierten Lastwagenfirmen von der Nachfrage nach Bussen förmlich überfahren wurden, witterten auch die ehemaligen Kutschen- und Wagenbauer das gute Geschäft. Überall im Deutschen Reich wurden bis 1914 Omnibuslinien zu Hunderten eingerichtet. Die Reisenden nahmen das Angebot gern an: Busse erreichten Orte, die keine Eisenbahnanbindung hatten, und außerdem waren sie schneller und inzwischen auch wesentlich komfortabler als die alte, von Pferden gezogene Postkutsche.

Konjunktur für Wagner und Stellmacher

Die Stellmacher kamen mit ihrem neuen Service damals genau rechtzeitig. Ihre Auftraggeber lieferten ihnen die Chassis verschiedener Lkw-Firmen frei Haus, und ihre Aufgabe bestand nun darin, genau nach Kundenwunsch einen Aufbau auf dieses Fahrgestell zu zaubern. Auch der Ulmer Wagner Karl Kässbohrer begann 1911 mit der Fertigung von Omnibusaufbauten. Seinen ersten Auftrag in dieser

Doppelstöckig durch Berlin *Die Doppeldecker von NAG aus Oberschöneweide waren Mitte der zwanziger Jahre auf den ersten Blick am ovalen Kühler zu erkennen. NAG fusionierte später mit Büssing.*

Richtung bekam er von einer privaten Gesellschaft, die eine Linie zwischen Ulm und dem damals noch selbständigen Wiblingen einrichten wollte. Kässbohrer setzte eine großzügige Holzkarosserie auf ein Fahrgestell der schweizerischen Lastwagenwerke AG Adolphe Saurer aus Arbon am Bodensee. Mit der Maßarbeit klappte es blendend – nur, als das fertige Auto die Werkshallen verlassen sollte, stellte sich heraus, daß keines der Tore groß genug war, um den Bus durchzulassen. Erst als ein Tor mit der Brech-

stange entsprechend erweitert worden war, konnte der Bus seinen Dienst aufnehmen. Da die frühen Linienbusse normalerweise auch Briefe und Stückgüter beförderten, konstruierte Kässbohrer 1912 einen Kombinationsbus, in dem neben einem Gepäckraum auch Platz für Passagiere war. Sie konnten sich für die Fahrt gepolsterte Sitze aus der Zwischenwand klappen.

Im Ersten Weltkrieg brach die Entwicklung des Omnibusses abrupt ab. Die motorisierten Personenbusse der Postverwaltungen wurden gleich zu Kriegsbeginn fast restlos von der Heeresverwaltung für Feldpostzwecke eingezogen. Nur Elektroautos durften zu Hause weiter eingesetzt werden, da die Stromversorgung im Feld nicht zu gewährleisten war. Die Deutsche Reichspost behalf sich in den schlechten Jahren auch wieder stärker mit Pferden, aber schon bald nach Kriegsende beschafften die Postler wieder größere Mengen von Autos sowohl für den Zustelldienst wie auch für den Personennahverkehr. Die Linien der damaligen »Kraftpost« durchzogen in immer stärkerem Maße auch die verkehrsschwachen, dünner besiedelten Gebiete. Die Postler gingen hier von einer gewissen Erschließungspflicht aus. Zwar erwiesen sich die Touren bis in entlegenste Dörfer nicht immer als kostendeckend, doch was hier an Verlusten gemacht wurde, fuhren die Busse in Großstädten und Industriezentren wieder ein. 1927 besaß die Reichspost genau 2788 Omnibusse, 409 »Benzinlastwagen«, 927 Dreiradkraftwagen für den lokalen Einsatz in der Postverteilung, 1632 elektrische Kraftwagen, 861 Autos im Telegraphenbaudienst und für die reitenden Boten 609 Krafträder. »Die teueren und zeitraubenden Marschleistungen der Landzusteller sollen künftig durch Kraftwagenfahrten ersetzt werden, soweit es die Wegeverhältnisse nur irgend zulassen«, betonte damals ein leitender Postbeamter.

Technische Neuerungen im Omnibusbau

Nach dem Ersten Weltkrieg setzten sich bei den Omnibussen die Tiefrahmenchassis durch. Die Aufbauten wurden nicht mehr auf hochbeinige, bockig wirkende Lastwagenfahrgestelle gebaut, sondern auf gekröpfte, tiefer liegende Rahmen. Diese Niederflurwagen boten einen höheren Fahrgastraum, sie waren für die Passagiere leichter zu besteigen, und außerdem lag ihr Schwerpunkt niedriger – was sich für den Fahrer angenehm bemerkbar machte.

Um den wachsenden Anforderungen an Geschwindigkeit, Beschleunigungsvermögen und Steigungsfähigkeit zu genügen, ist im Omnibusbau der Vierzylinder inzwischen durch den Sechszylindermotor fast ganz verdrängt worden, heißt es in einem Aufsatz zum Thema »Kraftfahrzeug im Dienst der Deutschen Reichspost« von 1928. Zur Erhöhung der Zugkraft ist man mit den Maschinenleistungen bereits bis auf 100 PS heraufgegangen ... Im Lastkraftwagen-Überlandbetrieb der Deutschen Reichspost wird auch bereits der kompressorlose, schnellaufende Dieselmotor als Fahrzeugmotor versuchsweise verwendet und hat sich hier inzwischen als brauchbar und wirtschaftlich erwiesen.

Die bislang viel verwendete Konuskupplung wurde allmählich durch die Ein- und Mehrscheibenkupplung ersetzt, bei den Getrieben entschied man sich für gewöhnlich für vier Gänge.

Infolge der zunehmenden Verkehrsdichte und Steigerung der Fahrgeschwindigkeiten muß auf zuverlässig wirkende Bremsen besonderer Wert gelegt werden. Die neueren Kraftpostomnibusse sind deswegen durchweg mit Vierradbremsen ausgerüstet. Auf den Gebirgslinien ... hat sich die Motorbremse als Zusatzbremse gut bewährt. Für schwere Einzelfahrzeuge und sowohl den Lastwagen- als auch den Omnibusanhängerbetrieb findet die Druckluftbremse immer mehr Verwendung.

Beim Bau von Omnibussen griff man Mitte der zwanziger Jahre immer mehr auch auf leichtere Baustoffe zurück. Die solide, massive Bauweise, wie man sie von den Pferdekutschen gewohnt war, machte die Busse einfach zu schwer. Die Benzinmotoren, die damals ohnehin nur recht mäßige PS-Zahlen vorweisen konnten, hatten

Mühe, die schweren Busse auf eine befriedigende Geschwindigkeit zu bringen. Also bediente man sich auch beim Fahrwerksbau zusehends dünnwandigen Gußstahls, und auch Aluminium war schon im Spiel. Bei den Aufbauten kam man allmählich von den kräftigen Längs- und Querschwellen ab, die mit aufgezapften senkrechten Säulen einen monströsen Kasten bildeten. Dafür orientierte man sich lieber am Schiffsbau und übernahm die wesentlich leichtere Spantenbauweise. Bei einem Kraftomnibus mit sechsundzwanzig Sitzen sparte man so rund zwanzig Prozent – etwa 2000 Kilogramm – an Gewicht. 1926 war man bei der Deutschen Reichspost schließlich stolz darauf, die ersten Busse mit Profileisen- oder Stahlblechspanten einsetzen zu können. Das Holzgerippe war durch Metallteile ersetzt worden, die von außen mit Blech beplankt wurden.

Ein besonderer Vorzug der Stahlblechaufbauten vor der Holzausführung ist ihre große Widerstandsfähigkeit gegen Witterungseinflüsse und die beim Fahren auftretenden schädlichen Verwindungskräfte, heißt es in einem Aufsatz von 1928. Sie zeichnen sich durch Geräuschlosigkeit aus, weil das bei Holzaufbauten nicht vermeidbare Verziehen des Kastengerippes der Türen und Fensterrahmen und die Lockerung der Verbände infolge Arbeitens der Holzkonstruktion wegfällt. Die Aufbauten der Postomnibusse ... haben geschmackvolle Linienführung sowie Formgebung und bieten alle neuzeitlichen Bequemlichkeiten. Neuerdings werden die Sitze, um einem allgemeinen Wunsch der Fahrgäste entgegenzukommen, möglichst in Fahrtrichtung eingebaut.

In touristisch schon erschlossenen, landschaftlich schönen Gegenden kam man den Passagieren noch weiter entgegen. Dort setzte man vereinzelt Busse mit sogenannten Allwetteraufbauten ein. Diese Kabrio-Busse besaßen ein Dach aus regen- und windfester Leinenplane, das bei schönem Wetter aufgeklappt werden konnte.

Lokomotiven, Busse und Lastwagen aus einem Haus: Henschel

Der Busbau erwies sich in den zwanziger Jahren innerhalb der Automobilbranche als eine Sparte mit Zukunft. Henschel in Kassel begann den Kraftfahrzeugbau 1925 mit drei Bussen, die die Barmer Bergbahn AG in Auftrag gegeben hatte. Die nordhessische Lokomotivschmiede Henschel hatte natürlich beste Beziehungen zu den meisten deutschen Eisenbahnverwaltungen. Da lag es nahe, daß man, als man ein neues Standbein suchte, zunächst diese Kontakte nutzte. Nach den Bussen ließ auch der Lastwagenbau nicht auf sich warten. Bei den meisten anderen Nutzfahrzeugfirmen ging der Weg eher umgekehrt: vom Lastwagen zum Omnibus. Von Faun bis Vomag und von Daimler bis DAAG boten jedenfalls alle Lkw-Bauer auch Busse an.
Da die zweiachsigen Busse in den zwanziger Jahren nur fünfundzwanzig, höchstens dreißig Fahrgästen Platz boten, interessierten sich die Konstrukteure schon früh für das Dreiachser-Prinzip. Wie schon bei den Lastwagen leistete auch hier die Firma Büssing Pionierarbeit. Konstrukteur Willi Staniewicz entwarf einen Sechsradomnibus, bei dem beide Hinterachsen angetrieben waren. Zunächst war der Bolide mit einem Vierzylindermotor mit 55 PS ausgerüstet. Die Maschine erwies sich aber als zu schwach und

Kabrio für die Post

Auch die Deutsche Reichspost konnte ihren Kunden mehr als spartanische Überlandbusse bieten. Dieser offene DAAG-Bus wurde 1929 gebaut.

wurde durch einen Sechszylinder mit 9,35 Litern Hubraum und 90 PS ersetzt. NAG und Vomag zogen schon bald mit Dreiachsbussen nach, kamen aber nie an die Stückzahlen von Büssing heran.

Während sich der Dreiachser durchsetzte, verschwanden andere Konstruktionsblüten schon bald wieder von der Bildfläche. Einige Ingenieure hatten den Begriff Tiefrahmenchassis derart wörtlich genommen, daß sie auch das Dach des Busses so tief ansetzten, daß von Stehhöhe nicht mehr die Rede sein konnte. Die Fahrgäste konnten also nicht mehr durch den Bus laufen und sich einen Sitzplatz suchen, sondern es gab für jede Sitzreihe eine separate Tür. Diese recht originelle und auch passagierfreundliche Idee war den Busunternehmern jedoch nicht wirtschaftlich genug, weil nur wenig Fahrgäste Platz fanden. Sie setzte sich nicht durch.

Die verheerende Weltwirtschaftskrise von 1929 brach auch manchen Busbauern das Genick. Die Aufbaufirma Kässbohrer in Ulm hatte Glück. Ihrer »Ersten Ulmer Karosseriefabrik« waren 1927 die alten Räumlichkeiten zu eng geworden, und man hatte schon begonnen, mit der Stadt Ulm über ein Gelände für eine neue Fabrik zu verhandeln. Die Neubaupläne konnten aber wieder in der Schublade verschwinden, weil plötzlich und unerwartet die Konkurrenz, die Firma Neuer und Thieme, nicht mehr zahlungsfähig war. Die Familie Kässbohrer griff zu und übernahm im Januar 1928 den Mitbewerber samt Inventar und hundertfünfzig Mitarbeitern. In den Auftragsbüchern der gekauften Firma fand sich noch eine Bestellung der Hansa-Lloyd-Automobilwerke. Die Bremer wollten sich im Schwäbischen hundertzwanzig Karosserien für einen neuen Achtzylinder-Personenwagen fertigen lassen, allerdings stornierten sie den Auftrag nach dem Einstieg von Kässbohrer. Die Ulmer Wagenbauer trauerten dem entgangenen Auftrag nicht lange nach. Erstens gab es für Achtzylinder-Luxusautos damals ohnehin keinen Markt, und zweitens mußte auch Hansa-Lloyd im Oktober 1929 Konkurs anmelden. Laufende Verpflichtungen wurden nicht mehr erfüllt, und Kässbohrer wäre bei Auftragsannahme vielleicht mit in den Strudel gezogen worden.

Ein Luxuskleinbus mit Kabrioverdeck

Firmenchef Otto Kässbohrer drängte damals auf eine Umstellung der Produktionspalette. Dabei hatte er den Omnibusbau im Auge, doch mit schwäbischer List fand er auch noch eine Lücke zwischen den Personenwagen und den Bussen. Er

kaufte gut erhaltene, schwere Pkw und baute sie zu einer Spezies um, die eher Zwittercharakter hatte. Die Spitzenmodelle des Personenwagenbaus standen damals den leichteren Produkten der Nutzfahrzeugindustrie kaum nach. Stabile Rahmen und starke Motoren waren Trumpf. Da meldeten sich Kunden wie der Mietwagenunternehmer Franz Schindele aus dem bayerischen Bad Wörishofen, die ihre »anspruchsvollen, meist älteren Fahrgäste zu ein- und mehrtägigen Ausflügen in die schönsten Alpengegenden« fahren wollten. Dabei sollten die Leute auch »etwas sehen von der Gegend« und nicht »wie in einer Kiste« transportiert werden. Die Autos sollten also auf keinen Fall wie ein Überlandomnibus aussehen, sondern eher wie ein großer, eleganter offener Personenwagen. Dennoch sollte das Prunkstück zwölf Plätze bieten und ein schnell schließbares Verdeck. Die dreißigprozentigen Steigungen des Zirlerberges durften ebensowenig wie der Tunnel des Flexenpasses zum Problem werden. Dieser Tunnel war aber nur für Personenwagen zugelassen! Eine Menge ausgefallener Wünsche – doch bei Kässbohrer war man anspruchsvolle Kunden gewöhnt. Lastwagenfahrgestelle und selbst die Tiefrahmenchassis bot man – so erinnerte sich Otto Kässbohrer – gar nicht erst an. Man schlug dem Herrn Schindele ein Pkw-Chassis, natürlich verlängert und mit verstärkten Federn, vor, und die Ulmer brachten es auch tatsächlich fertig, auf einem normalerweise für sechs Personen vorgesehenen Mercedesfahrgestell elf Fahrgäste plus Fahrer unterzubringen. Die seitlichen Fenster wurden in schmale, vernickelte Metallprofile gefaßt, so daß die ehemals breiten Fenstersäulen wegfielen. Ein präzise schließendes Kabrioverdeck rundete das rollende Schmuckstück ab.

Viel Glas für Festspielgäste

Herr Schindele und seine Fahrgäste in Bad Wörishofen waren mit dem Luxuskleinbus sehr zufrieden. Schon einige Monate später meldete sich der Busunternehmer wieder bei Kässbohrer in Ulm mit einem besonderen Wunsch. Da für die bevorstehenden Oberammergauer Passionsspiele mit sehr vielen Touristen zu rechnen war, bestellte er einen größeren Bus mit achtzehn Plätzen, der ebenfalls eine optimale Rundumsicht ermöglichen sollte. Für solch ein Auto reichten die verlängerten Personenwagenchassis nicht mehr aus. Die Kässbohrer-Techniker griffen also auf ein Zweitonner-Mercedesfahrgestell zurück – doch dann begannen die Probleme. Weil der Auftraggeber auf keinen Fall Fensterpfosten haben wollte, bauten die Ulmer Wagner erstmals für diesen Wagen ein filigranes Stahlgerippe, das nach außen hin mit vernickelten Messingblechblenden versehen wurde. Mit Glas ging man großzügig um. Selbst die Dachrundungen – damals eine Novität – wurden restlos verglast. Ein für 1930 völlig neuartiges Kurbelschiebedach sorgte dafür, daß die Passagiere bei schönem Wetter auch nach oben ein unverstelltes Blickfeld hatten. Der im Volksmund

bald »Glaswagen« genannte Bus wurde natürlich überall, wo er auftauchte, als Sensation bestaunt. Busunternehmer Schindele war stolz auf seinen Superbus, und er fuhr ihn noch bis nach dem Zweiten Weltkrieg.

Neben Kässbohrer spezialisierten sich noch verschiedene andere Wagenbauer auf Omnibusaufbauten. Drauz in Heilbronn und Trutz in Coburg gehörten zu den ehedem renommierten Firmen. Auch stiegen viele Waggonfirmen, die bis dato nur für die Eisenbahn tätig waren, wie Linke-Hofmann in Breslau, Wumag in Görlitz oder Crede und Wegmann in Kassel in diese Fahrzeugsparte ein. Vomag ließ sich ab 1927 Vollstahl-Omnibusaufbauten bei der Werdauer Waggonfabrik anfertigen. 1928 stellte man auch einen ersten Bus mit Dieselmotor vor. Auf der Leipziger Messe 1928 beeindruckte der 130 PS starke Vomag-Großraumbus als eins der größten Fahrzeuge überhaupt.

Mit einer außergewöhnlichen Konstruktion erregten die Vomag-Ingenieure dann ein Jahr später Auf-

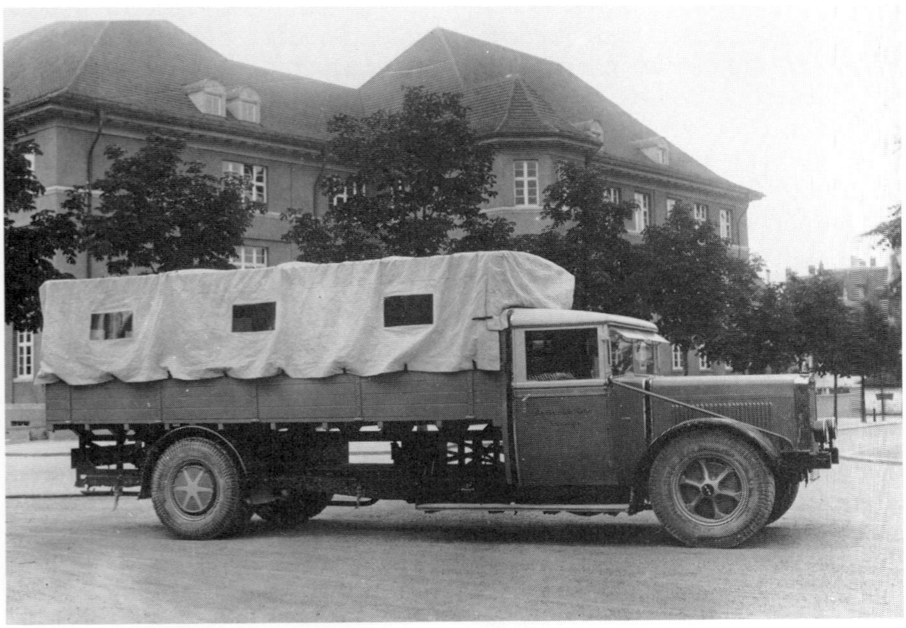

Unter Glas durch die Alpen (linke Seite)
Einen Bus mit filigraner Dachkonstruktion, bekannt geworden als „Glaswagen", bauten die Kässbohrer-Techniker auf ein Zweitonner-Mercedes-Chassis.

Aufbau nach Wunsch (oben)
Wechselaufbauten bot Kässbohrer 1930 schon auf MAN-Chassis an. Das Busabteil (oben) hinter dem Fahrerhaus ließ sich kurzfristig abnehmen und durch eine Ladepritsche (unten) ersetzen.

sehen. Nachdem man schon mit frontgetriebenen Bussen für die Berliner ABOAG Erfahrungen gesammelt hatte, bauten die Plauener ein Busfahrgestell, bei dem die Vorderräder angetrieben waren, und bei dem sich außerdem der Triebkopf vorn – also Motor mit Vorderachse und Fahrerhaus – vom restlichen Aufbau des Busses trennen ließ. Dabei hing das Antriebsaggregat in einem kurzen Rahmen, der auch die angetriebene Vorderachse mitsamt der Lenkung trug. Wenn man den Triebkopf etwa zu Reparaturarbeiten vom Busabteil trennte, wurden beide auf kleine Stützräder aufgebockt. Man hätte also – so der Grundgedanke der Konstruktion – ein und denselben Triebkopf je nach Bedarf vor unterschiedliche Bus- oder auch Lastwagenaufbauten koppeln können, eine Art Baukastensystem für den Fuhrunternehmer.
Da der Frontantrieb damals – auch im Pkw-Bau – recht ungewöhnlich war, unternahmen die Vomag-Werke mit dem Prototyp eines solchen Busses, der einen 105 PS starken Maybach-Benzinmotor und ein ZF-Getriebe mit Schnellgang besaß, im Winter 1929/30 zahlreiche Testfahrten. Im Erzgebirge wurde der Bus auch mit Steigungen von 12,5 Prozent spielend fertig, und auf der Strecke zwischen Plauen und Dresden soll der Bus selbst auf verschneiter und vereister Fahrbahn eine Geschwindigkeit von 72 Stundenkilometern erreicht haben. Und die Fahrgäste – so erzählten die nicht ganz unbefangenen Vomag-Leute – hätten sich in keiner Sekunde unsicher gefühlt. Dennoch wurden von dem sonderbaren Bus, der eigentlich für die Kraftverkehrsgesellschaft Sachsen gedacht war, offenbar nur einige wenige Prototypen gebaut. Das Hauptproblem der originellen Konstruktion lag in der Schwergängigkeit der Lenkung. Da es damals noch keinen Lenkservo gab, benötigte man Bärenkräfte, um die angetriebenen Vorderräder zu steuern. Nachdem dann – so erzählte man sich später bei Vomag – ein Testfahrer mit einem der Versuchsbusse schwungvoll gegen eine Mauer fuhr, weil er mit der Lenkung nicht zurecht kam, wurde das Projekt eingestellt.

Wechselrahmen für Bus und Lastwagen

Kässbohrer verbuchte dagegen Anfang der dreißiger Jahre mit einem anderen Wechselsystem größere Erfolge. Da es viele Unternehmer gab, die sowohl Güter- als auch Personenverkehr betrieben, manchen aber der Kauf eines Omnibusses als recht hohes Risiko erschien, boten die Ulmer sogenannte Kombi-Busse an, die zudem wesentlich günstiger besteuert wurden. Dabei wurde nicht wie bislang üblich der starre Aufbau für verschiedene Nutzung eingerichtet, sondern er war komplett abnehmbar. Chassis und Fahrerhaus waren starr miteinander verbunden, und hinter der Kabine konnte der Fuhrunternehmer nun ganz nach Bedarf innerhalb weniger Minuten sowohl eine Pritsche oder einen Möbelkoffer wie auch einen kompletten Omnibusaufbau aufsetzen. 1930 gab es zunächst ein Sechstonner-Fahrgestell von MAN, bei dem die Kombiaufbauten möglich waren. Später bot man dann auch Wechselversionen auf Mercedes- und Büssingbasis an.
Die größeren Lastwagenfirmen, die sich nicht mit solchen Spezialitäten wie die relativ kleine Karosserie-Schneiderei Kässbohrer beschäftigen konnten, suchten ihr Geschäft eher im Bau größerer Serien von Überlandbussen für die zahlreichen Kraftverkehrsgesellschaften. Der Trend ging Anfang der dreißiger Jahre zu immer größeren, stärkeren und schnelleren Bussen. Henschel präsentierte auf der Berliner Automobilausstellung 1931 ein dreiachsiges Omnibuschassis mit einem Zwölfzylinder-Benzindoppelmotor. Diese riesige Maschine bestand aus zwei nebeneinander stehenden Sechszylinderblöcken mit je einer Kurbelwelle, aber nur einer Nockenwelle für beide Elemente. Der Bosch-Anlasser, mit dem der 250 PS starke Motor gestartet wurde, leistete allein schon sechs PS. Schon beim Chassis hatte man Wärmetauscher an den Auspuff montiert, über die der Innenraum des Busses geheizt werden konnte. Der monströse Zwölfzylinder wurde allerdings erst 1934 für die Reichspost in einen Frontlenker-Großomnibus für sechzig Personen eingebaut.
Den stärksten Bus von 1934 lieferte allerdings Büssing-NAG. Die KVG Sachsen hatte in Braunschweig einen Bus in Auftrag gegeben, der mit fünfundvierzig Sitzplätzen die Strecke Dresden–Oberwiesenthal, die Steigungen von bis zu achtzehn Prozent aufwies, mit einem Schnitt von 45 Stundenkilometern bewältigen sollte. Dafür – so errechneten die Büssing-Ingenieure – war ein 320 PS starker Motor nötig. Da man diese Motorleistung aber nur zeitweise, etwa an einer starken Steigung, brauchte, entschieden sich die Konstrukteure für den Einbau von zwei Motoren mit jeweils 160 PS. Die beiden Maschinen besaßen zwar gemeinsame Öl- und Wasserkreisläufe, brachten ihre Kraft aber getrennt über zwei Kupplungen und Freiläufe auf zwei druckluftgeschaltete Getriebe.

Heute noch ist der neue Büssing-NAG Dreiachs-Omnibus … das vielbewunderte und interessante Stück deutscher Ingenieurarbeit, in naher Zukunft vielleicht schon ist es der übliche Typ des schnellen Reisewagens im Überlandverkehr, hieß es in einem Büssing-Prospekt. Man braucht zwar keine 320 PS nur zur Erzielung hoher Spitzengeschwindigkeiten, … viel wichtiger ist es, eine hohe Reisegeschwindigkeit auch in bergigen Landschaften tatsächlich durchzuhalten … Es liegt nun nahe, einzuwenden, daß ein derartiger Kraftaufwand für einen Omnibus unwirtschaftlich und daher nicht zeitgemäß sei – genau das Gegenteil ist aber der Fall. Jeder Motor hat bekanntlich eine Umlaufgeschwindigkeit, bei welcher das Verhältnis zwischen Brennstoffverbrauch und Leistung am günstigsten liegt. Der

Fahrer des neuen Dreiachsers hat es nun in der Hand, mit Hilfe von verschiedenen Übersetzungen, Spargängen, Schaltmöglichkeiten und Freilauf die Motoren bei allen Geländeverhältnissen stets in ihrer günstigsten Umlaufgeschwindigkeit arbeiten zu lassen. Beim Start geben die beiden starken Motoren dem relativ leicht gebauten Omnibus außergewöhnlich hohe Beschleunigung; einmal auf Tempo gekommen, reicht die Leistung eines Motors allein schon aus, solange die Fahrt über ebene Straßen oder leichte Steigungen führt – wird die Steigung steiler, so braucht man nur den zweiten Motor einzuschalten, und die Geschwindigkeit kann mühelos gehalten werden.

Als »langer Sachse« wurden die Großomnibusse bekannt. Noch bis in die fünfziger Jahre wurden sie vom VEB Kraftverkehr in der DDR eingesetzt. Mit den Riesenschnauzern machte Büssing in den dreißiger Jahren recht gute Geschäfte. Die Techniker hatten indes schon ganz andere Ideen im Kopf. Seit 1929 arbeiteten sie an einem alltagstauglichen Unterflurkonzept. Was für Lastwagen zunächst noch als ungewöhnlich abgetan wurde, feierte im Bus Premiere: Auf der Internationalen Automobilausstellung 1936 in Berlin zeigte Büssing zum ersten Mal der Öffentlichkeit einen dreiachsigen Bus mit Unterflur-Dieselmotor. Der 900 TU (TU= Trambus Unterflur) besaß den Sechszylinder-Dieselmotor UD 6 mit 13,7 Litern Hubraum und 150 PS. Kurz darauf gab es auch einen Zweiachser Trambus mit 140 PS, der für viele Verkehrsbetriebe eher von Interesse war als das Dreiachsmonster.

Ein Postamt auf Rädern

Wenn sich auch die schweren Dreiachser nicht gerade in rauhen Mengen verkaufen ließen, so gehörte es doch offenbar zum guten Ruf einer Lastwagenfabrik der dreißiger Jahre, zumindest auf internationalen Ausstellungen mit solchen Flaggschiffen die eigene Leistungsfähigkeit zu demonstrieren. Henschel ließ sich ebenfalls auf der Berliner Schau von 1936 nicht lumpen und präsentierte ein dreiachsiges Bus-Chassis, bei dem ein zwölfzylindriger Boxermotor mit 330 PS noch vor der Vorderachse angeordnet war. Bei Magirus plante man ebenfalls solch einen Großraumbus, bei dem der Boxermotor allerdings im Heck sitzen sollte. Auf Räder gestellt wurde das Projekt aber wohl nie. Bei Mercedes hielt man sich an den Wahlspruch »keine Experimente« und ließ die Nase vorn. Der O 10 000, abgeleitet vom Zehntonner-Lastwagen, trug eine Schnauze, die keinen Zweifel daran läßt, daß Wendigkeit damals noch kein Thema war und Straßenraum wohl genügend zur Verfügung gestanden haben muß. Neben dem Bus lieferte Daimler-Benz der Deutschen Reichspost auch einen Kraftpostkurswagen, der auf den – erst noch vereinzelt fertiggestellten – Autobahnen Briefe und Pakete beförderte. Unterwegs konnten die begleitenden Postbeamten schon die Sendungen nach ihren Bestimmungsorten sortieren. Die Innenausstattung stand einem lokalen Postamt in nichts nach. Ebenso großzügig wie der Innenraum fielen auch die Außenmaße des Wagens aus. Von Stoßstange zu Stoßstange maß man rund vierzehn Meter. Dem Fahrer konnte der Autobahnbau gar nicht schnell genug vorangehen. Jedes Stück Landstraße geriet zur Tortur.

In den dreißiger Jahren wurden Omnibuslinien zur Selbstverständlichkeit. Ähnlich wie der Lastwagenverkehr, der die von der Eisenbahn offen gelassenen Transportlücken ausfüllte, nahmen sich private wie öffentliche Busunternehmer der Gegenden an, wo keine Züge verkehrten. Außerdem wurden Reisen nach individuellen Plänen möglich. Die Bahn verkehrte nur nach festen Fahrplänen; der Reisebus war flexibler – Dienst am Kunden war Trumpf. Der Fahrgast wurde nicht nur mit attraktiven Fahrtzielen, sondern auch mit elegant gestylten Bussen gelockt. Chrom-Zierat und Mehrfarblackierungen wurden als schmückende Accessoires entdeckt, und in den Bussen nahmen die Passagiere auf Clubsesseln Platz. Solche noblen Busse trugen natürlich auch entsprechende Namen. Silbervogel nannte man sie, Alpen-Express oder auch Schwaben-Pfeil. Mit ordinären, dreckigen Lastwagen hatten solche Autos nichts mehr gemein.

An Lasterkonstruktionen erinnerten da eher die Sattelomnibusse. Dabei wurden die Busanhänger von einem Sattelschlepper gezogen. Diese Auflieger für den Personentransport boten deutlich höhere Kapazitäten als etwa Solo-Omnibusse. Den wohl größten Bus in Sattelschlepperbauweise lieferte Kässbohrer 1936 an die Firma Mietrach in Hoyerswerda. Hundertsiebzig Personen hatten in dem knapp neunzehn Meter langen Gespann Platz, das von einem 150 PS starken Mercedes-Diesel angetrieben wurde. Einen anderen Weg ging die Berliner Firma Gaubschat. Dort baute man die sogenannten D-Züge der Autobahn – schwere Busse auf Büssing-und Vomag-Fahrgestellen, die noch einen Busanhänger zogen. Motorwagen und Hänger waren durch einen Faltenbalg, eine »Ziehharmonika«, miteinander verbunden, und der Hänger besaß eine ausgeklügelte Lenkgeometrie, die ihn immer genau in der Spur des Zugwagens laufen ließ.

Tropfenförmig gegen den Luftwiderstand

War man noch bis in die frühen dreißiger Jahre beim Busdesign von der Devise »je kantiger, desto schöner« ausgegangen, so beschäftigten sich ab 1933 immer mehr Busbauer mit der Stromlinie. Dabei ging es um wesentlich mehr als eine modische Spielerei. Schon vor dem Ersten Weltkrieg hatten Ingenieure herausgefunden, daß etwa tropfenförmige Autos der Luft weitaus weniger Widerstand entgegensetzten und dadurch weni-

ger Sprit verbrauchten als die kantigen, verschnörkelten Alltagsautos, die es seinerzeit zu kaufen gab. Man nahm Anleihen aus der Aviatik: Der Flugzeugkonstrukteur Edmund Rumpler überraschte die Fachwelt schon 1921 mit einem »Tropfenwagen«, einer bootsförmigen Limousine, die von einem Sechszylinder-Heckmotor angetrieben wurde. Mit dem Publikumsgeschmack waren solche Konstruktionen damals aber noch nicht zu vereinbaren. Dennoch entwickelte der österreichische Luftschiffkonstrukteur Paul Jaray, der ab 1923 in Luzern wohnte, einen sogenannten Stromlinienwagen, den er sich auch in diversen Ländern patentieren ließ.

Daimler-Benz bemühte sich 1933 um eine Jaray-Lizenz für einen Stromlinienbus. Als 1935 bei Mercedes ein Frontlenkerchassis, genannt Lo 3100, herauskam, bei dem der Fahrer vorn direkt neben dem Motor saß, entschloß man sich im Werk Sindelfingen, einen Stromlinienbus auf die Räder zu stellen. 120 Stundenkilometer sollte er schnell sein, und die Deutsche Reichsbahn setzte dann tatsächlich einige davon auf ihren Schnellverkehrsstrecken ein. Die für damalige Zeiten phantastisch hohen Geschwindigkeiten, die selbst heute im Busverkehr noch nicht erlaubt sind, wurden überhaupt durch den Autobahnbau erst diskutabel. Auf Landstraßen damaliger Prägung wären solche Busse völlig fehl am Platz gewesen. Kein Zweifel, die Stromlinienbusse waren nur für die Autobahnen konstruiert worden, und die Reichsbahngewaltigen machten ernst: Das Schnellbusnetz wurde in Deutschland immer dichter, und 1939 wurde beispielsweise die Strecke Frankfurt am Main–Karlsruhe täglich zwölfmal in beiden Richtungen bedient.

Viele Aufbaufirmen – von Erdmann & Rossi bis Kässbohrer, von Uerdingen bis Ludewig – engagierten sich in den letzten Jahren vor dem Zweiten Weltkrieg auf dem Gebiet des Stromlinienbusbaus. Runde, fließende Formen waren gefragt. Räder und Lampen wurden verkleidet. Die bislang aufrecht im Wind stehenden Kühler verschwanden hinter schwülstigen Blechmasken, und selbst auf Heckflossen mochten manche Busse nicht verzichten. Dabei blieb die reine Wissenschaft oft auf der Strecke. Es wurde in vielen Fällen wohl weniger mit dem Windkanal als mit dem Gefühl gearbeitet. Dennoch muß man die Stromlinienbusse der dreißiger Jahre, die meist auf Fahrgestelle von Mercedes, MAN, Büssing oder Opel Blitz montiert wurden, als handwerkliche Spitzenleistungen ansehen. Leider blieb von dieser revolutionären Konstruktionsidee, wie von vielen anderen, durch den Krieg nicht sehr viel übrig.

Eine reine Formsache

Für den Schnellverkehr waren die Stromlinienbusse wie der von Kässbohrer karossierte MAN (links) gedacht. Nach dem Zweiten Weltkrieg war man dann allerdings froh, wenn man wieder stämmige Schnauzer wie den Magirus O 3000 (oben) zur Verfügung hatte.

1945: Stunde Null im öffentlichen Verkehr

An Luxus war man im untergehenden Deutschen Reich ohnehin nicht mehr gewöhnt. Reisen in behaglichen Stromlinienbussen, von denen in den Jahren vor dem Zweiten Weltkrieg nicht nur die Reiseprospekte schwärmten, waren plötzlich kein Thema mehr. Man konnte schon froh sein, wenn in den großen Städten zwischen den Bombenangriffen die Elektrische noch fuhr. Für die Busse stand oft kein flüssiger Treibstoff mehr zur Verfügung. Man mußte auf Holzgasgeneratoren zurückgreifen, und eine Reihe von Bussen bewegte sich auch mit Hilfe von Stadtgas voran. Dabei wurde der Treibstoff in wuchtigen Aufbauten über dem Dach gebunkert. Solch lockerer Umgang mit dem brennbaren Material war nicht ganz ungefährlich, zumal die Qualität der Busaufbauten bis 1945 immer mehr zu wünschen übrig ließ. So glich der Büssing Kriegstrambus, eine Einheitsform, eher einer Holzkiste auf Rädern als einem Auto.

Nach der Kapitulation ging es in diesem spartanischen Stil weiter. Kleinere Karosseriefirmen nahmen sich zerschossener Omnibuswracks an. Der Wiederaufbau, im wahren Sinne des Wortes, machte auch vor denkbar ungeeigneten Fahrgestellen keinen Halt: Bei Kässbohrer in

Mit neuem Konzept

Der neu konstruierte Überlandbus O 6600 H von Daimler-Benz besaß einen Heckmotor.

Ulm und auch bei Henschel in Kassel zimmerte man Busaufbauten für die 3,5- und Fünftonner-Trucks von General Motors. Die Chassis waren natürlich nicht neu – man griff auf die ausrangierten Militärfahrzeuge der Amerikaner zurück. Allerdings versah man die Ami-Benziner gewöhnlich mit wesentlich sparsameren, 95 PS starken Diesel-Einbaumotoren, für die Henschel eigens zu diesem Zweck von den Besatzungsbehörden eine Lizenz bekam.

Auch in München nahmen die alliierten Behörden Einfluß auf den Fahrzeugbau. Die Waffenschmiede Krauss-Maffei, die während des Krieges die Achttonnen-Halbketten-Zugmaschine in größeren Mengen gebaut hatte, mußte in ihrem Werk in Allach auf Geheiß der Amerikaner schon ab 1945 einen Omnibus bauen. Dieser sogenannte KMO 130 besaß einen im Heck hinter der Hinterachse stehenden Sechszylinder-Benzinmotor. Die Maschine bauten die Bayern mit 6191 ccm Hubraum und 135 PS nach einer Maybach-Lizenz selbst. Für die Krauss-Maffei-Ingenieure bedeutete der Omnibusbau völliges Neuland. Die Eisenbahn- und Zugmaschinenkonstrukteure hielten sich denn auch nicht an traditionelle Bauschemata, die den Motor vorn oder als Unterflur vorsahen, sondern sie griffen eine Idee auf, die der norddeutsche Bustüftler Theodor Pekol schon in den dreißiger Jahren entwickelt hatte – den Heckmotor-Bus. Was bei Pekol zunächst nicht aus dem Experimentierstadium herauskam, brachten die KM-Techniker zur Serienreife. Und sie hatten auch Erfolg: Der KM 130 verkaufte sich gut, und zahlreiche andere Bus-Bauer übernahmen das Heckbusprinzip.

Runde Nasen und andere Neuerungen

Bei Büssing blieb man ebenfalls beim Trambus. Der erste 5000 T, der schon 1945 wieder zusammengeschraubt wurde, besaß allerdings keinen Unterflurmotor, sondern den vorn neben dem Fahrer stehenden Sechszylinder-Diesel, der auch im legendären 105er Dienst tat. Ford brachte ab 1948 einen eher schlicht anmutenden Frontlenkerbus mit dem schon hinlänglich bekannten und als nicht sehr zuverlässig geltenden Achtzylinder-V-Motor, der bis zu 35 Liter Sprit auf 100 Kilometer verbrauchte. Da Strom – zumindest in den Städten – offenbar billiger zu beschaffen war als flüssiger Treibstoff, waren MAN und dann auch Henschel schon bald wieder mit O-Bussen im Nahverkehr gut im Geschäft. Bei Magirus in Ulm gab es einen Bus auf der Basis des Typ 3000, 1948 schon erstmals mit dem luftgekühlten, 75 PS starken Motor. 1951 hieß er dann O 3500, hatte 90 PS, und bekam eine runde Nase, die an Stromlinien-Zeiten vor dem Krieg erinnerte. Die gefällige Kühlerform gefiel den Magirus-Chefs selbst so gut, daß sie sie auch ihren Lastwagen verordneten. Die Magirus-Rundhauber wurden bis weit in die sechziger Jahre gebaut. Noch heute findet man sie manchmal im Einsatz.

Bei Daimler Benz hielt man sich zunächst an Bewährtes. Schon 1943 hatte man in Entsprechung zu dem vom Schell-Plan geforderten Lastwagen L 4500 auch einen Bus, den O 4500 gebaut. Beide verfügten selbstverständlich über völlig identische Technik, nur kam der Bus im Gegensatz zum Laster erst drei, vier Jahre nach dem Krieg wieder zum Zuge – als O 5000 mit respekteinflößender großer Schnauze. 1949 war im Mannheimer Mercedes-Werk auch ein kleinerer Bruder, der O 3500, serienreif. Die konservative Konstruktion bekam den neuen Motor OM 312 unter die Haube. Der damals nagelneue 90-PS-Motor ist heute wegen seiner sprichwörtlich langen Lebensdauer schon zur Legende geworden. Zu neuen Ufern kam man bei Daimler-Benz dann 1951. Inzwischen gab es aus dem Nutzfahrzeugwerk Gaggenau schon wieder einen Schwerlaster – den L 6600. Dabei handelte es sich um eine zwar robuste, aber im Grunde vorsintflutliche Konstruktion. Hinter der reichlich dimensionierten Schnauze, unter der der neue OM 315 mit 145 PS saß, fand sich ein winziges Fahrerhaus, das im Prinzip schon fünfzehn Jahre vorher zu klein war und den Charakter schwäbischer Konstrukteure erkennen ließ. Kein Wunder, daß sich die Fernverkehrsunternehmen nur das Chassis kommen ließen, um sich dann ein geräumiges Fahrerhaus darauf bauen zu lassen. Wesentlich freundlicher fiel dann auch der Bus mit dem neuen Dieselmotor aus. Dieser O 6600 H – »H« wie Heckmotor – war ein massig wirkender Überlandbus mit freundlichem Frontlenkergesicht, der besonders von Post und Bahn in den südlichen Teilen der Bundesrepublik gern eingesetzt wurde.

Luxus mit zwei Motoren

Der Bimot von Henschel, hier mit Kässbohrer-Aufbau, holte seine 190 PS aus zwei vorn vor dem Fahrer quer eingebauten, gekoppelten Dieselmotoren. Der komfortabel eingerichtete Bus kostete komplett rund 70 000 Mark.

Ein Bus mit zwei Motoren und WC

Das wohl revolutionärste Konzept im Busbau ging bei der eher mittelständischen Karosserieschneiderei Kässbohrer in Serie. Zunächst mußte man sich allerdings mit derberen Sachen begnügen. Und selbst bei der Montage von Busaufbauten auf ausrangierte Fahrgestelle von Dodge- und GMC-Trucks gab es noch Ärger. »Für einen treuen Kunden aus der Vorkriegszeit hatten wir 1946 in einen solchen Bus anstelle der vorgesehenen rohen Holzbänke einfache Polstersitze eingebaut«, erzählt Otto Kässbohrer in seinem Rückblick, »der diensttuende Abnahmeoffizier der Besatzungstruppen entdeckte diesen ›verbotenen Luxus‹, und beinahe wäre uns daraufhin die Erlaubnis für unsere soeben angelaufene Fertigung entzogen worden.«
Man konnte den Amerikaner beschwichtigen. Und schon bald darauf mußte man auch nicht mehr ausschließlich auf die ungehobelten Ami-Trucks zurückgreifen. So entstand 1948 ein Schnauzenbus auf einem MAN-Chassis, der schon wieder recht noble Züge trug. Wieder hatten amerikanische Vorbilder – allerdings aus der Friedensproduktion – herhalten müssen. Zahlreiche Chromstreben werteten, ganz nach dem Geschmack der damaligen Zeit, das breite Gesicht des Busses auf. Mit allem Schnickschnack innen und außen konnte auch das Spitzenmodell des damaligen Omnibusbaus dienen. Dazu hatten Konstrukteure von Henschel in Kassel zwei 95 PS starke Sechszylindermotoren mit zusammen 10 862 ccm Hubraum zu einem Zwölfzylinder gekoppelt und diese 190 PS starke Einheit vorn quer vor dem Fahrer in ein Omnibus-Fahrgestell eingebaut. Um den Aufbau kümmerte sich, neben einigen anderen Firmen, besonders Kässbohrer. Die Ulmer versahen den wegen seiner zwei Motoren sogenannten

Bimot-Bus mit allem erdenklichen Luxus. Vierzig Passagiere fanden Platz in bequemen Sesseln. Auf Radio, Zentralwarmwasserheizung, Scheibenentfroster, Leselampen, Busbar und WC mit Wasserspülung mußte man selbstverständlich nicht verzichten.

Nach zehn Jahren der Not, der Improvisation und des Abgeschnittenseins nicht nur vom Ausland, sondern sogar von den Erholungsgebieten im eigenen Land setzte in Deutschland eine verständliche Genußsucht ein. Ein riesiger Nachholbedarf hatte sich angestaut. Kinos und Theater waren brechend voll, deftiges Essen war gefragt, Seidenstrümpfe – natürlich damals noch mit Naht – waren gefragt wie kaum etwas anderes, und als es mit dem Schnapskungel und der Zigarettenwährung auf dem Schwarzmarkt nach Einführung der D-Mark endgültig vorbei war, dachten manche Leute, die in den Nachkriegsjahren schnell zu Geld gekommen waren, schon wieder an Reisen in freundlichere Gegenden. Busunternehmer mußten jedenfalls nicht über schlechte Geschäfte klagen. Der dicke Bimot, den Kässbohrers Stellmacher auf das starke Henschel-Chassis setzten, war aber wohl doch für die damalige Zeit zu luxuriös. Allein das Fahrgestell kostete 36 672 DM, und für den noblen Aufbau mußte der Busunternehmer dann nochmal runde 30 000 DM zahlen. Das waren Beträge, die erst einmal amortisiert sein wollten. Schließlich lagen Monatsgehälter von 400 DM 1950 schon im Bereich der Mittelklasse. Man hatte die Kaufkraft überschätzt: Die Bimot-Busse blieben Exoten.

Eine revolutionäre Idee

Das Gerippe des ersten Kässbohrer Setra (selbsttragend) konnten sechs Arbeiter bequem anheben. Die Konstruktion bestand aus zusammengeschweißten vierkantigen Stahlrohren und wurde erstmals im Setra S 8 eingebaut.

Der erste selbsttragende Omnibus

Zur selben Zeit arbeitete man bei Kässbohrer aber auch schon an einem Buskonzept, das die Branche tatsächlich umkrempelte: Auf den Ulmer Reißbrettern entstand ein Bus mit selbsttragendem Aufbau. In der Pkw-Fertigung war die selbsttragende Bauweise schon 1935 mit dem Opel Olympia als erstem Fahrzeug dieser Art in Serie gegangen. Im Busbau hatte man sich dagegen – von einigen Experimenten abgesehen – bislang gesträubt, vom herkömmlichen Rahmenfahrgestell abzugehen. Auch 1950 bestanden Busse, wie zur Gründerzeit, noch aus einem Chassis und einem darauf montierten Aufbau. Dabei waren die Busfahrgestelle von denen der Laster allenfalls durch die etwas niedrigere Bauweise und vielleicht weichere Federn zu unterscheiden. Ein selbsttragender Bus – so dachten Otto Kässbohrer und sein Konstrukteur Georg Wahl – würde dagegen wesentlich leichter sein, dabei aber eine größere Festigkeit bieten. Außerdem hatten sich die Schwaben über die Lkw-Produzenten geärgert: Gerade jetzt, Anfang der fünfziger Jahre, wo die Buskon-

Leichtgewicht mit viel Glas

Der 1951 präsentierte Setra S 8 (acht Sitzreihen) wurde zunächst mit Skepsis betrachtet. Aber sein überzeugendes Konzept konnte sich schließlich doch durchsetzen.

junktur stieg, bekamen sie gar nicht so viele Fahrgestelle geliefert, wie sie hätten aufbauen können. Bei den meisten Zulieferern stand der eigene Lasterbau im Vordergrund. Also entstand in Ulm der erste serienreife selbsttragende Omnibus. Die Leichtigkeit der Konstruktion demonstrierte ein Foto, das damals um die Welt ging: Darauf war zu sehen, daß sechs Arbeiter ohne Mühe in der Lage waren, das Gerippe des neuen Busses zu tragen. Setra – eine Abkürzung von selbsttragend – wurde das neue Produkt getauft, und Kässbohrer ließ sich den Begriff als Markenzeichen schützen. Bis heute gilt er als Qualitätsmerkmal der Busse aus Ulm. Der erste Setra S 8, so genannt wegen seiner acht Sitzreihen, besaß als Basis eine freitragende Gitterkonstruktion, die aus vierkantigen Stahlrohren zusammengeschweißt und mit Stahlblech verkleidet war. Ein Sechszylinder-Dieselmotor von Henschel mit 95 PS saß im Heck. Den ersten Setra S 8, der auf der Internationalen Frankfurter Automobil-Ausstellung 1951 offiziell vorgestellt worden war, kaufte ein langjähriger Kunde des Hauses Kässbohrer. Der Busunternehmer Ludwig Kroiss aus Rosenheim hatte diesen Prototyp ganze vierzehn Jahre in seinen Diensten, ohne daß nennenswerte Reparaturen nötig wurden.

Viele Fuhrunternehmer betrachteten den schnittigen, mit viel Glas versehenen Setra bei seiner Präsentation 1951 noch mit Skepsis. Es schien ihnen schwer vorstellbar, daß ein Bus ohne stabiles Fahrgestell von langer Lebensdauer sein würde. Schließlich boten sämtliche Lastwagenfirmen nach wie vor tonnenschwere Leiter-Chassis an, auf die viele kleine Karosseriefirmen überall im Lande nach den Wünschen ihrer Kunden meist protzige Aufbauten setzten. Dennoch setzte sich Kässbohrers Konzept nach und nach durch. Schon auf der Frankfurter IAA 1953 zweifelte niemand mehr an der neuen Bauweise – im Gegenteil, man ermunterte Kässbohrer, die Modellpalette aufzustocken. So entstand schon 1953 der Setra S 10, und zusammen mit dem Omnibus-Pionier Theodor Pekol entwickelte man 1954 einen Stadtlinienbus mit selbsttragendem Leichtmetallaufbau.

Zwar ließen die Setras und auch die Karossen der anderen, nach herkömmlichem Muster arbeitenden Busbauer noch Anklänge an die vor dem Krieg so gepriesene Stromlinie erkennen, aber wirklich konsequent mit dem Windkanal wurde nicht mehr gearbeitet. Zum einen mag da das Odium des untergegangenen »Dritten Reichs«, das den Stromlinienbussen anhaftete, eine Rolle gespielt haben, zum anderen hatte man in der jungen Bundesrepublik und auch in der DDR ganz andere Probleme. Der Wiederaufbau von Wohnungen hatte verständlicherweise Vorrang vor dem

Straßenbau, und es ist sicher nicht übertrieben, wenn man das bundesdeutsche Straßennetz noch bis in die sechziger Jahre als miserabel bezeichnet. Viele Behörden, die eher Sympathien für die Eisenbahn aufbrachten, waren auch gar nicht daran interessiert, dem Omnibusverkehr auf die Sprünge zu helfen. Findigen Busunternehmern wurden sogar immer wieder Steine in den Weg gelegt.

Ein Busunternehmer wird in die Knie gezwungen

Als »Omnibusrebell von Bremen« machte ein Busunternehmer aus der Hansestadt, namens Rammelmann, Schlagzeilen. Der Fuhrmann unterhielt damals eine konzessionierte Fernverkehrs-Buslinie zwischen Bremen und Hamburg, die er bis zu viermal täglich befuhr. Eines Tages flatterte ihm ein Schreiben der Deutschen Bundesbahn auf den Tisch, in dem er unter Strafandrohung dazu aufgefordert wurde, den gleichen Fahrpreis zu nehmen wie die Bahn auf derselben Strecke. Rammelmann war den Eisenbahnern schon lange ein Dorn im Auge. Während sie nämlich für eine Fahrkarte von Bremen nach Hamburg 7,20 DM forderte, kostete die Bus-Passage nur 5,50 DM. Die Bahn kam aber mit ihrem Ansinnen zunächst nicht durch. Der Richter, der wohl gemerkt hatte, daß sich die Bahn nur einen lästigen Konkurrenten vom Leib schaffen wollte, lehnte ihren Antrag auf eine einstweilige Verfügung gegen Rammelmanns Fahrten ab.

Doch so schnell gaben sich die Omnibusgegner nicht geschlagen. Der Regierungspräsident in Stade, durch dessen Gebiet die Linie führte, betonte, daß auf der Strecke »kein Verkehrsbedürfnis« mehr bestehe, und ein Lüneburger Regierungsrat schimpfte Rammelmanns Dienst einen »völligen Verkehrsluxus«. Der wehrte sich, indem er seine Kalkulation auf den Tisch legte. Danach hatte er 1952 auf der Strecke Hamburg–Bremen einen Umsatz von einer Million Mark gemacht. Nach Abzug aller Unkosten waren ihm noch 120 000 Mark Gewinn übrig geblieben. Er sehe nicht ein – so argumentierte Rammelmann – daß er teuerer fahren solle als nötig. Schließlich bestünden seine Fahrgäste vorwiegend aus Arbeitern, die mit der Mark rechnen müßten. Die Stader kümmerte das Argument nicht. Sie versuchten, dem Busunternehmer die Lizenz zu entziehen.

Leitende Herren der Bundesbahn waren schließlich so dreist, bei Gesprächen mit ihrem Kontrahenten die Übernahme der Buslinie zwischen Bremen und Hamburg durch die Bundesbahn vorzuschlagen. Rammelmann könne dann ja im Auftrag der Bahn weiterfahren, müsse aber zehn Prozent seines Umsatzes abführen. Rammelmann lehnte ab, und in Michael-Kohlhaas-Manier fuhr er auch weiter, nachdem ihm die Stader 1953 die Lizenz nicht mehr verlängerten. Bußgelder – immer gleich 500 Mark, für damalige Verhältnisse eine riesige Summe – häuften sich, und der Busunternehmer kämpfte noch vor diversen Gerichten um seine Lizenz, doch er kam gegen die Windmühlenflügel der deutschen Behörden langfristig nicht an.

Aber nicht nur das Monopolstreben von Bahn und Post im Überlandverkehr machte den privaten Busbetreibern das Leben schwer, sondern auch der Mitte der fünfziger Jahre ganz rapide einsetzende Trend zum eigenen Auto. Nach den Motorrädern waren plötzlich für viele Arbeitnehmer auch überdachte fahrbare Untersätze erschwinglich geworden. Die Vehikel, vom Kabinenroller bis zur Isetta und vom Fuldamobil bis zum Goggo, besaßen oft nicht mal vier Räder und auch nur einen schwachbrüstigen Motor. Aber man kam mit ihnen trockenen Fußes zur Arbeit. Da ging dann manchem Busunternehmer, der schon bald nach dem Krieg noch vor Post und Bahn einen Linien-

Luftgekühlt und bergfreudig

Mit einem luftgekühlten Heckmotor aus der Kölner Deutz-Produktion war der Magirus O 3500 ausgerüstet.

dienst aufgebaut hatte, die Luft aus. Mit öffentlichen Verkehrsbetrieben, die im Notfall staatlich subventioniert wurden, konnte man nicht konkurrieren. Da war mit der wieder erwachten Reiselust der Deutschen schon eher Geld zu verdienen. Besonders Italien wurde in den fünfziger Jahren zum Traumziel der Urlauber.

Kässbohrers Konzept setzt sich durch

Plötzlich waren nicht mehr die massigen ungelenken Schnauzenbusse, sondern handliche Frontlenker mit leistungsfähigen Motoren gefragt, mit denen die Paßstraßen in der Schweiz oder auch der Brenner einigermaßen komfortabel zu überwinden waren. Bequeme Sitze, Toiletten, eine Bar und jede Menge Glas auch im Dach gehörten beim Komfort-Reisebus einfach dazu. Abgesehen von Büssing, wo man dem Unterflurmotor-Prinzip treu blieb, setzte sich bei fast allen maßgebenden Busherstellern das Konzept durch, das die Firma Kässbohrer mit ihrem Setra vorgegeben hatte: In selbsttragende Aufbauten setzte man Heckmotoren. Bei Krauss-Maffei in München, wo schon direkt nach dem Krieg mit dem KMO 130 ein erfolgreicher Heckmotorbus gebaut wurde, entstand nach Plänen des Flugzeug-Ingenieurs Henrich Focke ein sogenannter Leichtbus, der KML 90/110, einer der schönsten Busse der damaligen Zeit überhaupt: Er glich eher einem Schnelltriebwagen als den damals üblichen Bussen. Auch die Nordwestdeutsche Fahrzeugbau GmbH in Wilhelmshaven und Drauz in Heilbronn, beide Firmen existieren schon lange nicht mehr, bauten nach Fockes Vorbild ähnliche Busse. Aber so interessant die Konstruktionen auch waren, sie brachten nicht das große Geschäft. Auch Krauss-Maffei wandte sich schon 1965 wieder einer Branche zu, in der mehr Geld zu verdienen war: der Waffenproduktion.

Gegen die Omnibusse der großen Lastwagenfirmen kamen die kleinen Karosseriebauer nur mühsam an. Büssing und Mercedes, MAN und Magirus hatten den öffentlichen Nahverkehr bis weit in die sechziger Jahre fest im Griff. Krupp und Faun spielten nur unbedeutende Rollen im Busgeschäft. Wirbel gab es dagegen immer wieder durch neue Gesetze aus Bonn. So waren ab 1952 die 22 Meter langen, vier- und mehrachsigen Gelenkzüge, wie sie von Gaubschat gebaut worden waren, tabu. Daraufhin kamen dann die dreiachsigen Gelenkbusse, die sogenannten Ziehharmonikabusse, wie sie heute noch im Betrieb sind. Die Essener Aufbaufirma Ludewig begegnete der Raumnot dagegen mit Anderthalbdeckern. Da ließen sich in einem zwölf Meter langen Bus immer noch hundertfünfzig Personen unterbringen. Derartig vollgepfropft konnten die Busse natürlich nur im Stadtverkehr eingesetzt werden.

VÖV und STÜLB sorgen für Vereinheitlichung

Seit den dreißiger Jahren waren Busse mit zweiachsigen Anhängern zur Personenbeförderung gang und gäbe. Man setzte die Hänger gern zu Spitzenzeiten morgens oder abends ein, wenn viele Pendler zur Arbeit oder nach Hause fuhren. In ruhigen Zeiten fuhr der Bus dann ohne Hänger. Mit wachsendem Verkehr auf den deutschen Straßen erschienen die nicht gerade übersichtlichen Gespanne den Verkehrspolitikern aber als zu gefährlich. Einige Unfälle wurden zitiert, und 1960 schlug dem Busanhänger die letzte Stunde. Daß die verbotenen Gefährte ausrangiert werden mußten, war für die meist öffentlichen Unternehmen zu verschmerzen. Schließlich ging der Trend in Richtung Personaleinsparung. War bis dato noch in jedem Linienbus ein Schaffner mitgefahren, der Fahrkarten verkaufte, stempelte oder lochte, so ging der Trend in

den sechziger Jahren zur Einmannbedienung. Der Fahrer sollte auch die Aufgaben des Schaffners übernehmen. Ab 1966 kümmerte sich dann der Verband Öffentlicher Verkehrsbetriebe (VÖV) um Richtlinien für Standard-Stadtlinienbusse. Und ein Arbeitskreis mit dem schönen Namen STÜLB (Standard-Überlandlinienbus) tat das gleiche auf dem Fernverkehrssektor.
Schon ein Jahr später konnten die ersten VÖV-Busse von MAN, Büssing, Mercedes und Magirus bewundert werden. Vereinheitlichung war Trumpf. Dabei schlug die Normung allerdings einen Weg ein, den sich einige Bus-Bauer nicht gewünscht hatten: Büssing wurde bald darauf von MAN geschluckt, und heute ist die Lage der Abteilung Bus-Bau auch bei MAN alles andere als rosig. Magirus, inzwischen Teil des italienischen Iveco-Konzerns (Fiat), hat seine Bus-Produktion im Werk Mainz mittlerweile komplett eingestellt, und nur Daimler-Benz kann sich mit einem respektablen Marktanteil in der Linienbus-Branche sehen lassen.
Schon immer im Liniendienst dabei, wenn auch mit verschwindend geringen Zahlen, sind die beiden kleineren Busbauer Kässbohrer und Gottlob Auwärter aus Stuttgart. Gerade diese beiden haben bewiesen, daß es sich auch in schlechten Zeiten in der Nische recht gut leben läßt. Sie bauen luxuriöse Reisebusse, wenn erforderlich auch als Dreiachser-Doppeldecker, und sie können, weil es sich um nicht zu große, flexible Unternehmen handelt, den Wünschen ihrer Kunden weiter entgegenkommen als die Großserienhersteller. Da versteht es sich ganz von selbst, daß sich auch Interessenten mit besonders ausgefallenen Wünschen in den beiden schwäbischen Werken die Türklinken in die Hand geben.

Auf Daunen durch die Wüste

Den wohl verrücktesten Bus baute die Stuttgarter Firma Neoplan für

Neue Aspekte im Nahverkehr

Wie eine Blechbüchse wirkte noch um 1960 der Mercedes O 321 in Linienausführung (oben). Der Mercedes O 405, ein Standardlinienbus der neuen Generation, sieht dagegen wesentlich freundlicher aus.

den Flughafen im saudiarabischen Dschidda. Dieses futuristisch anmutende, zweistöckige Ungetüm ist 17 Meter lang, 4,5 Meter breit und ebenso hoch. Die Galaxy Lounge – so heißt der Bus – bietet Platz für 342 Passagiere, das entspricht der Kapazität eines vollbesetzten Jumbos. Der Super-Bus, gestylt wie ein modernes Bürohaus, wird von einem 340 PS starken Mercedes-Dieselmotor angetrieben. Über ein Automatikgetriebe erreicht er eine Spitzengeschwindigkeit von 55 Stundenkilometern. Über eine Anlegebrücke, die bis auf eine Höhe von 5,50 Meter ausgefahren werden kann, erreichen die Passagiere bequem das Innere eines Jumbo-Jets. Runde 1,4 Millionen Mark kostete die Galaxy Lounge – sicher ein Grund, weshalb bisher nur die reichen Saudis solch einen Riesen gekauft haben. Außerdem werden Fahrten auf normalen Straßen immer zum Abenteuer. Beim ersten Ausflug im September 1981 zur IAA nach Frankfurt war kaum der Werkshof in Möhringen verlassen, als schon eine Ampel abgeknickt am Straßenrand lag. Kurz vor Frankfurt gab es noch Probleme mit einer Brücke. Erst als man die Luft aus den Hinterreifen gelassen hatte, war die Unterführung zu passieren.

Wesentlich kleiner und nur knapp halb so teuer war dagegen der Bus den sich der saudiarabische König Fahd 1983 von der Firma Auwärter bauen ließ. Der noble Wagen mit orientalischen Ornamenten bekam eine Klimaanlage, die eigens von einem VW-Golf-Dieselmotor angetrieben wird. Goldene Armaturen waren in der Toilette obligat, und neben Fernseher, Video, Tonbandgerät und einem Bordtelefon mit fünf Nebenstellen besitzt das Luxus-Wohnmobil auch eine Duftsprühanlage. Und während der Bus mit vergrößerter Bodenfreiheit durch die Wüste fegt, sitzt König Fahd auf einem daunengepolsterten Sessel, der sich in Form und Größe vom ordinären Gestühl deutlich abhebt.

Improvisation hilft weiter
Die über den Krieg geretteten Fahrzeuge wurden mühsam restauriert und instandgehalten. Man fuhr weiter mit Holzgas, und selbst Pferde mußten verstärkt eingesetzt werden. Das Bild entstand um 1947 in Bielefeld.

Die ersten Nachkriegs-jahre: Lastwagen für den Wiederaufbau

Unmittelbar nach der bedingungslosen Kapitulation der Deutschen Wehrmacht am 8. Mai 1945 konnte die Lkw-Produktion in Deutschland wieder aufgenommen werden. Während in Berlin der Schlußstrich unter die Terrorherrschaft der Nationalsozialisten gezogen wurde, lief in Köln der erste Dreitonner der Nachkriegsproduktion vom Band. Für die Vertreter des amerikanischen Ford-Konzerns war es kein Problem gewesen, innerhalb von ein paar Tagen von den amerikanischen Besatzungsmächten im Rheinland die Genehmigung zur Wiederaufnahme der Produktion zu bekommen. Daß in Deutschland nach der Katastrophe des Zweiten Weltkriegs Lastwagen gebraucht würden, war vorauszusehen: Zerbombte Städte und Berge von Schutt mußten bewältigt werden. Die Amerikaner mit ihrem unerschütterlichen Geschäftssinn waren als erste zur Stelle: Nach nur wenigen Tagen Vorbereitungszeit stand der Armee-Dreitonner mit der typisch amerikanisch runden Nase in etwas abgemagerter Form als Trümmertransporter zur Verfügung. Auch die Büssing-Werke in Braunschweig kamen schon bald wieder ins Geschäft. Am 18. April 1945 erteilte die britische Militärregierung dem Unternehmen die Erlaubnis, den Lasterbau wieder aufzunehmen. Fünfzig Prozent des Stammwerks in Niedersachsen lag in Trümmern und zu den Werken östlich der Elbe bestand kein Kontakt mehr. Dreihundert Arbeiter räumten also zunächst eine Halle auf, in der dann kurze Zeit später der

legendäre 105er zusammengeschraubt wurde. Dabei griff man natürlich auf die Produktionsmaschinen des 4500 S zurück. An der Allradversion dieses Typs, die im Krieg noch lange gebaut worden war, bestand zunächst kein Interesse. Man war froh, überhaupt wieder einen Laster anbieten zu können. Schließlich gab es so gut wie keine Zulieferer mehr, und man mußte sich vorläufig mit den Lagerbeständen mehr schlecht als recht über die Runden retten.

Die allerersten 105er nach dem Krieg – so genannt nach ihrer PS-Zahl – sahen noch recht einfach aus. Ein Rahmen, ein Motor, ein grobes Fahrerhaus mit nur den wichtigsten Armaturen und eine Pritsche – das war damals die absolute Spitze der Lkw-Produktion. Und auch die Stückzahlen waren nicht überwältigend: Büssing baute im Jahr 1945 nur genau 1032 Fünftonner mit 105 PS. Sie gingen in erster Linie an öffentliche Unternehmen, nicht an Privatleute.

Dem kleinen Mann, der noch irgendwie Geld gerettet hatte, oder – noch besser – auf dem Schwarzmarkt durch lukrative Tauschgeschäfte Benzin beschaffen konnte, bot das Tempo-Werk in Hamburg-Harburg schon ab Juli 1945 wieder einen Hanseat an. Das war ein Dreirad mit einem kraftlosen Zweitaktmotor, dem man aber immerhin eine dreiviertel Tonne an Nutzlast zumuten konnte.

Rückgriff auf die eisernen Reserven

Autos gab es 1945 nur auf Bezugs- und Berechtigungsscheine zu kaufen. Der Allierte Kontrollrat gestattete den drei Westzonen ab 1946 die jährliche Produktion von 40 000 Lastwagen – ebenso viele Personenwagen wurden erlaubt, außerdem 14 000 Schlepper. Da aber die Versorgungslage katastrophal war und Stahl, Buntmetalle und viele nötige Zubehörteile auch gegen Geld und gute Worte nicht zu bekommen waren, klangen solche Produktionszahlen eher wie Zukunftsmusik. Die Fabriken griffen im wahrsten Sinne des Wortes auf ihre eisernen Reserven zurück. Aus dem Ersatzteilbestand schraubten 1945 bei MAN die wenigen verbliebenen Arbeiter gerade noch neun Fünftonner des Typs ML 45 zusammen. Und auch 1946 ging es mühsam voran. Ganze 311 Stück des ohnehin spartanisch ausgestatteten Lasters verließen die notdürftig aufgeräumten Werkshallen. Bei Daimler-Benz behalf man sich ebenfalls mit Restbeständen, die man über den Zusammenbruch gerettet hatte. Auf die Chassis des L 4500 und des Opel Blitz Dreitonners, der dem Mannheimer Mercedes-Werk im Krieg von den Naziplanern aufgezwungen worden war, setzte man einfach weiter das Einheitsfahrerhaus, die »Pappkiste« aus Preßspanplatten.

Selbst die Waffenschmiede Krupp erhielt schon bald nach dem Krieg wieder die Erlaubnis zum Lastwagenbau. Die Motoren- und Kraftwagenfabriken des Konzerns waren während der Kriegsjahre von Essen nach Kulmbach ausgesiedelt worden, weil man dort in der Provinz ungestörter von alliierten Bombenangriffen produzieren konnte. 1946 stellte man zunächst einen Fünftonner mit Ottomotor und Holzgasgenerator vor. Den Bau von Dieselmotoren genehmigten die Besatzungsbehörden den sogenannten Südwerken in Kulmbach erst wieder ab 1948. Für hochfliegende Konstruk-

tionspläne war ohnehin nicht die rechte Zeit. Der Alliierte Kontrollrat verbot den Deutschen 1946 den Bau von Motoren mit mehr als 150 PS. Außerdem durften noch vorhandene Laster dieser Größenklasse auf Interzonenstrecken nicht eingesetzt werden.
Die Deutschen hatten zunächst ohnehin andere Sorgen. In Köln lebten zum Kriegsende nur noch 20 000 Menschen. Besonders in den großen Städten und in den Industriezentren, die durch die Bombenteppiche der Briten und Amerikaner zerstört worden waren, war man froh, wenn man überhaupt ein Dach über dem Kopf hatte. Man lebte von der Hand in den Mund. Im Herbst 1946 gab es in den Bäckereien des Ruhrgebiets allenfalls einmal in der Woche Brot. Kartoffeln waren auf legalem Wege überhaupt nicht zu haben. Nach dem harten Winter 1946/47 standen nach Untersuchungen einer amerikanischen Kommission jedem Dortmunder pro Tag 846 Kalorien zur Verfügung, ein britischer Beobachter schätzte die Versorgung an manchen Tagen auf höchstens 400 Kalorien. Von der offiziellen Rechnerei mit Kalorien wurde niemand satt. Die Ruhrbevölkerung protestierte: »Wir wollen keine Kalorien, wir wollen essen.«
In Köln traten die 1300 Beschäftigten der Westwaggon AG und 4500 Mann bei Klöckner-Humboldt-Deutz für dreieinhalb Stunden in den Streik, um gegen die völlig unzureichende Ernährung zu protestieren. Viele Arbeiter der Maschinenfabriken und Bergwerke konnten sich und ihre Familie nur am Leben halten, indem sie auf dem Schwarzmarkt Geld von der »hohen Kante« oder Wertsachen der Familie gegen etwas Eßbares tauschten. Zur Arbeit erschienen sie oft nur halbtags, in der übrigen Zeit waren Hamstertouren angesagt. In Dortmund stellte man 1947 fest, daß die Löhne nur 41 Prozent der Mindestausgaben einer Arbeiterfamilie deckten, und ein Drittel der befragten Familien sich auf dem Schwarzmarkt ein Zubrot verdiente. Die Arbeiter »fahren aufs Land, um wenigstens Kartoffeln zu erbetteln«, stand im November 1946 in der Zeitschrift »Diese Woche« zu lesen. »Haben sie kein Bettlaken mehr, das sie vertauschen können, bitten sie auf jedem Hof um eine oder zwei Kartoffeln, bis sie am Abend mit vielleicht fünf Pfund nach Hause kommen.«

Schweine im Benzintank

Wie schon nach dem Ersten Weltkrieg war auch in den ersten Jahren nach dem Zusammenbruch des »Tausendjährigen Reiches« derjenige König, der einen Schlepper oder Lastwagen über die Zeit gerettet hatte. Abenteuerliche Geschichten mit ihren Lastwagen, die durchweg mit Holzgas liefen, erlebten manche Flüchtlinge, die aus Ostpreußen, Pommern oder Schlesien in Richtung Westen flohen. Wilhelm Menke, ein Fuhrmann aus Pommern, zeigte noch lange Zeit später immer wieder guten Freunden ein kleines vergilbtes Foto. Den Opel Blitz mit Gasanlage hatte die Wehrmacht dem schon aus dem Ersten Weltkrieg schwerbeschädigt heimgekommenen Fuhrmann gelassen, weil er Lebensmittel und Brennstoffe transportierte. Wer genau hinsah, konnte in der Fahrertür des treuen Lasters fünf, sechs Einschußlöcher erkennen.
Wilhelm Menke erzählte später, wie er in den ersten Monaten des Jahres 1945 mit seiner fünfköpfigen Familie, den wichtigsten Habseligkeiten und einem beträchtlichen Vorrat an Holz für den Vergaser des Opel Blitz aus seiner pommerschen Heimat nach Schleswig-Holstein floh. Menke hatte Glück im Unglück: Den Angriff des Tieffliegers, von dem die Einschußlöcher stammten, überstanden Fahrzeug und Besatzung fast unbeschadet. Familie Menke war gerade noch rechtzeitig unter dem Laster in Deckung gegangen.
In Holstein war der Mann aus dem Osten gleich ein gefragter Fuhrmann. Er schaffte im Auftrag der englischen Besatzungstruppen Kartoffeln vom platten Land nach Hamburg, wo allmählich die Aufräumarbeiten im Hafen begannen. Wer sich damals mit den Bauern gut stellte, mußte keine Not leiden. Da fiel immer mal ein Stück Speck oder eine Mettwurst ab – Dinge, für die man auf dem Hamburger Schwarzmarkt so ziemlich alles haben konnte. Fuhrmann Menke versorgte die Bauern mit Luxusartikeln. Sein größter Coup war lange Gesprächsstoff in den Dörfern um Kaltenkirchen. Er besorgte zu einer Hochzeit ein zwölfteiliges Tafelservice aus feinstem Porzellan. Das hatte eine Hamburger Bürgersfrau gegen einige Würste eingetauscht. Die alliierten Behörden duldeten solche Geschäfte oft stillschweigend, weil ohne sie die Versorgung der Stadtbevölkerung mit Lebensmitteln noch knapper geworden wäre. Um Fleisch und Würste, durchweg aus schwarzer, nicht angemeldeter Schlachtung, möglichst ungehindert und unauffällig zu den Adressaten fahren zu können, hatte Wilhelm Menke im Tank seines Opel Blitz, der sich unter der breiten Sitzbank befand, ein Geheimfach eingerichtet. Solange Menke mit Holzgas fuhr, hatte der Benzinbehälter ja ohnehin keine Funktion, und während der drei Jahre bis zur Währungsreform, mit der der Schwarzmarkt ein Ende hatte, ist niemand drauf gekommen, daß Wilhelm Menke zwar nicht den Tiger, aber geschlachtete Schweine im Tank hatte.

Mit dem Fahrrad auf Ersatzteilsuche

Herbert Jöckerath aus Köln hatte nicht so viele Möglichkeiten, mit der Wurst nach dem Schinken zu werfen. Ihn hatten die Amerikaner schon bald aus der Kriegsgefangenschaft entlassen, und weil er nicht sofort Arbeit fand, nahm er sich des Büssing-Dreitonners an, der

Begegnung zwischen Alt und Neu

Auf dem Bahnübergang in der Nähe von Siegen sind um 1950 schon ein neuer Tempo Matador und ein Goliath GD 750 neben ausrangierten Wehrmachtslastern von Mercedes und Opel zu sehen. Bei Ford in Köln lief bereits seit ein paar Jahren der Dreitonner wieder vom Band (unten).

bei seinen Schwiegereltern im Westen der zerbombten Domstadt stand. Der Burglöwe mit 65 PS, Baujahr 1937, hatte irgendwann einmal den obligaten Holzgasgenerator verpaßt bekommen. Nach den ersten Bombenangriffen der frühen Kriegsjahre war er von der Kölner Stadtverwaltung eingesetzt worden, um diverse Akten und auch wichtige Kulturgüter aus den Museen der Stadt an verschiedene Plätze in der Eifel zu evakuieren. Eines Tages, bei einem Luftangriff, erwischte es den Laster. Der Fahrer hatte sich in einem der nächsten Keller in Sicherheit gebracht, als die Sirenen die Bomberstaffel ankündigten. Als nach der Entwarnung der Fahrer wieder aus einem Kellerloch gekrochen kam, sah der Lastwagen arg lädiert aus. Trümmer einer einstürzenden Häuserwand hatten ihn zum Teil begraben. Nichts ging mehr.

So fand Jöckerath den Büssing. Die Ladung war wohl damals nach dem Bombenangriff noch geborgen worden, den Laster hatte man aber aufgegeben. Armaturen und Lampen, sofern nicht sowieso schon beschädigt, hatten Plünderer ausgebaut. Die Räder fehlten, Motor und Gasanlage waren zwar noch da, aber nicht mehr komplett. Der gelernte Autoschlosser Jöckerath zog den Torso aus den Trümmern – und dann stand sein Entschluß fest: »Den bringe ich wieder zum Laufen.« Das eingeschlagene Fahrerhaus wurde mit ein paar Latten und Brettern wieder zurechtgezimmert. Das war zwar nicht schön, aber zweckmäßig. Und dann ging der Kölner mit dem Fahrrad auf Ersatzteilsuche. Er verdingte sich hier und da beim Aufräumen von Fabrikgeländen, wenn er ahnte, daß unter den Trümmern noch Lastwagenwracks lagen, von denen er sich die brauchbaren Teile dann ausbaute. Ein Teller warmer Suppe fiel dabei auch gelegentlich noch ab.

Im Frühjahr 1947 lief der Burglöwe wieder. Der Holzgasgenerator kokelte vor sich hin, als ob er gerade erst das Werk verlassen hätte. Ein paar Ersatzteile für den Generator hatte sich Jöckerath sogar in der Nachbarschaft besorgen können. Die Firma Imbert, damals einer der bekanntesten Hersteller der »Badeöfen«, residierte auch in Köln. Wesentlich schwieriger war es, an Reifen zu kommen. Von neuen Pneus wagte man gar nicht zu träumen. Aber nach und nach hatte Jöckerath seine sechs Reifen zusammen. Sie waren nicht haargenau gleich groß, paßten aber auf die Felgen. Das Profil ließ ebenfalls sehr zu wünschen übrig, aber immerhin schien die Karkasse noch nicht durch. Die meisten der organisierten Reifen stammten von einem Magirus S 3000, den bei Hürth ein Volltreffer erwischt hatte, den letzten

Laster beim Wiederaufbau

Im Schatten des Ulmer Münsters halfen die Dreitonner von Magirus beim Wiederaufbau. Ab 1947 besaß der S 3000 einen luftgekühlten Deutzmotor.

Pneu der Größe 7.50–20 besorgte sich Jöckerath bei einem Schrotthändler in Poll.
Amerikanische Pioniere hatten schon 1946 neben den Trümmern der Deutzer Brücke einen behelfsmäßigen Übergang über den Rhein geschlagen, an der Hohenzollernbrücke wurde noch gearbeitet. Herbert Jöckerath hätte gern beim Brückenbau geholfen, aber man setzte ihn zum Trümmerräumen ein. Mit seinem Dreitonner-Büssing, der eigentlich nur noch sehr entfernt dem Prospekt von 1937 glich, brachte er Bombenschutt auf Deponien vor der Stadt. Holz für seinen Gasgenerator gab es genug, das umständliche Hantieren mit dem schmutzigen Aggregat ging dem quirligen Rheinländer allerdings mehr und mehr gegen den Strich. Schließlich gab es in Köln inzwischen schon einige der nagelneuen Ford-Dreitonner, und auch einige fabrikfrische Büssing mit dem 105-PS-Motor hatte Jöckerath schon gesehen. Weil aber das Geld für ein anderes Auto vorn und hinten nicht reichte, machte der Kölner das, was er ohnehin schon länger vorhatte: Er verkaufte seinen Holzgas-Büssing an einen guten Kumpel und machte in einem Hinterhof eine kleine Werkstatt auf, wo er Motorräder und ab und zu auch mal einen übrig gebliebenen DKW Reichsklasse reparierte. Jöckerath war nicht der einzige, der vom Holzgas buchstäblich die Nase voll hatte. Die Generatorenfirma Imbert in Köln-Niehl mußte 1949 ein Vergleichsverfahren anmelden. 550 Beschäftigte wurden entlassen.

Resteverwertung im Nachkriegsdeutschland

Ganz anders ging es Eberhard Dengler, einem Fernfahrer von der Schwäbischen Alb, der nach dem Krieg wieder in seinem alten Beruf arbeiten wollte. Er begann seine Karriere mit einem alten amerikanischen GMC. Heute ist er Chef einer ganzen Armada von Lastzügen. Auch in Süddeutschland waren Lastwagen nach dem Krieg äußerst knapp. Im Badischen requirierten die französischen Truppen, die selbst eher mager ausgestattet waren, eine ganze Reihe von Lastern, die den Krieg in einigermaßen brauchbarem Zustand überstanden hatten. Ein ehemals eleganter MAN Stromlinienbus wurde noch längere Zeit als Transporter zwischen dem französischen Hauptquartier in Baden-Baden und Paris eingesetzt. Der alte Glanz verblaßte allerdings: Der schnittige Bus wurde mit häßlicher Militärfarbe überpinselt, aus den komfortablen Ledersitzen fertigte man Geldbeutel.
Die amerikanischen Besatzungstruppen hatten es dagegen nicht nötig, auf übrig gebliebenen deutschen Wehrmachtsschrott oder mühsam gerettete Privatfahrzeuge zurückzugreifen. Im Gegenteil, ihre ausrangierten Willys Jeeps, Dodge WC und GMC-Trucks prägten bald das Bild auch vieler deutscher Fuhrparks. Auf der Basis abgelegter US-Jeeps bauten die beiden Flüchtlinge Josef Mikolajczyk und Heinrich Janssen ab 1945 in einem improvisierten Werk in Salzgitter Pritschen- und Lieferwagen in erster Linie für die Land- und Forstwirtschaft. Ganz unbescheiden nannten die beiden Jungunternehmer ihren Laden Niedersächsisches Auto- und Motoreninstandsetzungswerk (NAW). Die Bauern bevorzugten aber nach wie vor Schlepper konventioneller Bauart. Der Salzgitter-Jeep war nur eine Notlösung, 1950 ging die Firma in Konkurs. Die fünfhundert Arbeiter kamen in der benachbarten Stahlindustrie und bei Büssing unter.
Die Lokomotiv- und Lastwagenfabrik Henschel machte ebenfalls aus der Not eine Tugend. Sie durfte zwar zunächst keine Lastwagen mehr bauen – nur Reparaturarbeiten waren erlaubt –, aber sie bekam 1946 die Genehmigung zum Bau eines 95 PS starken Einbaudieselmotors für die amerikanischen GMC-Trucks. Die Benzinsäufer aus Militärbeständen ließen sich damit sparsamer einsetzen. Auch bei diversen Omnibus-Produzenten fand der Henschel-Dieselmotor bald zufriedene Abnehmer. Neben den Lastwagen von General Motors waren auch die Marken White und Mack besonders in der amerikanischen Besatzungszone zahlreich vertreten. Auf den schlichten Militär-Lkw entstanden phantasievolle Aufbauten deutscher Karosseriebauer. Kässbohrer in Ulm zimmerte Omnibuskarosserien auf die Dreiachserfahrgestelle, und in anderen Stellmachereien schreckte man auch vor ganzen Möbelwagenaufbauten nicht zurück. Improvisation stand auf der Tagesordnung, und in den Autowerkstätten wurden defekte Teile noch repariert und nicht, wie heute üblich, einfach ausgetauscht.

Eberhard Dengler, der Schwabe, der 1948 über Beziehungen zu den Amerikanern günstig an einen ausrangierten GMC kam, merkte bald, daß das dauernde Flickwerk auch seine Grenzen hatte. Nach immer wiederkehrenden langwierigen Reparaturen gab der Ami-Motor endgültig seinen Geist auf – Kurbelwellenschaden. Da war dann auch bei dem geduldigen Älbler das Maß voll. Er baute den Benzinmotor aus und einen gebrauchten Deutz-Diesel ein. Dazu mußten zwar einige Motorhalterungen umgeschweißt werden, aber das war kaum ein Problem. Was nicht passen wollte, wurde eben passend gemacht, und da Militärfahrzeuge gewöhnlich recht einfach konstruiert sind, konnte letztlich jeder Dorfschmied solch eine Umrüstung vornehmen.
Mit seinem GMC fuhr Dengler 1948 wieder regelmäßig Maschinen- und Zubehörteile von oberschwäbischen Unternehmen zu Daimler-Benz nach Stuttgart-Untertürkheim. Dort hatte man schon 1946 wieder mit dem Bau von Lieferwagen und Krankentransportern auf der Basis des 170 V begonnen. Aus dem 170 V wurde dann der 170 S mit 52 PS und der 170 D mit 38-PS-Dieselmotor. Beide wurden 1949 auf dem Pariser Salon präsentiert. Dengler arbeitete für Daimler, und das machte sich schon bald auf seinem Konto bemerkbar. Im Mercedes-Werk Gaggenau lief wieder der ursprüngliche Kriegsfünftonner vom Band. Nachdem die französischen Besatzungstruppen die Ingenieure nicht mehr mit Sonderaufgaben beschäftigten, hatten die Daimler-Leute den robusten Laster, der zuerst L 4500, dann L 5000 und schließlich L 5500 hieß, etwas überarbeitet. Auch das Preßspanfahrerhaus war inzwischen durch eine neue Stahlkabine ersetzt worden. Dengler träumte schon lange von dem 120 PS starken Fünftonner. Die Autos mit dem Stern faszinierten den Schwaben. Anfang 1950 war es dann soweit. Für knapp 30 000 harte D-Mark, die Dengler zusammengespart hatte, bekam er einen L 5000. Für Dengler begann der Boom.

1949 beschäftigten sich sämtliche Hersteller größerer Lastwagen, die in der Vorkriegszeit auf dem Markt vertreten waren, wieder mit Neukonstruktionen für die Zukunft. Mit einer Ausnahme: Bei Vomag war es vorbei mit dem Lastwagenbau. Zwar wurden im Plauener Werk nach 1945 noch Lastwagen auf übrig gebliebene Bus-Fahrgestelle montiert, doch das geschah offenbar nur, um die Lagerbestände aufzubrauchen. Man baute eine Ziegelstein-Putzmaschine, mit der die Steine zerbombter Häuser wieder brauchbar gemacht werden konnten, und besann sich – wohl auf Drängen der sowjetischen Besatzungsmacht – auf eine andere Tra-

dition des Werks. Mit der Produktion von Web- und Textilmaschinen, mit denen man sich schon zu Kaisers Zeiten einen Namen gemacht hatte, hielt man sich über Wasser. Die in der sowjetisch besetzten Zone noch bestehenden Autofabriken Horch in Zwickau, Wanderer in Chemnitz, DKW in Zschopau, BMW in Eisenach, Phänomen in Zittau und Framo in Hainichen wurden 1948 zu den Volkseigenen Betrieben IFA zusammengeschlossen. Im alten Phänomenwerk in Zittau begann im selben Jahr wieder die Produktion des Granit mit 1,5 Tonnen Nutzlast. Von 1947 bis 1949 bauten die Horch-Werke rund 700 Dreitonnerdiesel. Auf der Leipziger Messe 1949 war dieser Wagen dann in überarbeiteter Form zu sehen.

Neue Aufbauten auf alten Fahrgestellen

Einen MAN aus der Vorkriegsproduktion rüstete die Firma Herbert Vidal aus Hamburg-Harburg mit einer hohen Kipperbrücke aus. Zwei zwillingsbereifte Anhänger gleicher Bauart runden das Bild ab. Bis 1953 fuhren solche Langzüge auf bundesdeutschen Straßen.

Laster in den fünfziger Jahren: Größer, stärker, gefährlicher

Im November 1949 erschien die renommierte, schon seit 1924 bestehende Fachzeitschrift »Das Last-Auto« wieder. Man hatte den Firmensitz von Pössneck in Thüringen nach Coburg verlegt; später ging man dann nach Stuttgart. »Wiederaufbau mit motorisiertem Transport« hieß die optimistische Parole des ersten Heftes.

Wir müssen schnell, modern und soviel wie möglich transportieren; denn nicht nur in Warenumsätzen drückt sich unser Wohlstand aus, sondern auch in Güterumschlägen. Je mehr rationell bewegt wird, desto besser geht es auch mehr Menschen in Deutschland und in seinen Nachbarländern. Das Last-Auto … verbindet Länder und Völker. Laßt uns die Schranken abbauen … und laßt uns die Mittel völkerversöhnend nutzen, die uns Wissenschaft und Technik so überreich geschenkt haben.

Im gleichen Heft findet sich ein Überblick über die neuen Nutzfahrzeugprogramme deutscher Hersteller, wie sie auf der Autoschau Berlin 1949 präsentiert wurden. Größter unter den Großen war damals der Büssing-NAG mit 150 PS, damals noch als Siebentonner. Er erreichte sechzig Stundenkilometer und schluckte runde zweiundzwanzig Liter Dieselkraftstoff auf hundert Ki-

auf zum L 3500 wurde. Das robuste Auto, das es später auch als Viereinhalbtonner (Typenbezeichnungen L 311 und L 312) gab, war wohl bis in die Mitte der sechziger Jahre unangefochten der meist gefahrene Mittelklasselaster überhaupt. Selbst heute sieht man noch manchmal die treuen »Neunziger« (nach der PS-Zahl) im Einsatz.

Kredite für Jungunternehmer

Der Mercedes L 5000, zwar kein neues Fahrzeug, warb auf der Ausstellung als Müllwagen um Abnehmer. Sein Motor fand auch im neuen Omnibus O 5000 Verwendung. Kaelble konnte die Besucher noch mit einem 150 PS starken Fernlaster beeindrucken, aber ansonsten lag das Schwergewicht der Exponate eher auf den leichteren Transportern. Die in Düsseldorf neu erstandene Auto Union zeigte ihren Schnellaster mit 0,75 Tonnen Nutzlast, und auch das Goliath-Dreirad wurde wieder angeboten. Ab Werk kostete es 3575 Mark. Die Vertreter der Autofirmen zeigten sich mit den Verkaufsabschlüssen auffallend zufrieden. An Kaufinteressenten mangelte es nicht. Von einem Busmodell wurden gleich fünf Stück geordert – das war vier Jahre nach dem Zusammenbruch, im Jahr, als die Bundesrepublik aus der Taufe gehoben wurde, schon bemerkenswert. Allerdings fehlten manchen Jungunternehmern dann doch noch die letzten Groschen, um sich einen neuen Laster anschaffen zu können. Deshalb boten die einzelnen Lastwagenfirmen schon 1949 jeweils ihre eigenen Kreditsysteme an. Von Wirtschaftswunder konnte noch nicht die Rede sein, aber auf die neue Republik und den er-

lometern. Zu haben war er, je nach Aufbau, ab dreißigtausend Mark. Knapp zehntausend Mark billiger kam der Fünftonner der Kruppschen Südwerke, den man entweder mit einem Dreizylinder-Zweitakt-Gegenkolben-Dieselmotor mit 105 PS oder mit einem schlichten Benziner mit sechs Zylindern und 110 PS ordern konnte. Mercedes bot den L 3250 an, der schon kurz dar-

Schwäbische Spezialitäten (links) *Mit nur kleinen Stückzahlen, aber einem guten Ruf für bärenstarke Motoren mischte die Firma Kaelble auf dem Lkw-Markt der Nachkriegszeit mit.*

Eine neue Zeitrechnung (oben) *Schon 1950 konnte man bei Büssing in Braunschweig den 10 000. Lastwagen der Nachkriegsproduktion, einen S 8000, feiern.*

warteten wirtschaftlichen Aufstieg nahm mancher eine Hypothek auf. Das ging nicht immer gut. Manch enthusiastischer Fernfahrer, der sich von einem neuen Lastzug schnelles Geld versprach, merkte, daß er sich übernommen hatte. Eine Reihe fast neuer Laster waren schon bald als günstige Gebrauchtwagen wieder zu haben.

Edmund Weißmüller aus Bergen-Enkheim, heute ein Stadtteil von Frankfurt, erwischte solch eine gute Gelegenheit. Der gelernte Autoschlosser, ein routinierter Fernfahrer seit 1932, hatte nach dem Krieg erst klein wieder angefangen. Mit einem alten Mercedes Dreitonner – an den Dieselmotor OM 65 hat er beste Erinnerungen – brachte er zunächst im Auftrag der Amerikaner deutsche Kriegsgefangene nach Hause. Nach der letzten Tour fuhr er einfach nicht mehr zurück nach Bayern, sondern blieb in seiner Frankfurter Heimat. Mit dem Mercedes verdingte er sich schließlich bei einer Mühle. Bei den Bäckereien in Frankfurt war er damals ein gern gesehener Gast.

An der Mühle traf er auch eines Tages einen Kollegen mit einem nagelneuen Faun mit 150 PS – damals einer der Könige der Landstraße. So stolz der Kumpel auch auf sein Gespann war – er hatte sich verrechnet. Die Zinsen für den Kredit, den er beim Kauf hatte aufnehmen müssen, drohten ihn wirtschaftlich zu ruinieren. Weißmüller konnte günstig in den Kaufvertrag einsteigen, und schon gehörte der Faun mit den zwei Hängern ihm. Zuerst besaß er die »blaue Konzession« für Fahrten im Umkreis von hundertfünfzig Kilometern, doch bald folgte die »rote« Lizenz, mit der er im gesamten Bundesgebiet Transporte fahren durfte.

Für Faun hatte Edmund Weißmüller damals eine Schwäche. Schon von 1936 bis zur Einziehung des Wagens 1939 hatte er einen schweren Langschnauzer-Faun gefahren. Das Chassis mit dem 170 PS starken Achtzylinder-Deutzmotor hatte sein Schwager selbst in Nürnberg geholt und nach Stuttgart zur Karosserieschneiderei Schenk gefahren, wo dem Fahrgestell ein geräumiges Fernfahrerhaus und eine Ladepritsche verpaßt wurden. »Damals gab es in Frankfurt acht Fuhrbetriebe, die im Fernverkehr unterwegs waren«, erinnert sich Weißmüller, »unser Faun war damals der schwerste Laster in der ganzen Umgebung.« Zweimal in der Woche dirigierte Weißmüller den schweren Laster, beladen mit Kunstseide aus den Frankfurter Glanzstoffwerken, in Richtung Sachsen. Gute zwölf Stunden benötigte er für die Strecke von Frankfurt nach Chemnitz. Pause gemacht wurde in Hünfeld im Adler, wo sich die Fernfahrer gern trafen, und in der Nähe von Gotha. Für den Rückweg nach Hessen bekam er meistens Gußteile als Fracht, die er bei Opel in Rüsselsheim abliefern mußte.

1950, die Deutsche Demokratische Republik hatte sich ebenfalls im Jahr vorher konstituiert, waren die Fahrten nach Sachsen natürlich kein Thema mehr. Der Fernfahrer aus Bergen-Enkheim, der vor dem Krieg für seinen Schwager gefahren war, arbeitete jetzt mit eigenem Lastzug auf eigene Rechnung, und weil die Kontakte durch den Nahverkehr schon bestanden, ging er für die Mühle auf Ferntour. Mit zwei Anhängern im Schlepp brachte er Mehl und Gries zu den Nudel- und Spätzlefabriken im Schwäbischen. Das Geschäft lief gut und schon 1952 holte er sich in Gaggenau das Chassis eines Mercedes 6600 ab. Das Flaggschiff der damaligen Daimler-Benz-Flotte reckte eine gewaltige Haube in den Wind, unter der ein 145 PS starker Dieselmotor arbeitete. Den Mercedes durfte sein treuer Beifahrer übernehmen, Weißmüller hockte weiter auf dem Bock seines Faun – zumindest bis 1955. Da brachte Mercedes die ersten großen Frontlenker heraus, und der hessische Fuhrmann tauschte seinen Faun gegen den moderneren LP 315.

Hindernislauf für Pkw-Fahrer

Typisches Kennzeichen der Laster der frühen fünfziger Jahre war das gelbe Dreieck auf dem Dach. Es war beleuchtet und beweglich angebracht. Wenn der Lastwagen alleine fuhr, wurde das Dreieck heruntergeklappt, fuhr er aber mit Anhänger, mußte das Dreieck aufgestellt werden. Entgegenkommende Fahrzeuge sollten dadurch rechtzeitig vor dem Gespann gewarnt werden. Schließlich waren damals auf deutschen Landstraßen und Autobahnen noch recht abenteuerlich anmutende Fuhrwerke unterwegs. Lastzüge, die aus einem langen Motorwagen und zwei Hängern oder einem Sattelzug samt zusätzlichem Hänger bestanden, waren keine Seltenheit. Solche Gespanne erreichten ohne weiteres Längen von fünfundzwanzig Metern. Viele Maschinen waren dabei hoffnungslos überfordert. Die meisten Dieselmotoren brachten es damals allenfalls auf hundert PS. Wer hundertfünfzig Pferde unter der Haube hatte, fühlte sich schon als der König der Landstraße.

Mit voll ausgereizter Ladekapazität – die Polizei drückte alle Augen zu – waren die Fahrer dann zufrieden, wenn ihre Züge auf ebener Strecke eine Höchstgeschwindigkeit von vierzig bis fünfzig Stundenkilometern erreichten. Selbst Fahrer des VW Käfer, der bis 1953 noch die geteilte Heckscheibe und den 25-PS-Motor besaß, sahen sich angesichts solch schwerfälliger Brummis zu waghalsigen Überholmanövern genötigt. Schließlich erreichte der VW damals schon rund hundertzehn Stundenkilometer. Die Fernfahrer focht das allerdings nicht an. Manche Steigung krochen sie – eine dicke Dieselqualmwolke hinter sich lassend – nur im Schrittempo hinauf. Und wenn die Steigung zu steil war, um beide Anhänger zugleich hochzuziehen, dann fuhr man eben zweimal.

Die ersten Nachkriegsjahre, bis etwa 1955, waren Jahre der Impro-

Aufgeladen unterwegs

MAN brachte 1955 in Deutschland den ersten Lastwagen mit Turbo-Dieselmotor heraus. Der Abgas-Lader holte aus dem sonst 130 PS starken 8,3-Liter-Motor runde 155 PS heraus. Die beiden Fahrer waren offenbar mit ihrem Kraftpaket durchaus zufrieden.

visation – aber auch Jahre des schnellen Geldes. Wegen fehlender Neuteile wurde so mancher Wagen aus Vorkriegstagen immer wieder phantasievoll repariert. Groteske Gespanne waren damals auf den Straßen zu sehen, und manchen jungen Fuhrunternehmern konnte man auch ein gerütteltes Maß an Rücksichtslosigkeit nicht absprechen. Die Zeitungen berichteten immer wieder über grauenhafte Unfälle mit Lastwagen und Omnibussen. Laut Polizeiberichten handelte es sich bei den Ursachen meist um grob fahrlässige Fahrweise oder völlig unzureichend gewartete Lastzüge. Aber die Polizei begann erst allmählich, Laster mit offensichtlich defekten Bremsen oder bis auf die Karkasse abgefahrenen Reifen aus dem Verkehr zu ziehen. Wichtiger war zunächst: Alle Räder rollten für den Wiederaufbau. Mitte der fünfziger Jahre gab es auf deutschen Straßen pro Jahr 17 000 tödliche Unfälle; heute sind es bei einer wesentlich höheren Verkehrsdichte nur noch 10 000.

Gesetze für die Verkehrssicherheit

Im Deutschen Bundestag erregte der stärker werdende Lastzugverkehr mit nicht immer optimalem Gerät auf völlig unzureichenden, nach dem Krieg notdürftig hergerichteten Straßen immer stärkeren Unmut. In dritter Lesung entschieden 1952 die Abgeordneten mit 184 zu 132 Stimmen, also nicht gerade mit überragender Mehrheit, daß Lastzüge künftig nur noch zwanzig Meter lang sein dürften. Damit waren sogar die Redakteure der Zeitschrift »Last-Auto und Omnibus« einverstanden, die ohne Zweifel zur Lobby des Fernverkehrs gehörten. »Kein vernünftiger und einsichtiger Mensch wird gegen reiflich überlegte Äußerungen im Straßenverkehr etwas einzuwenden haben«, schrieb man im Januar 1953, allerdings griff der Autor einige Äußerungen aus der Debatte auf, die deutlich machten, wie mancher Parlamentarier – und wohl auch viele Bürger – den Fernverkehr sahen.

Von »Lastwagenungetümen« und »Riesenbiestern« war da die Rede, und die Zustände auf den deutschen Straßen seien nur deshalb so skandalös, weil diese »großen Kerls« darauf herumführen. Ein Abgeordneter wollte die Lastzuglänge auf fünfzehn Meter beschränkt wissen, doch ein solches Ansinnen lehnten die Kollegen im Hinblick auf die aufstrebende Wirtschaft ab. Denn die brauchte den Lastwagen. Jedenfalls durfte ab 1. April 1953 nur noch ein Anhänger mitgenommen werden. Die Zwanzig-Meter-Obergrenze für Lastzüge galt; außerdem mußten Lastwagen über 7,5 Tonnen Gesamtgewicht, Zugmaschinen ab 55 PS und Omnibusse ab vierzehn Sitzplätzen mit Fahrtenschreibern ausgerüstet sein. Die Tachoscheiben ermöglichten erstmals eine Kontrolle darüber, wie lange der Lkw-Fahrer hinterm Steuer gesessen hatte. Im Frühjahr 1953 lag im Bundestag schon ein neuer Gesetzentwurf vor, nach dem Lasterchauffeure pro Tag höchstens neun Stunden hinterm Steuer sitzen durften, wobei nach viereinhalbstündiger Fahrt eine halbe Stunde Pause gemacht werden mußte. Bislang hatte man sich um so feste Steuerzeiten kaum oder gar nicht gekümmert.

Fernfahrer – das waren in den fünfziger Jahren Leute mit durchaus vorzeigbarem Image. Es gab zwar nie eine spezielle Ausbildung zum Lastwagenchauffeur, aber wer erst einmal auf dem Bock saß, war ein angesehener Mann. Meistens kamen die Fernfahrer aus der Gilde der Autoschlosser. Der gelernte Beruf zahlte sich aus: An den Lastern gab es immer allerhand zu reparieren. Die Reifenqualität ließ noch sehr zu wünschen übrig, und hier und da lagen auch noch Hufnägel auf den Straßen herum. Ein Reifenwechsel auf offener Szene gehörte jedenfalls zum Alltag jedes Fernfahrers. Und auch der Einbau einer neuen Zylinderkopfdichtung war für die meisten kein Problem. Was blieb ihnen auch anderes übrig? Dichte Servicenetze wie heute, die zu jeder Tages- und Nachtzeit jeden Winkel der Bundesrepublik bedienen, gab es noch nicht.

Improvisation ist alles

Besonders schlimm wurde es im Winter, wenn starke Schneefälle den Verkehr behinderten. Räumdienste waren noch kaum organisiert, wer stecken blieb, mußte oft stundenlang auf Hilfe warten. Ein enges Tal in Westfalen, zwischen Paderborn und Kassel, durch das damals die Bundesstraße 68 führte, heißt heute noch im Volksmund »lange Nacht«. An verschneiten Wintertagen sammelten sich die Fernfahrer oft vor dem Bergabstieg. Ein Kartenspiel war schnell zur Hand: Wer verlor, fuhr als erster ins Tal. Kam er durch, war alles gut. Blieb er stecken, so wurde es für ihn eine lange, und vor allem eiskalte Nacht; die anderen Kollegen fuhren dann gar nicht erst hinterher. Heute überspannt eine Brücke das Tal. Heizungen waren noch bis in die späten fünfziger Jahre ein Luxus für die Kapitäne der Landstraße. Wenn es zu kalt wurde, fuhr man mit einer Decke auf den Knien. Die besser ausgerüsteten Lastzüge besaßen ein »Schwalbennest«, eine Schlafkoje hinten am Fahrerhaus, wo sich Pilot und Kopilot von Zeit zu Zeit ausruhen konnten.

In großen Holzkisten stand damals Streugut an allen Bergstrecken zur Verfügung. Die Fernfahrer, die ja meistens ihre Strecke kannten und genau wußten, an welchen Stellen die Antriebsräder auf Eis und Schnee gern durchrutschten, bedienten sich dann selbst. Mit einer Schaufel, die man im Winter grundsätzlich mitführte, verteilten sie den Schotter auf den problematischen Straßenabschnitten. Man freute sich natürlich besonders, wenn schon einer der Kollegen vorher dagewesen war, der die Fahrspur befahrbar gemacht hatte. Edmund Weißmüller aus Bergen-Enkheim entwickelte damals einen Trick, den auch andere Fahrer gern übernahmen. Er hängte vor den angetriebenen Hinterrädern seines Lasters jeweils einen Eimer mit Split auf. Diese Eimer ließen sich über eine Seilkonstruktion vom Fahrerhaus aus kippen; der Schotter fiel dann direkt vor die Räder. Im Winter nahm Weißmüller dann gewöhnlich zwei Beifahrer mit. Die standen – wenn es an starken Steigungen spannend wurde – auf den Trittbrettern rechts und links neben dem Fahrerhaus, und sobald Weißmüller zurückschalten mußte, sorgten sie per Seilzug dafür, daß reichlich Schotter auf der Spur lag und die Antriebsräder im kleineren Gang nicht durchdrehten.

Fernfahrer Weißmüller, heute fünfundsiebzig Jahre alt, schwärmt von der Kameradschaft, die es damals unter den Fernfahrern gab. Man half sich gegenseitig bei Pannen, saß in den Kneipen der Autohöfe zusammen und diskutierte über Gott und die Welt. »Man kannte ja die meisten Kollegen, die auf der gleichen Route fuhren«, erzählte Weißmüller, »und wenn dann der Zug vom Heinz oder vom Wilhelm plötzlich irgendwo am Straßenrand stand, hielt man wenigstens kurz an und fragte, was los ist.« Wenn der Kollege dann dankend abwinkte, wußte man, daß er nur mal ein Stündchen schlafen wollte. »Heute«, so Weißmüller, »ist das nicht mehr so familiär. Wenn heute ein Laster umgestürzt im Graben liegt, der Auspuff noch raucht, und die Räder sich noch in der Luft drehen, selbst dann halten manche Fahrer nicht an, weil ihr Akkord sonst platzen könnte.«

Viel Idealismus und schlechte Bezahlung

Sicher verklärt sich im Laufe der Jahre die Erinnerung. Probleme gab es im Fernverkehr der fünfziger Jahre genug. In einem Artikel in »Last-Auto und Omnibus« vom Mai 1953 schrieb sich ein Fernfahrer einmal die Sorgen und Nöte von der Seele:

Seit langem fällt auf, daß gute Fernfahrer fast ohne Ausnahme über 35 Jahre alt sind, was jünger ist, erfüllt vielfach nur die Anforderungen an einen Beifahrer, manchmal aber nicht einmal das ... Es gibt selbstverständlich noch junge und tüchtige Fernfahrer, aber die sind aus irgend einem ideellen Grund zu diesem Beruf gekommen. Die materielle Grundlage, die ja verständlicherweise die Mehrheit der Menschen anzieht, genießt im Fernfahrerberuf keine so große Bedeutung mehr, da sie sich gegenüber der Vorkriegszeit erheblich verschlechtert hat.

Jungen Leuten mit Verstand, die heute auf Berufssuche sind, fällt schon sehr bald auf, daß der Fernfahrerberuf viele Nachteile hat. Gehen sie der Sache auf den Grund, zeigt sich bald eine stattliche Liste von Dingen, die nicht jedermanns Geschmack sind ... Beginnen wir mit der Bezahlung. Hier ist die obere Stufe in den Unternehmen zu finden, die aus Erfahrung Wert auf gute Fahrer legen. Doch schon die obere Mitte der Bezahlungspyramide entspricht der Durchschnittsbezahlung der Industrie. Ein Fernfahrer mit Familie kann entweder gut leben oder seine Familie gut versorgen; zu beidem reicht es nur knapp. Nach Stunden umgerechnet bewegt sich der Lohn eines Fernfahrers meist unter dem eines Hilfsarbeiters in der Industrie, da auf den Touren immer eine erhebliche Zahl unproduktiver Stunden zusammen kommt. Die untere Hälfte der Pyramide ist leider ein sehr dunkles Kapitel. Der größte Teil der Fernfahrer, besonders bei kleineren Unternehmen, wird schlecht bezahlt. Nach unten gibt es da keine Grenze. Bayern mit seinen industriearmen Gebieten hat da den traurigen Ruhm, die schlechteste Bezahlung zu haben; Wochenlöhne von 40 DM sind keine Seltenheit.

Die Behandlung der Fahrer entspricht ungefähr der Bezahlung. Bei großen Speditionen sind die Fernfahrer Persönlichkeiten, die höflich und korrekt behandelt werden. Je kleiner der Unternehmer menschlich und geschäftlich ist, desto unschöner wird meist auch die Behandlung sein. Das äußert sich in schlechtem Benehmen, beleidigenden Zumutungen und recht oft in regelrechter Ausnutzung des Personals. Es ist kein Einzelfall, daß die Bezahlung durch schlechte Behandlung ersetzt wird, bis dem Fahrer die Geduld reißt, und er ohne sein Geld weggeht ... Wenn wir weiter sehen, so fällt uns auf, daß die Fahrzeuge des Fernverkehrs heute noch technisch so umständlich und menschenfeindlich gebaut sind, daß man am guten Willen oft zweifeln könnte. Es gibt da noch Pflegearbeiten, die nur mit großer Kraft oder unvermeidlich großer Verschmutzung der Kleidung durchzuführen sind, obwohl sich diese Dinge mit modernen Materialien wartungslos bauen lassen, wie es der Personenwagenbau beweist.

Das Führerhaus ist ein Kapitel für sich. Da lebt nun ein Fernfahrer den größten Teil seiner Arbeitswoche in einem Gehäuse, für das kein Mensch das Wort »Haus« gebrauchen würde, wenn es auf ebener Erde stände ... Der Großteil der Fernfahrer legt nicht den geringsten Wert auf Primitivität solcher Art ... Was würde wohl ein Konstrukteur sagen, der zur Arbeit in einen Raum gesperrt würde, der größenmäßig und in der Einrichtung einem seiner eigenen Fahrerhäuser entspräche?! Der Lärm, den die heutigen Motoren machen, ist sehr erheblich und schädigt mit der Zeit die Nerven derer, die ihm ausgesetzt sind. Kein Fernfahrer ist heute imstande, länger als bis etwa zum 45. Jahre zu fahren, dann ist er ein Nervenbündel und als Fernfahrer nicht mehr zu brauchen. Eine Altersversorgung, die für Unterbringung in ähnlichen Berufen sorgt, gibt es nicht, und manche Betriebe erkennen nicht, daß man diese Leute fast überall gebrauchen kann, wo es auf Aktivität und handfestes Zupacken ankommt. So besteht die Gefahr, daß der Fernfahrer mit 45 Jahren auf der Straße steht – eine lockende Aussicht für junge Leute.

Der zornige Fernfahrer forderte eine qualifizierte Ausbildung für seine Berufsgruppe. Der Kraftfahrer sollte ein Ausbildungsberuf werden – eine Forderung, die zwar immer wieder diskutiert, aber erst viele Jahre später durchgesetzt werden konnte.

Machtkampf zwischen Schiene und Straße

Die Kapitäne der Landstraße gaben sich in den Fünfzigern recht kämpferisch. Sie fühlten sich ständig von der Deutschen Bundesbahn und dem damals zuständigen Verkehrsminister Hans-Christoph Seebohm angegriffen und in ihrer Existenz bedroht. Hatten die Fuhrunternehmer die neuen Gesetze von 1953 noch teils zähneknirschend hingenommen, so kam es 1956 zu größeren Protestaktionen. Die Beschränkung der Fahrzeuglängen auf zwanzig Meter und das Autobahnverbot für Fahrzeuge, die bauartbedingt nicht schneller als vierzig Stundenkilometer waren, war 1953 durchaus einzusehen. Als Verkehrsminister Seebohm 1956 dann aber einen umfangreichen Katalog mit weiteren Beschränkungen für den Fernverkehr vorlegte, machten die Fuhrunternehmer und Lkw-Fahrer nicht mehr mit.

Es ist eben doch ein Machtkampf zwischen Schiene und Straße, konstatierte »Last-Auto und Omnibus« im September 1956, die Bundesbahn als staatliches Unternehmen genießt weitgehend dessen Schutz, zumindest den des Bundesverkehrs- und Finanzministers. Sie verursacht alljährlich Riesendefizite, die der Steuerzahler aufbringen muß. Das kann sich nur ein Staatsbetrieb leisten, jeder private Unternehmer wäre im gleichen Fall längst dem Konkurs erlegen.

Die Auseinandersetzung eskalierte. Fuhrunternehmer und Eisenbahner warfen sich gegenseitig »ungezügelten Haß« und ähnliches vor. Den Bundesbahnern wurde nachgesagt, sie wehrten sich mit Händen und Füßen gegen eine gesunde kaufmännische Verwaltung. Und in der Tat hatte es den Anschein, als ob sich die Eisenbahner aus Angst um ihre bequemen und unkündbaren Beamtenpositionen hartnäckig gegen Sanierungspläne wehrten. »Ein Dirigismus der Gewalt«, beklagte sich die Lasterlobby, werde gegen den Straßengüterverkehr ausgeübt, eine Zusammenarbeit sei deswegen gar nicht mehr möglich.

In zahlreichen Städten kam es zu Protestaktionen besonders der selbständigen Fernfahrer. Sobald Minister Seebohm irgendwo öffentlich auftrat, ob beim Autobahnbau oder bei politischen Veranstaltungen, waren auch die Fernfahrer zur Stelle. Sie blockierten Autobahnen und entrollten Transparente, die an Deutlichkeit nichts zu wünschen übrig ließen: Mal verheizt der Minister einen Berg Geldscheine in einer Dampflokomotive der Bundesbahn, mal verschlingt er ganze Lastwagen. Ein Fuhrmann schrieb auf seinen Wagen: »Tausche alten Anhänger gegen neuen Verkehrsminister.« »Inzwischen betritt Herr Dr. Seebohm Tagungslokale nur noch durch Hinterpforten, denn das Straßenverkehrsgewerbe demonstriert penetrant«, kommentierte »Last-Auto und Omnibus« nicht ohne Häme.

Die Eisenbahner schossen natürlich zurück. Sie versuchten in ihren Organen die Protestaktionen, die in der Tagespresse meist Zustimmung fanden, als »Tumultszenen« und »Wildwestmanieren« zu brandmarken. In der Zeitschrift »Der deutsche Bundesbahnbeamte« wurde unterstellt, der deutsche Straßengüterverkehr sei zu einer ernsthaften Gefahr für die Straßensicherheit geworden. Die Zerstörung der ohnehin schlechten Straßen wurde ihm angelastet. Von der Beschränkung des Schwerverkehrs hänge »Leben und Gesundheit von Zehntausenden Bürgern« ab, und außerdem führen die Transportunternehmer privat große Limousinen von Mercedes und Opel. So schlecht könne es ihnen also gar nicht gehen.

Neue Lastwagen per Gesetz

Proteste hin – Polemik her, ein großer Teil der Fuhrunternehmer fürchtete damals tatsächlich den Bankrott, da die von Minister Seebohm durchgedrückte Gesetzgebung nach einer gewissen Übergangsfrist, die 1960 ablaufen sollte, ganz neue Lastzüge forderte. Die mußten aber erst einmal bezahlt werden, während die alten auf den Schrott flogen. Nach den vom Bundesrat am 16. März 1955 beschlossenen Gesetzesänderungen durften neue Laster ab 1958 im Straßenverkehr nur noch 2,50 Meter breit und maximal vier Meter hoch sein. Das wurde auch noch ohne weiteres hingenommen. Aber daß die Lastzüge, die seit 1953 zwanzig Meter lang sein durften, künftig im Normalfall auf vierzehn Meter beschränkt werden sollten, ging den Fernfahrern im wahren Sinne des Wortes an die Substanz. Zweiachsige Laster waren nur noch bis zu einem zulässigen Gesamtgewicht von zwölf Tonnen erlaubt, bei kompletten Zügen, egal ob Sattel- oder Gliederzug lag das obere Limit bei vierundzwanzig Tonnen.

Das Fachblatt »Last-Auto und Omnibus« rechnete vor, daß vom Lastzugbestand von 1956 im Jahr 1960 nur noch 32 Prozent der Laster und 17 Prozent der Hänger laufen würden. Der Rest falle dem neuen Gesetz zum Opfer. Die Union der unabhängigen Kfz-Schätzungsstellen vermutete, daß beim »vollen Wirksamwerden der Verordnung Fahrzeuge mit einem Zeitwert von einer Milliarde Mark die Straße verlassen müssen ... Wir wissen, daß ein hoher Prozentsatz der Fahrzeuge des Güterverkehrs Banken oder Finanzierungsinstituten als Sicherheit für Kredite übereignet wurden. Nach dem jetzigen Stand sind derartige Sicherheiten mehr als dubios.« Mitte der fünfziger Jahre besaßen noch rund sechzig Prozent aller Fuhrunternehmer nur einen Lastzug, den sie gewöhnlich auch selbst lenkten. Und wer von ihnen gezwungen war, einen neuen Lastzug zu kaufen, bevor sich der alte amortisiert hatte, der konnte gewöhnlich die Kapitänsmütze an den Nagel hängen.

Für die Lastwagenkonstrukteure zeichnete sich eine Perspektive ab, die bis heute aktuell ist. Kürzer bauen hieß die Devise. Doch Mitte der fünfziger Jahre gab es vorerst nur zaghafte Versuche mit Frontlenkern. Man trug noch Schnauze. Als »größte Sensation des Jahres« feierte 1954 das Fachblatt »Last-Auto und Omnibus« die neue Lastergeneration, die MAN soeben – natürlich noch mit Haube – vorgestellt hatte. Der sonst eher nüchtern und sachlich formulierende Redakteur zeigte echte Begeisterung: »Das neue MAN-Verfahren – Direkteinspritzung in einen Kugelbrennraum – stellt eine Revolution im Dieselmotorenbau dar«, schrieb er, »die neuen Motoren sind so laufruhig, daß sie von einem neuen Vergasermotor nicht mehr zu unterscheiden sind!« Ganz so dramatisch war es in Wirklichkeit natürlich nicht. Doch immerhin: Wer die Dieselmotoren kannte, die es bisher gegeben hatte, mußte sich schon wundern. Dazu kam, daß MAN damals als erste Lastwagenfirma in Deutschland überhaupt in eines seiner Modelle einen Abgasturbolader einbaute. Der Lader holte aus dem normalerweise 130 PS starken 8,3-Litermotor kurzerhand 155 PS. Diesem ersten Turbodiesel, der serienmäßig in Deutschland gebaut wurde, fehlte es noch etwas an Reife. Fernfahrer, die den Wagen noch von damals kennen, erinnern sich, daß der Motor stark qualmte, wenn er nicht unter Last lief. Im Laufe der Jahre bekamen die Konstrukteure – nicht nur bei MAN – das Problem allerdings in den Griff.

Oldtimer in rot *Viele alte Feuerwehrfahrzeuge wie dieser Mercedes L 3000 sind bis heute erhalten geblieben, weil sie von den Wehren gut gepflegt wurden und über die Jahre nur wenige Kilometer sammelten.*

Nase im Wind *Hatte der alte MAN in den zwanziger Jahren noch einen offenen Kühler, so versteckten sich die Lamellen bald hinter einer Attrappe, auf die der Hersteller aber nicht weniger stolz sein Emblem schraubte. Der Henschel-Stern ist wie die Krupp-Ringe heute aus dem Straßenbild fast ganz verschwunden.*

Stählerne Ringe *Dem ehemals bei Fuhrunternehmern und Fahrern hochgeschätzten Markenzeichen des Krupp-Konzerns begegnet man heute nur noch selten.*

Starker Löwe *Der Büssing Burglöwe hat überlebt. Er ziert heute die Fahrzeuge von MAN. Auch Faun hat sich mit dem Bau von Sonderfahrzeugen über die Runden gerettet.*

Kraft aus zehn Litern *Aus einem liegenden Einzylindermotor mit zehn Litern Hubraum holte dieser Lanz Eil-Bulldog 55 PS. Im Straßenbetrieb mit zwei Hängern erreichte er runde vierzig Stundenkilometer.*

Kräftiges Zirkuspferd (oben) *Der Hanomag ST 100 gehörte lange zu den stärksten Straßenschleppern. Besonders beim Zirkus schätzte man ihn zum Chauffieren der Elefanten.*

In altem Glanz (rechts) *Optimal restauriert wurde dieser Büssing S 7000 von seinem heutigen Besitzer. Das stolze Stück hatte er in einem Schuppen in üblem Zustand vorgefunden.*

Prüser
NEUENKIRCHEN
KREIS SOLTAU
SFA-AN 849

Für den Krieg genormt

Während des Zweiten Weltkriegs hatte die Lastwagenproduktion Vorrang vor der Pkw-Fertigung. Der Autobau wurde weitgehend reglementiert. Dennoch waren die Lastwagen den Strapazen nicht gewachsen. Die meisten von ihnen – so diese Funkwagen 1942 in Rußland – erlebten das Kriegsende nicht.

Nicht geländetauglich *Bei schlechten Straßenverhältnissen mußte der Dreitonner-MAN-Bus passen.*

Eine kantige Erscheinung (folgende Seite) *150 PS leistet der Deutz-Motor, der unter der Haube des Faun vor 1950 seine Arbeit tut.*

Emil Bölling
FAUN
RE-A 1950

Seltenes Sammlerstück *Der Krupp Titan, seinerzeit der stärkste deutsche Lkw, besaß zwei miteinander verbundene Dreizylindermotoren.*

Für schwere Fälle

Der Mercedes L 6600 Rüstkranwagen wurde in den fünfziger Jahren zum Bergen verunglückter schwerer Lastzüge benutzt. Heute gehört er einem Feuerwehr-Sammler aus Norddeutschland.

Der amerikanische Traum (folgende Doppelseiten)

Ami-Trucks wie die beiden schweren Kenworth Conventionals haben einen neuen Kult begründet. Die Trucker verstehen sich als die letzten wirklichen Cowboys. Doch ihre vermeintliche Freiheit existiert allenfalls in der Zigarettenwerbung.

Die obere Klasse (Seite 144)

In Europa liegt die obere Leistungsgrenze für Fernverkehrs-Laster derzeit bei 420 PS. Der Iveco Turbostar und der Scania 142 gehören zu dieser Klasse.

Freiwillige Feuerwehr
Montabaur

VERNON TRUCK WASH
VERNON, CALIF. • BARSTOW, CALIF.
CUSTOM

KENWORTH

KITTYS
KENWORTH
Unidos
2E10070

TurboStar
IVECO

Der legendäre Krupp Titan

Bei weitem nicht so zivilisiert wie die »leisen« MAN benahm sich der wohl legendärste Fernverkehrslaster der fünfziger Jahre – der Krupp Titan. Alte Fernfahrer bekommen glänzende Augen, wenn das Stichwort Titan fällt. Obwohl, oder gerade weil das Flaggschiff der deutschen Lkw-Industrie der fünfziger Jahre nur kurz – von 1951 bis 1954 – verkauft wurde, erzählt man sich heute schon wahre Wunderdinge über den Laster, der bereits damals die amerikanischen Vorbildern abgeschaute lange runde Nase hatte. Ungeheuer bergfreudig soll der Titan gewesen sein, und auch ein paar Tonnen Überladung habe er nie übel genommen, heißt es. Dabei war er, wie die meisten seiner Kollegen, auch nur gute sechzig Stundenkilometer schnell. Immerhin gebührt ihm die Ehre des Stärksten zu seiner Zeit. Mit seinen zuerst 190, dann 210 PS konnte 1953 die Konkurrenz nicht mithalten. Da spielen Gesichtspunkte mit, die sonst eher in die Sparte Sport gehören: Um die besten Leistungen ranken sich auch am ehesten Geschichten und Legenden.

Der Titan hob sich aber auch noch durch eine andere Eigenschaft von den Konkurrenten ab. Sein origineller Zweitaktdieselmotor hatte ein Geräusch, daß man auf dem Speditionshof unter Dutzenden von anderen Lastern sofort heraushören konnte. Wer einmal einen Krupp Titan gefahren hat, vergißt den aggressiven Klang, das »rangrangrang« des schweren Sechszylinders wohl nie mehr. Im Laufe der Jahre verklärt sich natürlich manche Erinnerung. Tatsächlich war auch der Krupp Titan nicht frei von Mängeln. Besonders sein Motor war nicht so standfest, wie man sich das wünschte. Die Zylinderkopfdichtungen mußte der Fahrer schon gelegentlich auf offener Straße auswechseln können. Außerdem rissen die Auslaßventile manchmal ab. Wegen der Graugußkolben hielten auch die Laufbuchsen nicht so lange wie die bei Viertaktmotoren mit Aluminiumkolben.

Der Titan hieß zu Anfang übrigens gar nicht Krupp sondern Südwerke Titan. Die alliierten Besatzungsmächte in Deutschland hatten 1945 die Firma Krupp, die bis dahin zu den führenden deutschen Rüstungsunternehmen zählte, gründlich zerschlagen wollen. Der Name Krupp durfte vorerst nicht mehr benutzt werden. Und so kam nach dem Krieg zunächst nur in einem kleinen Zweigwerk des ehemaligen Krupp-Konzerns im bayerischen Kulmbach die Lkw-Produktion wieder in Gang. In diesen sogenannten Südwerken wurden in erster Linie die Fünftonner gebaut, die es in ähnlicher Form in der Vorkriegszeit auch schon gab.

Als der neu entwickelte Titan im Herbst 1950 auf dem Pariser Salon erstmals der Öffentlichkeit vorgestellt wurde, saß Firmenchef Alfried Krupp von Bohlen und Halbach noch hinter Gittern. Er war bei den Nürnberger Prozessen als führender Rüstungsindustrieller der Nationalsozialisten zu zwölf Jahren Gefängnis verurteilt worden, kam aber 1951 vorzeitig frei. Bei der Konstruktion des Titan-Zweitaktdiesels konnten sich die Krupp-Ingenieure auf langjährige Erfahrungen stützen. Als nämlich die Firma Junkers in Dessau 1931 die Fabrikation von Fahrzeugmotoren zugunsten des Flugmotorenbaus aufgab, konnte Krupp die technischen Unterlagen des bei Junkers entwickelten Zweitaktdieselmotores übernehmen. Jahrelang fertigte man nach diesem Konzept die heute recht sonderbar anmutenden Gegenkolbenmotoren, wo in jedem Zylinder zwei gegenläufige Kolben arbeiteten, die ihre Kraft aber wieder über entsprechende Gestänge auf dieselbe Kurbelwelle übertrugen.

Der Entwicklungsbeginn des gleichstromgespülten Zweitakters, der dann nach dem Krieg die Krupp-Linie bestimmen sollte, fiel in das Jahr 1938. 1940 liefen auf den Krupp-Prüfständen einige Achtzylindermotoren, die vom Prinzip her als direkte Vorgänger des späteren Titan-Motors gelten können. Da aber damals schon die Kriegsproduktion Vorrang hatte, wurden die Experimente mit der neuen Maschine bald eingestellt. Nach Krieg und Zerstörung griffen die Krupp-Konstrukteure das Prinzip allerdings wieder auf. 1949 war die Grundkonstruktion des sogenannten Typ M 331 (drei Zylinder, 3,1 Liter Hubraum) mit drei Auslaßventilen pro Zylinder und seitlich angeordnetem Rootsgebläse, einer Art mechanischem Kompressor, der für Spülung und gleichzeitige Luftfüllung der Brennräume sorgte, serienreif.

Für den Titan wurden gleich zwei der neuen, auf 4,4 Liter Hubraum vergrößerten Dreizylindermotoren gekoppelt. In der ersten Zeit nach seiner Vorstellung in der Bundesrepublik im Winter 1950/51 leistete das Motorenungetüm 190 PS. Schon bald hob man allerdings die Leistung auf 210 PS an. Bei den ersten Modellen besaß jeder der zwei Dreizylinder-Motorenblöcke eine eigene Einspritzpumpe mit Regler. Die Regler waren durch Gestänge miteinander verbunden, die nicht sehr präzise arbeiteten. Dadurch wurde es recht schwierig, die beiden Motorkomponenten, deren Kurbelwellen zwar verbunden waren, die aber über getrennte Nokkenwellen verfügten, so einzustellen, daß sie wirklich synchron liefen. Schließlich half man sich dann, indem man nur noch die Einspritzpumpe des vorderen Motors mit einem Regler versah, der auch die Pumpe des zweiten Motorblocks mit steuerte.

König der Landstraße (folgende Seite)

Mitte der fünfziger Jahre war der Krupp Titan mit 210 PS unangefochten der stärkste Fernverkehrs-Lastwagen auf deutschen Straßen.

TIR

Daß die Titanmaschine aus zwei kleineren Motoren zusammengesetzt wurde, hatte offenbar noch einen anderen Grund. So hatten die alliierten Besatzungsoffiziere den Betrieb von Lastwagen mit mehr als 150 PS in den ersten Nachkriegsjahren stark eingeschränkt. Allgemeine Baubeschränkungen von 100 oder 120 PS als oberes Limit für in Deutschland produzierte Lastwagen waren zumindest in der Diskussion. Die deutschen Konstrukteure begnügten sich also zunächst – um sicher zu gehen – mit Motoren um die 100 PS. Als das Limit dann doch nicht kam, wurden die kleinen Motoren einfach gekoppelt. Krupp ist nicht das einzige Beispiel dafür. Auch bei Henschel gab es die sogenannten Bimot-Konstruktionen.

Bei genauem Hinsehen finden sich beim Krupp Titan auch einige Anleihen aus alten Vomag-Konstruktionen. Die Erklärung ist einfach: Nachdem sich bei Vomag in Plauen nach dem Krieg abzeichnete, daß der Lkw-Bau nicht wieder aufgenommen würde, setzten sich einige Konstrukteure in die Westzonen ab. Drei von ihnen landeten schließlich an den Reißbrettern von Krupp. Kein Wunder also, daß das Titan-Fahrgestell Ähnlichkeiten mit den Fahrzeugen aus Sachsen aufweist. Die runde Krupp-Schnauze, lange das Wahrzeichen der Laster aus Essen, entstand laut Aussagen eines alten Ingenieurs aus einem Verschnitt der Vomag-Busschnauze mit dem Kühlergrill des damaligen Opel Kapitän. Amerikanische Vorbilder spielten da eine große Rolle. Die Vomag-Leute hätten auch gerne einen Viertaktdiesel aus ihrer alten Heimat im Titan gesehen, aber damit kamen sie bei den etablierten Krupp-Ingenieuren nicht durch. Der Zweitaktdiesel wurde damals bei Krupps Krawa zum Dogma erhoben.

Der Krupp Titan hatte – wie viele seiner Konkurrenten – ein sehr geräumiges Fahrerhaus. Mancher heutige Fernfahrer, der sich seine Kabine mit dem Motor teilen muß, kann nur von den Platzverhältnissen in den alten Lastern träumen. Auf den Bänken der meisten Fernlastzüge der damaligen Zeit fanden bis zu vier, bequem aber drei Personen nebeneinander Platz. Die Titan-Kabine wurde als Fernfahrerhaus von den Krupp-Werken in Handarbeit gezimmert. Bei vielen anderen Lasterherstellern wie Magirus, Faun oder Mercedes gab es serienmäßig meist nur eine enge, kleine Kabine, so daß die Fernspeditionen sich oft von den damals noch weit verbreiteten Karosseriebauern geräumige Kabinen nach eigenem Geschmack anfertigen ließen. Von Wohnzimmeratmosphäre konnte aber dennoch nicht die Rede sein. Das Fahren solcher Giganten der Landstraße war im Gegensatz zum Bedienen heutiger Trucks harte Arbeit.

Servolenkhilfen kamen erst allmählich auf, und die Getriebe waren selbstverständlich nicht synchronisiert. Zwischenkuppeln und Zwischengas gehörten zum täglichen Handwerk. Und schnell waren selbst die neuen Brummis der fünfziger Jahre nicht. Der Krupp Titan brachte es gerade auf 69 km/h. Der Büssing S 8000 kam auf 66 km/h, der MAN F 8 auf 60 km/h. Dabei war der Lärmpegel im Innern der Laster schon beträchtlich, und der Kraftaufwand beim Lenken, Kuppeln, Schalten und Bremsen in kurvigen, gebirgigen Gegenden war außerordentlich groß.

Die Glorreichen Sieben

Genau sieben Firmen gab es in den fünfziger Jahren in der Bundesrepublik, die schwere Lastwagen in größeren Stückzahlen produzierten. Krupp bot den Titan an, der dann durch den zuverlässigeren Tiger mit 185 PS abgelöst wurde. Der Tiger besaß einen Fünfzylindermotor aus einem Block, bei dem die Abstimmungsprobleme geringer waren als beim zusammengesetzten Titan-Motor. Magische Nutzlastobergrenze war lange das Achttonnenlimit. MAN bot in dieser Klasse gleich mehrere Laster an. Spitzenmodell war eindeutig der MAN F 8, der aus knapp 12 Litern Hubraum 180 PS holte. Ebenso stark war der Büssing S 8000, der tatsächlich etwas von der Majestät seines Wappentieres, des Braunschweiger Burglöwen, ausstrahlte.

Mercedes hatte damals eher die Mittelklasse im Auge. Stärkster aus dem Hause Daimler-Benz war der L 6600 mit »nur« 145 PS. Der »Sechs-Sechser« – wie er unter den Fans heißt – hatte eine riesig lange Schnauze, aber ein kleines, unbequemes Fahrerhaus. Ebenfalls nicht sehr komfortabel war der Jupiter, das Flaggschiff von Magirus-Deutz in Ulm. Der luftgekühlte Achtzylinder Deutzmotor heulte dermaßen, daß die Fernfahrer ihn nur ungern mit auf Tour nahmen. Als Baustellenlaster, im tiefsten Dreck, bewährten sich die luftgekühlten Motoren dagegen weitaus besser als auf der Fernstrecke. Beliebter bei den Kapitänen der Landstraße waren da schon die Henschel HS 140 und 170, deren Motoren es im ruhigen Lauf ohne weiteres mit den »leisen« MAN aufnehmen konnten. Nachdem der Kasseler Konzern nach dem Krieg zunächst nur Einbaumotoren herstellen durfte, liefen 1950 noch die ersten fünfzehn Stück des 6,5-Tonners HS 140 (nach der PS-Zahl) vom Band. Als besondere technische Raffinesse besaß der Wagen ein Doppelvierganggetriebe. Über eine Untersetzung standen vier zusätzliche Schongänge zur Verfügung, die sich ohne zusätzliches Kuppeln über eine Vorwählschaltung einlegen ließen.

Tests im Schwarzwald

Der stärkste Mercedes der fünfziger Jahre, der L 6600, wurde im Schwarzwald auf Herz und Nieren geprüft, bevor er in Serie ging.

Achtung
Versuchsfahrt
28-6226

Rundnase im Fernverkehr

Der Magirus S 6500 mit dem 175 PS starken, luftgekühlten Achtzylindermotor war bei den Fernfahrern wegen seines heulenden Geräuschs nicht sehr beliebt.

Sehr beliebt wegen ihrer Stärke und wegen ihres Komforts waren um 1950 die schweren Faun-Lastzüge. Die Brummer aus dem Fränkischen – Faun ist eine Abkürzung für Fahrzeugwerke Ansbach und Nürnberg – hatten schon vor dem Zweiten Weltkrieg einen ausgezeichneten Namen auf der Schwerlasterszene. Schon damals kamen die stärksten Deutz-Diesel mit 150, 170 und auch 200 PS zum Einbau unter die schier unendlich langen Hauben. Die wassergekühlten Selbstzünder aus dem Kölner Werk von Klöckner-Humboldt-Deutz hatten eine beträchtliche Ähnlichkeit mit Schiffsdieseln, und tatsächlich wurden sie auch in Boote und Rangierlokomotiven eingebaut. Noch bis Mitte der fünfziger Jahre bedienten sich die Nürnberger aus dem Kölner Katalog wassergekühlter Maschinen. Dann stieg man – wie auch der Konkurrent Magirus – auf Luftkühlung um. Faun verspielte damit die gute Marktposition, die die fränkischen Produkte lange hatten. Der Lkw-Bau schlief in den sechziger Jahren schließlich ein. Heute lebt Faun von Müllwagen und anderen Sonderfahrzeugen.

Schwäbische Handarbeit bei der Firma Kaelble

Der kleinste Schwerlasterproduzent, Carl Kaelble im schwäbischen

Backnang, begann erst nach 1945 mit dem Bau von Lastwagen im eigentlichen Sinne. Vorher hatte man sich bei Kaelble, einer traditionsreichen Maschinen- und Motorenfabrik, in erster Linie um Zugmaschinen gekümmert. Dabei interessierte man sich weniger für den landwirtschaftlichen Bedarf als für die Schwertransporte auf der Straße. In den dreißiger Jahren entwickelten die Kaelble-Ingenieure diverse schwere zwei- und dreiachsige Straßenzugmaschinen für die Deutsche Reichsbahn, die damit den Verkehr »von Haus zu Haus« begann. Endlich konnten Eisenbahnwaggons auch auf dem Straßenwege mit flachen Tiefladehängern, System Culemeyer, und vorgespannten Kaelble-Zugmaschinen zu den Kunden gebracht werden. Nach dem Zweiten Weltkrieg blieben die schweren Straßenschlepper weiterhin die Spezialität aus Backnang. Gleichzeitig bot man aber nun auch Lastwagen mit den kräftigen, in eigener Regie hergestellten Motoren der Zugmaschinen an. Die Laster mit dem seltsamen, so gar nicht zutreffenden Namen Kaelble, erreichten nur kleine Stückzahlen. Die Schwaben legten viel Wert auf gründliche Handarbeit. Langfristig konnten sie damit natürlich nicht gegen die Großserienproduktion der Konkurrenz ankommen. Mit der Fertigung von schweren Baumaschinen, Muldenkippern und Radladern hielt man sich über Wasser.

Fernfahrer als Ritter der Landstraße

Der Fernverkehr zeigte sich in den fünfziger Jahren kaum weniger abenteuerlich als vor dem Zweiten Weltkrieg. Auf schlechten Landstraßen mußten die Kapitäne der Landstraße ihren Mann stehen. Während die Vertreter der Bahn sich noch abfällig über die Fernfahrer äußerten, versuchten die Spediteursverbände schon das Image ihrer Leute aufzupolieren, sie sogar als Kavaliere der Landstraße auszuzeichnen. In der Tat setzte sich damals unter der kraftfahrenden Bevölkerung nach und nach ein recht positives Fernfahrerbild durch. Die Männer mit der Mütze, die hinter den riesigen Lenkrädern saßen, wurden allgemein als hilfsbereit und zuvorkommend bezeichnet. Die Arbeitsgemeinschaft Güterfernverkehr (AGF) prämiierte beispielsweise im Juni 1956 im Frankfurter Börsensaal fünfzehn Kapitäne der Landstraße, die anderen Autofahrern besonders positiv aufgefallen waren.

Einen Preis in Höhe von tausend Mark erhielten zwei Fahrer aus dem Ruhrgebiet für ihre ausgesuchte Höflichkeit. In der Begründung heißt es: »Der Lastzug mit dem Kennzeichen BR 385 503 befuhr am 13. Februar 1956 die bekannte, sehr schmale und kurvenreiche Vollmetallstraße, die im Winter durch beiderseitige Schneeanhäufungen noch über einen Meter an Breite verliert. Ein Überholen ist auf dieser Strecke nicht möglich, so daß sich hinter dem Lastwagen eine Schlange bildet. Plötzlich fährt der Lastwagen in eine Ausbuchtung und läßt die Schlange Pkws an sich vorbei. Dieses wiederholt sich nun nach den Beobachtungen des Einsenders, eines ADAC-Straßenwachtfahrers, noch mehrere Male ... In der nächsten Großstadt sieht der Lastzugfahrer bei einem Zebrastreifen rechts zwei alte Leute stehen, die sich nicht über die Straße trauen. Der Fahrer hält an, steigt aus und bringt die beiden alten Leute hinüber.« Der ADAC-Mann war voller Anerkennung: »Ein echter Ritter der Landstraße.«

Sicher, damals wurden die Fahrer von ihren Spediteuren noch bei weitem nicht so unter Zeitdruck gesetzt wie heute, aber der Spruch »Zeit ist Geld« galt auch damals schon. Vor dreißig Jahren hielten die Fahrer ihre Züge auch nur ungern an, zumal die behäbigen Maschinen aus dem Stand geradezu eine Ewigkeit brauchten, bis sie wieder auf Reisegeschwindigkeit kamen. Es galt in jedem Fall, den einmal erreichten Schwung der Fuhrwerke ökonomisch zu nutzen. Fahrerwechsel auch während der Fahrt machten in den geräumigen Kabinen keine Probleme. Und selbst wer ein kleineres Bedürfnis hatte, erledigte das in unbewohnten Gegenden kurzerhand während der Fahrt durch die offene Tür. Wenn es allerdings um gegenseitige Hilfe ging, nahm man sich immer Zeit. Schon aus dem Grund, weil ein Fahrer jederzeit selbst in eine unangenehme Situation kommen konnte, wo er die Hilfe anderer brauchte, faßte er auch mit an, wenn ein Kollege in Not war. »Durch Eis und Schnee war an einer Bergstrecke ein vollständiges Chaos entstanden«, beginnt die Laudatio auf zwei Fernfahrer, die ebenfalls für ihre Hilfsbereitschaft ausgezeichnet wurden, »was Kameradschaft und kollegialer Geist vermögen, bewiesen diese beiden Fahrer, die gegen 22 Uhr an die Stelle des Chaos kamen. Ein kurzer Hinweis eines Polizeibeamten genügte ihnen, ihren Anhänger zu Beginn der abschüssigen Strecke abzustellen, die vereiste Fahrbahn hinunterzufahren und einen festgefahrenen schweren Zug nach dem anderen in stundenlanger Arbeit im Rückwärtsgang hinaufzuziehen, und zwar so lange, bis die erste Verstopfung behoben war. Auch als die Fahrer wegen ihrer Hilfsbereitschaft selbst Opfer neuer Blockierungen wurden, verloren die beiden Kavaliere der Landstraße ihre Ruhe nicht. Die Polizei hielt es für ihre besondere Pflicht, den beiden für ihre in der Stille geleistete Hilfe und Kameradschaft aufrichtig zu danken.«

Neue Helden in Film und Fernsehen

Fernfahrer als Helden des Alltags. Das ist der Stoff, aus dem auch damals schon Filme gemacht wurden. »Nachts auf den Straßen« hieß ein Streifen von 1953 mit Hans Albers, der mit seinem Seefahrer-Image auch ganz gut hinter das Lenkrad eines Fernlasters paßte. Er spielte den typischen Fernfahrer der damaligen Zeit so, wie er wirklich aussah: mit Mütze und kurzer Pfeife, kariertem Flanellhemd, weiter Cordhose – und natürlich abgeschabter Lederjacke. In seinem MAN F 8 war er der König der Landstraße, der auch mal einer jungen Dame aus der Patsche half. Im jungen deutschen Fernsehen waren die Lasterpiloten ebenfalls durchaus vorzeigbar. In der beliebten Fernsehserie »Fernfahrer« erlebten zwei Männer mit ihrem Büssing S 8000 ein Abenteuer nach dem anderen.

Da konnte denn auch die Imagepflege der Zentralarbeitsgemeinschaft des Straßenverkehrsgewerbes einhaken. Ende der fünfziger Jahre erschienen Bildbände unter dem Titel »Für uns unterwegs«, die das Bild des Lastwagenverkehrs zurechtrückten. Dabei wurde weit ausgeholt über die alten Ägypter, das Mittelalter bis zu Goethe, um darauf hinzuweisen, daß gute Verkehrs- und Straßensysteme jedem Land zu Ehre und Nutzen gereichen. »Im Binnenverkehr aller Länder hat sich der Kraftwagen als ein wichtiges, in manchen Staaten unserer Erde sogar als das brauchbarste Transportmittel erwiesen«, heißt es in der Broschüre schließlich. »Ein besonderer Vorzug des Lastkraftwagens besteht darin, daß er an keine Spur gebunden ist.« Und dann folgt ein Hieb auf die Bundesbehörden: »Straßenbau und Kraftverkehr stehen daher in einem Abhängigkeitsverhältnis. Je mehr und je bessere Straßen vorhanden sind, um so günstigere Voraussetzungen sind für die Erschließung eines Landes und seiner Wirtschaftskräfte gegeben.«

Die Fuhrleute schienen sich schon bald mit den neuen Gesetzen, die ab 1960 volle Gültigkeit bekamen, zu arrangieren. Nach anfänglichen Protesten der kleineren Unternehmen, die sich auch von ihren Standesorganisationen gegenüber den Interessen der Bahn nicht genug vertreten fühlten, wurde es wieder ruhiger um das Reizthema Lastzuglänge. In der Tat verloren einige Fahrer mit eigenem Zug ihre Selbständigkeit, aber so dramatisch, wie vorher beschworen, wurde es dann doch nicht. Da verschärfte Gesetze ja abzusehen waren, lag bei den meisten Betrieben, die immer mehr zu sauberer Buchführung übergingen, und nicht mehr wie oft in den dreißiger Jahren von der Hand in den Mund lebten, genug Geld auf der hohen Kante, um neue Laster nach den aktuellen Gesetzen anzuschaffen. Allerdings setzte Anfang der sechziger Jahre ein Trend ein, der zu immer größerer Konzentration der Lastzüge in wenigen Händen führte. Wie in vielen anderen Branchen ging auch hier die Zeit der Kleinunternehmer zu Ende. Die großen Speditionen und Fuhrunternehmen wurden immer größer – Betriebe mit zwei- bis dreihundert Zügen sind heute keine Seltenheit –, und der einzelne Fernfahrer, der sein ganzes Geld in seinen eigenen Laster gesteckt hatte, und der in den dreißiger und fünfziger Jahren immer noch sein Auskommen fand, wurde nach und nach verdrängt.

Spezialfahrzeuge für vielfältige Aufgaben

Um 1960 spezialisierte sich der Transportbereich auch immer mehr. Ein Durchschnittslaster mit Pritsche, Plane und Spriegel konnte da schon längst viele Probleme nicht mehr lösen. Die Fahrzeuge der Bauwirtschaft, die sich in den dreißiger Jahren noch kaum von den Fernverkehrslastern unterschieden (allenfalls durch eine Hydraulik-Kippvorrichtung), entwickelten sich zur größten Sondersparte des Lastwagenbaus. Zudem erwies sich die Bauindustrie damals als zukunftsträchtige Branche. Was heute inzwischen im Rahmen des Natur- und Menschenschutzes als unverantwortlich gilt, das Überziehen des Landes mit Autobahnen oder der Bau von häßlichen grauen Hochhausvorstädten, genau das stand damals ganz oben auf der politischen und wirtschaftlichen Prioritätenliste. So entstanden Transportbetonmischer auf Lkw-Fahrgestellen, eine Spezies, die es in dieser Form vorher nicht gegeben hatte. Plötzlich kam man auf den naheliegenden Gedanken, den Allradantrieb, der bisher fast ausschließlich den Militärfahrzeugen zugute kam, auch für zivile Zwecke zu nutzen.

Für Langeisentransporte gab es in geringen Stückzahlen schwere Sonderfahrzeuge mit einer schmalen Kabine, an der rechts und links die Enden der Stahlträger vorbeiführten. Laster zum Transport von Möbeln oder Klavieren wurden innen gepolstert, und für Zement und andere staubige Güter erfand man Tankwagen, die per Preßluft ausgeleert werden konnten. Allerhand Gedanken machte man sich um den Transport leicht verderblicher Güter. Fleisch, Fisch, Geflügel, Obst und Gemüse mußten oft über Hunderte von Kilometern vom Erzeuger zum Endverbraucher geschafft werden. Nachdem man zunächst lediglich sogenannte Thermos- und Isotherm-Wagen hatte, die oft nur gut isoliert waren oder mit Trockeneis gekühlt wurden, setzten sich schließlich Kühlwagen durch, deren Temperatur durch eigens eingebaute Aggregate immer auf derselben Höhe gehalten werden konnte. Besonders stolz war man 1959 noch auf eine Transportaktion, über die man heute eher schmunzelt. Für das Mittagessen der 50 000 Teilnehmer des Evangelischen Kirchentags in München fand sich in der bayerischen Landeshauptstadt keine entsprechend leistungsfähige Fleischwarenfabrik. Deshalb griff man auf ein Unternehmen in Ansbach zurück. Ein Kühltransportbetrieb übernahm schließlich mit Thermoszügen den Transport der in Ansbach auf 100 Grad erhitzten Fleischdosen und brachte es durch Vorheizung der Lastzüge mit Heißluftapparaten fertig, daß die Büchsen noch mit 80 Grad Wärme in München ausgeladen werden konnten.

Streß im Test *Auf hauseigenen Testgeländen machten die Lkw-Firmen in den fünfziger Jahren ihre Fahrzeuge serienreif. Hier muß sich ein Henschel HS 115 in der Nähe von Kassel bewähren.*

Die sechziger Jahre: Das Goldene Zeitalter geht zu Ende

In dem Bilderbuch »Für uns unterwegs« wird 1960 nocheinmal das Fernfahrerwesen alten Stils beschworen:

Es sind oft vierschrötige und rauhe Gesellen, diese Männer am Steuer der schweren Lastzüge, doch hinter dieser harten Schale verbirgt sich meist ein liebenswertes Wesen voller Freundlichkeit, Hilfsbereitschaft, Ehrlichkeit und Humor ... Schwer, aber vielseitig und interessant ist ihr Beruf. Bei Tag und Nacht, bei Gluthitze ebenso wie bei Sturm und Regen, im Herbst und Frühjahr in der Waschküche nebelbedeckter Straßen und im Winter auf schneeverwehter oder mit Glatteis überzogener Fahrbahn sind sie mit einem bewundernswerten Gleichmaß an Einsatzfreudigkeit und Verantwortungsbewußtsein für uns unterwegs. Ihr ganzer Stolz ist es, Fahrzeug und Ladung, die zusammen oft hunderttausend und mehr Mark wert sind, sicher und unfallfrei an den Bestimmungsort zu bringen. Fragt man sie, was ihnen wohl den größten Kummer bereite, so weisen sie meistens auf das Wetter und die Straßenbeschaffenheit hin. Fragt man sie, ob denn nicht das ständige Unterwegssein lästig, das Übernachten heute im Bett irgendeines Fernfahrerhotels und morgen in der Schlafkabine auf die Dauer unerträglich, ob nicht das ewige Getrenntsein von ihren Familien eine seelische Belastung, und ob nicht das sicherlich um einiges zu kurz kommende Privatleben unangenehm sei, dann stimmen sie keineswegs ein Klagelied an, sondern sie erzählen statt dessen von den schönen Seiten ihres Berufes: Von der selbständigen Arbeit mit ihrer Entscheidungsfreiheit. Von Land und Leuten, die sie kennenlernen.

Nur davon erzählen sie nicht, die »Kapitäne der Landstraße«, die durch eine in vielen hunderttausend Kilometern erworbene Erfahrung zu außerordentlich guten und sicheren Fahrern wurden, daß sie trotz aller Schwere und Anstrengung ihres Berufes auch meist freundliche und hilfsbereite Verkehrsteilnehmer sind und mit recht den Beinamen »Ritter am Steuer« verdienen. Wovon sie aber noch erzählen, und worauf sie gar nicht so gut zu sprechen sind, das ist der Papierkrieg, den sie unterwegs noch mit Frachtbriefen, Ladepapieren, Fahrtenbuch und Arbeitsschichtenbuch führen müssen.

»Fieberkurven« haben sie die Eintragungen genannt, die mit Arbeitsschichtenbuch behördlich vorgeschrieben sind und von null bis 24 Uhr lückenlos und in Übereinstimmung mit dem Fahrtenschreiber über die jeweilige Tätigkeit der Fahrer Aufschluß geben.

Die Helden der Landstraße wurden müde. Papierkrieg und Reglementierungen waren die eine Seite, der steigende Konkurrenzdruck die andere. Der Traum von der großen Freiheit mit zwei, drei Dutzend Tonnen im Rücken ging langsam zu Ende. Mit dem Fahrtenschreiber und dem Arbeitsschichtenbuch, die beide immer strenger kontrolliert wurden, war es mit der locker gehandhabten Fahrzeit vorbei. Und die Lastzüge, die auf den wirklich gefühlvoll fotografierten Bildern der Fernfahrerlegende zu sehen sind, wanderten schon bald darauf in den Hochofen. Die Autos vom Wiederaufbau, an den wehmütig erinnert wird, gab es 1960 ohnehin kaum noch. Und die Schnauzer, die da in rauhen Mengen auf einem Autohof rasten, waren 1960, als das Buch herauskam, schon nicht mehr zeitgemäß. Da sind noch die dicken Brummer von Krupp, der Titan und der Mustang zu sehen, der MAN F 8 und der Mercedes 6600 D.

Die lange Schnauze hat ausgedient

Die Langschnauzer der frühen Nachkriegstage gab es zwar noch bis tief in die sechziger Jahre, aber gerade 1960 schlug ihnen endgültig die Stunde. Da kam nämlich der Mercedes LP 334 heraus, ein Frontlenker, der schon bald der Standardfernlaster auf deutschen Straßen war, und der sicher maßgeblich daran beteiligt war, daß Daimler-Benz bis heute Marktführer der Lkw-Branche in der Bundesrepublik ist. Dabei hatte Mercedes schon 1955 größere Lastwagen in Frontlenkerbauart vorgestellt, nachdem bereits Büssing, Henschel und Faun mit den oft auch »Platt-

Neue Zeiten, neue Formen *Ab 1955 bot Daimler-Benz neben dem Langschnauzer L 6600 (Bildmitte) auch die großen, von Wackenhut in Nagold angefertigten Frontlenkerfahrerhäuser an. Der erste große Frontlenker war der LP 315.*

schnauzern« genannten, wesentlich kürzer gebauten Lastwagen im Geschäft waren. Mercedes ließ die großen Fahrerhäuser des neuen LP 315 von 1955, die mit der geteilten Windschutzscheibe, bei der Karosseriebaufirma Wackenhut in Nagold bauen. Die Bezeichnung LP steht übrigens für Lastwagen in Pullman-Bauweise. Dabei scheint es bei den Daimler-Leuten zu einem Mißverständnis über den Begriff »Pullman« gekommen zu sein. Während man sonst besonders lange Sonderausführungen als Pullman bezeichnet (nach einem Konstrukteur von Luxuseisenbahnwagen), tauften die Mercedes-Techniker den kürzeren Frontlenker auf diesen Namen. Die breiten Fahrerhäuser mit der geteilten Scheibe gab es in langer und kurzer Ausführung bis 1965. Die Motoren verschiedener Größenordnung waren im Fahrerhaus untergebracht.

Die originellste Erscheinung bot aber der LP 333, im Volksmund »Tausendfüßler« genannt. Der Dreiachser mit den beiden gelenkten Vorderachsen war 1959, als er auf der Frankfurter IAA vorgestellt wurde, ein absolutes Novum auf dem deutschen Markt. Auch andere bundesdeutsche Firmen entwarfen damals Laster nach demselben Konzept. Serienreif wurde davon aber keiner. In England waren derartige Konstruktionen dagegen alltäglich. Der »Tausendfüßler« war genau auf die neue Längen- und Gewichts-Gesetzgebung zugeschnitten, weswegen er auch oft »Seebohm-Auto« genannt wurde. In einem zeitgenössischen Prospekt wird dieser Punkt angesprochen:

Der LP 333 wurde entwickelt, weil für Dreiachsfahrzeuge ein höheres Gesamtgewicht zulässig ist, als für Zweiachsfahrzeuge. So wurde die hohe Nutzlast von mehr als neun Tonnen erreicht. Durch sein Gesamtgewicht von 16 Tonnen kann er mit einem Anhänger von ebenfalls 16 Tonnen gefahren werden, wenn dieser vor dem 1. 1. 1958 zugelassen wurde. In diesem Fall können mit dem LP 333 bis zu 32 Tonnen Lastzuggewicht gefahren werden. Der Motor mit seiner Leistung von 200 PS

(OM 326) hat bei den zulässigen Gewichten eine sehr hohe Kraftreserve.

Dennoch blieb der LP 333 eine Übergangslösung. Die Fahrer mochten ihn nicht sehr, weil er ein etwas eigenwilliges Fahrverhalten bot, und weil in verschneiten Kurven zwei vordere Spuren natürlich schwerer zu bahnen sind als eine. Außerdem zeichnete sich in den sechziger Jahren auch schon die Erhöhung des Lastzuggesamtgewichts auf 38 Tonnen ab.
Die Nürnberger Faun-Werke, die schon 1938 einen vierachsigen Frontlenker vorgestellt hatten, gehörten auch in den fünfziger Jahren zu den ersten, die wieder diese Bauform aufgegriffen. Dabei ließ sich der starke Deutz-Motor auf einer Art Schublade nach dem Lösen einiger Zuleitungen nach vorn aus dem Fahrerhaus herausziehen. Dadurch wurden Wartungsarbeiten wesentlich einfacher, da alle Aggregate dann gut zugänglich waren. Allerdings berichtete die Zeitschrift »Last-Auto und Omnibus« damals auch von einer kuriosen Panne mit einem solchen Faun. Da hatte der Fahrer an einer Kreuzung unerwartet scharf bremsen müssen – und plötzlich lag der Motor auf der Straße. Irgend jemand hatte nach der Inspektion vergessen, die Arretierungen wieder zu befestigen.
Das konnte bei den Büssing-Frontlenkern nicht passieren. Die Braunschweiger Lastwagen-Bauer hatten mit ihrer Unterflurtechnik, die schon aus den frühesten dreißiger Jahren datierte und zunächst in den Trambussen zum Zuge kam, natürlich das optimale Konzept zum Bau eines Frontlenkers. Die Schnauzer wurden zwar nicht von heute auf morgen abgelöst, aber nachdem 1953 wieder die ersten Trambusse mit Unterflurmotor kamen, ließen auch die Frontlenker-Lastwagen LU 7 und LU 11 nicht mehr lange auf sich warten. Mit den Motoren rechts hinter dem Fahrerhaus wurden sie die Favoriten der Fernfahrer. Das Fahrerhaus war riesengroß – kein störender Motor weit und breit. Und der Lärmpegel hielt sich sehr in Grenzen. Ein Konzeptionsvergleich bietet sich bei Büssing geradezu an, zumal der altehrwürdige S 8000 auch noch im Programm war, während die Frontlenker schon auf dem Vormarsch waren. Wenn man den S 8000 und den LU 11 Commodore von 1960 nebeneinander stellt, wird der Vorteil der Frontlenker besonders deutlich. Der Schnauzer bot bei einer Gesamt-

Der Tausendfüßler

Nur kurze Zeit spielte der Mercedes LP 333 im deutschen Lkw-Bau eine Rolle. Der Dreiachser mit den zwei gelenkten Vorderachsen kam zwar der neuen Gesetzgebung entgegen, aber die Fahrer mochten ihn nicht.

Zugänglicher Motor

Kippbare Fahrerhäuser wie bei diesem Cummins-Krupp setzten sich schnell durch.

länge von 8,85 Metern (Chassis) deutlich weniger Ladefläche als der LU 11, dessen Fahrgestell dabei sogar nur knapp acht Meter lang war. Außerdem bot der Commodore ein Fahrerhaus, in dem auch für drei Leute ausreichend Fußraum vorhanden war. Und genügend Platz für zwei Schlafboxen stand ebenfalls zur Verfügung. Während der S 8000 aus seinem unter der wuchtigen Haube stehenden Sechszylindermotor mit 13,5 Litern Hubraum rund 180 PS holte, kam der Unterflur-Diesel beim LU 11 bei 11,413 Litern Hubraum auf 128 PS.

Krisen, Konkurse, Konzentration

Bei Henschel war man auch schon 1953 mit einem schweren Frontlenker zur Hand. Auf der IAA in Frankfurt stand neben den Schnauzern auch der erste HS 170 T. Das »T« sollte auf das sogenannte Trambusfahrerhaus hinweisen. Der rundliche Schwerlaster mit dem längs im Fahrerhaus eingebauten Motor bot eine Nutzlast von 8,5 Tonnen. Die Maschine holte aus gut elf Litern Hubraum bei 2000 U/min 170 PS. In den nächsten Jahren rundeten die Kasseler ihr Frontlenkerprogramm

auch nach unten ab. Aber trotz der interessanten Modellpalette gab es im Familienbetrieb Henschel – 75 Prozent des Stammkapitals lagen in der Hand von Oscar R. Henschel – plötzlich finanzielle Schwierigkeiten. Damals bekam man einen ersten Vorgeschmack der Entwicklung, die heute fast abgeschlossen ist: das Sterben der Vielfalt in der deutschen Lastwagenindustrie, oder besser – die Konzentration auf nur noch einen Hersteller.
Henschel schlingerte im September 1957 in eine Finanzkrise. Die Kasseler Laster- und Lokomotiv-Schmiede war nicht mehr liquide. Zulieferbetriebe forderten 34 Millionen Mark, Henschel konnte aber nicht zahlen. Der Wirtschaftsprüfer Dr. Johannes Semler, der sich ein paar Jahre später den zweifelhaften Ruf einhandelte, den Bremer Borgward-Konzern zu Tode saniert zu haben, konnte bei Henschel noch Erfolge verbuchen. Das Land Hessen gab fünf Millionen Mark Kredit, immerhin hatte Henschel noch einen Auftragsbestand von 200 Millionen DM. Zuvor hatte Henschel schon für 6,5 Millionen DM das rund 40 000 Quadratmeter große Flugmotorenwerk an VW verkauft. Bund und Land gründeten im November 1957 die Betriebsgesellschaft Henschel Werke GmbH als Auffanggesellschaft, die nur die lukrativen Teile der Firma pachtete, die Schulden aber nicht übernahm. Ein Jahr später ging das Stammkapital der Henschel & Sohn GmbH (45 Millionen Mark) von der Familie Henschel an ein Industrie- und Bankenkonsortium, das den Manager Fritz Aurel Goergen mit der Geschäftsführung

Lastergeneration mit neuen, kantigen, dem damaligen Designtrend folgenden Fahrerhäusern. Der vorerst sanierte Betrieb war wieder interessant für andere Konzerne. Für 115,68 Millionen Mark war dann ab August die Essener Rheinstahl AG Chef im Hause Henschel. Die Rheinstahl-Leute interessierten sich aber offenbar mehr für die anderen Abteilungen des Kasseler Hauses als für den Lkw-Bau. Sie schlossen kurzerhand den Fahrzeugbereich von Hanomag, der ihnen auch gehörte, mit dem von Henschel zur Firma Hanomag-Henschel zusammen und boten ihn Daimler-Benz an. Ab 1. April 1969 besaß Daimler-Benz 51 Prozent, Rheinstahl 49 Prozent von Hanomag-Henschel. 49 Jahre nach Beginn der Lkw-Produktion in Kassel wurden im Juli 1974 die letzten Laster ausgeliefert, die noch den Namen »Henschel« trugen.

Auch Krupp gibt auf

Krupp brachte noch 1963 einen renovierten Mustang auf den Markt, der ohne Anhänger bis zu neun Tonnen, als Zug bis zwanzig Tonnen Nutzlast befördern konnte. Der Vierzylinder-Zweitaktmotor leistete 186 PS. Aber selbst die Techniker von Krupps Krawa glaubten damals offenbar nicht mehr an den lauten und von den Lkw-Käufern immer mehr gemiedenen Zweitaktdiesel. Noch im selben Jahr, am 27. Juni 1963, schlossen die Friedrich Krupp AG in Essen und die Cummins Engine Company in Columbus, Indiana, USA, ein Lizenzabkommen. Danach durfte Krupp zunächst den V-6-Viertaktdiesel mit Direkteinspritzung und 200 PS für den 16-Tonner, Typ 960, in Lizenz bauen. Die Essener übernahmen moderne Fertigungsmethoden aus den USA, und sie bekamen auch Vertriebsrechte für ihre Produkte für ganz Europa. Die Entwicklung von Zweitaktmotoren legte man zu den Akten. Zur IAA 1965 brachte Krupp den Frontlenker LF 1080 mit 250 PS starkem V-8-Motor, ebenfalls nach

Die nächste Generation

Die beiden vorderen Lenkachsen, eingeführt beim „Tausendfüßler" LP 333 (Seite 156), lebten bei den dreiachsigen Sattelschleppern von Mercedes mit neuem Fahrerhaus nach 1963 noch weiter. Hier ein LPS 2020 als Tanksattelzug.

bei Henschel beauftragte. Danach ging es zunächst erfolgreich weiter. 1959 erhöhte sich die Zahl der Beschäftigten von 8000 auf 12 000. Von 1958 bis 1960 stieg der Umsatz von 200 Millionen auf 400 Millionen Mark. Goergen, inzwischen Vorsitzender der Geschäftsführung, konnte 1960 den Gläubigern von 1957 die Rückzahlung der restlichen Schulden mit neun Prozent Skonto anbieten. Henschel war noch einmal davongekommen.
Anfang der sechziger Jahre präsentierte Henschel eine völlig neue

Cummins-Lizenz gebaut. Doch dieser Typ konnte den Untergang der Krawa nicht mehr aufhalten. Obwohl Krupp noch bei den schweren Lastwagen über 16 Tonnen einen Marktanteil von elf Prozent hatte, war die Krawa für den Essener Konzern ein Verlustgeschäft. Am 30. Juni 1968 stellte Krupp den Lkw-Bau ein. Zuletzt waren pro Jahr bis zu 1800 schwere Lkw von 1700 Beschäftigten zusammengebaut worden. Für vierzig Millionen Mark kaufte Daimler-Benz die vierzehn Lkw-Verkaufsstellen und deren Bestände aus dem Krawa-Nachlaß. Die 1300 Beschäftigten wurden übernommen.

Bei Büssing ging es nicht so schnell. Die Braunschweiger Lastwagenschmiede, eine der renommiertesten überhaupt, fiel eher einem schleichenden Tod zum Opfer. Obwohl Büssing 1964 fast die Hälfte aller Omnibusse für die kommunalen Verkehrsbetriebe lieferte, lief das Lkw-Geschäft wesentlich schlechter, als man es sich wünschte. Gute Ideen wie Sonderfahrzeuge, bei denen die Kabine unter der Ladefläche lag oder zumindest so niedrig, daß man von ebener Erde einsteigen konnte, verkauften sich schlecht, und auch preislich lag die Konkurrenz günstiger.

Die Kapitalerhöhung der Firma 1964 von zwanzig auf dreißig Millionen Mark trug in erster Linie die ohnehin schon beteiligte bundeseigene Salzgitter AG, die danach die Mehrheit von 64,5 Prozent der Büssing-Anteile hielt. Schließlich zeichnete sich eine Zusammenarbeit zwischen Büssing und MAN ab. Im Januar 1967 schlossen beide Firmen einen Kooperationsvertrag zur ge-

Ungewöhnliches Design *Etwas grotesk mutet der Büssing Commodore 16-210 mit dem 210 PS starken Direkteinspritzer-Motor an. Ein Verkaufserfolg war dem soliden Laster am Ende der Büssing-Ära denn auch nicht beschieden.*

genseitigen Belieferung von Aggregaten und Baugruppen. Man wollte auf diese Art in beiden Firmen die Kosten senken. Und weil man sich so schon näher gekommen war und selbst die Entwicklung miteinander abstimmte, lag es nahe, daß MAN am 21. Juni 1968 mit 25 Prozent bei Büssing einstieg. 1969 folgte das zweite Viertel, und 1970 übernahm die Gute-Hoffnungs-Hütte (GHH) die restlichen 50 Büssing-Prozente. Ein paar gute Ideen wie das Unterflur-Konzept haben die MAN-Ingenieure von Büssing übernommen. Auch ziert der Büssing-Burglöwe nach wie vor die MAN-Laster. Mehr ist von der traditionsreichen Firma aus Braunschweig allerdings nicht geblieben.

Da ging es den beiden kleinsten Lastwagen-Herstellern der fünfziger Jahre, den Firmen Faun und Kaelble etwas besser. Beide versuchten zwar in der frühen Frontlenkerära weiter im Geschäft zu bleiben, hatten aber keinen Erfolg gegen die Großserienprodukte der Konkurrenten. Immerhin existieren beide noch unter ihren alten Namen, und beide haben sich bis heute mit Spezialfahrzeugen über Wasser gehalten. Auch Magirus in Ulm hat – wenn auch unter anderer Regie – überlebt. Den schwäbischen Autobauern, die seit 1936 zum Kölner Klöckner-Humboldt-Deutz-Konzern gehörten, laborierten in den sechziger Jahren an ihren luftgekühlten Motoren, die damals ziemlich laut waren, und sich deshalb immer schwerer verkaufen ließen. Nachdem die Partnersuche längere Zeit ohne Erfolg blieb, war schließlich Iveco, eine Tochter des italienischen Mischkonzerns Fiat, zur Übernahme bereit. Bei KHD trennte man sich gern von dem Sorgenkind Magirus. Nachdem es lange so aussah, als ob die neuen Herren in Ulm die alten Magirus-Traditionen komplett über Bord werfen würden, scheinen die Ulmer Ingenieure inzwischen wieder eine gewisse Eigenständigkeit gewonnen zu haben. Zumindest im Feuerwehrbereich läßt sie die der große Bruder aus Italien weitgehend eigene Wegen gehen.

Lastwagen mit Pkw-Komfort

Die Frontlenker setzten sich in den sechziger Jahren schnell durch. Sie waren wesentlich kompakter als die Schnauzer – und das war in einer Zeit, wo der Raum auf den Straßen allmählich knapp wurde, ein wichtiges Argument. Das Wartungsproblem der unter der Kabine versteckten Motoren war auch bald gelöst. Die Fahrerhäuser ließen sich nach vorn kippen und gaben so den Zugang zum Motor frei. Das Kabineninnere orientierte sich immer mehr an den zeitgenössischen Pkw. Die Sitze wurden komfortabler, stufenlos verstellbar. Die starren Sitzbänke hatten ausgespielt. Dank Lenkservo lassen sich die schweren 38-Tonner heute mit dem kleinen Finger rangieren. Das richtige Gespür für die Größe des Wagens und das eigensinnige Verhalten des Hängers ist dennoch nach wie vor nötig. Automatische Getriebe haben sich, abgesehen von kleineren Lastern im City-Einsatz, immer noch nicht durchgesetzt. Die Fernfahrer legen Wert darauf, Motor und Speed jederzeit selbst unter Kontrolle zu haben. Die Industrie kommt ihnen dabei mit immer differenzierteren Getrieben, mit Unter- und Übersetzungen entgegen. Nachdem der Treibstoff inzwischen ein bedeutenderer Kostenfaktor ist als etwa in den fünfziger Jahren, haben solche Getriebe, mit denen sich auch ökonomischer fahren läßt, Hochkonjunktur.

Inzwischen werden auch Lastwagenkabinen im Windkanal gestylt. Ein günstiger Luftwiderstandswert verspricht niedrigeren Verbrauch. Und der Spoiler zur Optimierung, lange ein Vorrecht von Rennwagen, sorgt heute auch auf dem Lasterdach für bessere Windschlüpfigkeit. Die PS-Zahlen der Lkw zogen immer weiter an. War man 1950 noch mit 150 PS der König der Landstraße, so mußten es 1960 schon mindestens 200 PS sein, wenn man zu den Stärksten gehören wollte. Schließlich diskutierte man in Fachkreisen einige Zeit darüber, ob Fernlaster mehr als 300 PS haben müßten, doch inzwischen ist das gar keine Frage mehr. Die beiden stärksten, der Turbo-Star von Iveco Magirus und der Scania R 142 H, bieten heute kernige 420 PS. Dabei gibt es schon Parallelen zur Renn-Formel 1: Ohne Turbolader geht nämlich auch in der Lkw-Spitzengruppe nicht mehr viel. Die Lader, die für optimale Füllung der Brennräume mit Luft sorgen, wurden immer weiter verfeinert und arbeiten inzwischen absolut problemlos.

Die legendären Marken Büssing, Krupp und Henschel sind schnell in Vergessenheit geraten. Immer seltener begegnet man einem alten Büssing BS 16 oder einem Cummins-Krupp. Andere Firmen stießen in das Vakuum nach. Neben dem deutschen Marktführer Daimler-Benz behaupteten sich in den letzten Jahren besonders zwei Fabrikate aus Schweden. Volvo und, als Trendsetter, Scania haben inzwischen gute Verkaufsergebnisse in der Bundesrepublik zu verzeichnen. Die deutschen Scania-Vertreter in Koblenz haben es geschickt verstanden, für ihre etwas kantigen Riesen ein bärenstarkes, solides Schwedenstahl-Image aufzubauen. Anderen ausländischen Lastwagenfirmen, abgesehen von DAF aus Holland, fällt es schwer, hier einen Fuß in die Tür zu bekommen. Selbst der Weltkonzern Ford hatte mit dem in England produzierten schweren Transconti langfristig kein Glück. Dazu kam, daß im Ausland die Firmenkonzentration kaum weniger fortschritt, als in Deutschland. In Frankreich gingen Traditionsmarken wie Willème und Bernard unter, Unic kam zu Iveco, und Berliet ist heute Teil des Renault-Konzerns. Auch von der einst vielfältigen englischen Lasterindustrie sind nur Fragmente geblieben

Kurz vor dem Untergang

Die renommierte Lastwagenmarke Henschel ging wie Krupp und Büssing Ende der sechziger, Anfang der siebziger Jahre unter. Der H 221 AK, der im Steinbruch seine Arbeit tut, wurde schon 1970 unter der Ägide der Rheinstahl AG gebaut, die Hanomag und Henschel im Nutzfahrzeugbereich zusammenfaßte. Ab 1971 war Daimler-Benz alleiniger Chef im Haus.

HANOMAG
HENSCHEL
GÖ-V 520

Der Traum vom American Way of Life

Als die Laster in Deutschland immer eintöniger, genormter und langweiliger wurden, entdeckten ein paar Träumer plötzlich die amerikanischen Trucker. Man staunte: Dort gab es das wirklich noch, Fernfahrer, die zu ihrem Laster ein geradezu sinnliches Verhältnis hatten, die noch als Einzelkämpfer allein auf ihrem Truck saßen, die Tag und Nacht fuhren, um die Raten für ihren Laster abzuzahlen, und die ihr Auto mit allerhand Chrom-Schnickschnack veredelten und es in jeder freien Minute polierten wie ein Schmuckstück. Außerdem sahen die amerikanischen Conventionals von Peterbilt, Mack, Freightliner und natürlich Kenworth auch protzig aus mit ihren riesigen Hauben und vergleichsweise winzigen Fahrerhäusern – alles ein paar Nummer größer als hierzulande. Die Trucker als die letzten echten Cowboys, die, immer auf Achse, abends in den Sonnenuntergang ritten, bis sie am Horizont verschwanden.
Die Werbung machte sich den Trukkerboom zu eigen. Trucker wurden als die letzten Individualisten präsentiert, die auf der Straße ihre Freiheit finden. »Convoy« hieß ein Film mit Kris Kristofferson, in dem sich die Trucker mit einer Sternfahrt gegen die tyrannische Polizei und auch sonst gegen das Böse in dieser Welt durchsetzen. In Wirklichkeit sieht das alles ganz anders aus. Die »Einzelkämpfer«, die mit ihren

Mit neuen Namen

Die Plätze der untergegangenen deutschen Lastwagenfirmen haben inzwischen Hersteller aus dem Ausland übernommen. DAF, Volvo und besonders Scania konnten sich auf dem deutschen Markt behaupten. Scania aus Schweden hat sogar wieder Erfolg mit bulligen Schnauzern.

Trucks zwischen New York und San Francisco unterwegs sind, bewegen sich oft genug am Existenzminimum. Und auch die Zigarettenreklame, die das Image von Freiheit und Abenteuer hochhält, kann nicht darüber hinwegtäuschen, daß Transportkartelle dem Fahrer unerbittlich seine Grenzen zeigen.
Und in Deutschland? Von der Romantik der »Kapitäne der Landstraße« ist nicht mehr viel geblieben. Das Geschäft ist aufreibender, unmenschlicher geworden. Dabei ist es weniger die Technik, die die Fahrer knechtet, als das Transportsystem an sich. Es geht dem Fernfahrer heute so wie dem Hasen mit dem Igel: Er ist immer zu spät dran. Der Konkurrenzdruck ist so hoch, daß die Fuhrunternehmer immer weiter mit ihren Frachttarifen heruntergehen. Das heißt aber auch, daß jeder Lastzug praktisch Tag und Nacht unterwegs sein muß, um Gewinn einzufahren. Das letzte Glied der Kette ist dann der Fahrer. Auf seinen Rücken wird letztlich der Wettbewerb ausgetragen. Siebzig und mehr Wochenarbeitsstunden sind für ihn keine Seltenheit. In keinem anderen Beruf wird heute noch so lange gearbeitet. Sicher, es gibt die Gesetze, die die Fahr- und Ruhezeiten vorschreiben, aber auch die lassen sich umgehen. Manche Fuhrunternehmen stellen einen Fahrer gar nicht erst ein, wenn er nicht bereit ist, jede Menge Überstunden zu machen. Außerdem liegt der Grundlohn oft so niedrig, daß ein Fernfahrer nur mit zusätzlichen Stunden überhaupt auf ein akzeptables Gehalt kommt.

Konkurrenzdruck zerstört die Solidarität

Fahrzeiten werden häufig ohne jeden Spielraum für unvorhergesehene Ereignisse geplant. Da kann sich der Fahrer einfach nicht erlauben, mit dem Fuß vom Gaspedal zu gehen – egal ob er im dichten Nebel oder im Schneesturm unterwegs ist. Bei Stichproben der Polizei sind regelmäßig mindestens ein Drittel der überprüften Lastwagen schneller gefahren als erlaubt. Was bleibt dem Fahrer auch übrig? Liefert er seine Ladung nicht pünktlich ab, bekommt ein anderer seinen Job; an Fahrern besteht kein Mangel. Also laviert er sich durch und hofft, nicht im Nebel mit 95 km/h auf einen liegengebliebenen Kollegen aufzuschlagen, vertraut darauf, von den anderen immer frühzeitig über CB-Funk vor der Polizei gewarnt zu werden.
Solidarität und Hilfsbereitschaft untereinander halten sich jedoch in Grenzen. Der Fernverkehr ist eine Haifisch-Branche geworden. Jeder ist sich selbst der Nächste. Nur rund zwanzig Prozent der Fahrer sind gewerkschaftlich organisiert, und allenfalls, wenn sich mal der Ärger über ein eher zweitrangiges Übel – wie etwa die schleppende Zollabfertigung am Brenner – aufstaut, kommt es zu Streiks und Blockaden.
»Eigentlich ein Scheiß-Job«, resümiert ein junger Fernfahrer, der – wie er beteuert – den Beruf nur ein paar Jahre zum Geldverdienen ausüben will. »Ich sehe meine Frau und meinen kleinen Sohn viel zu selten, lasse mich durch Europa hetzten und lebe ständig in der Angst, vor Erschöpfung am Steuer einzuschlafen. Schon ein paarmal wollte ich meinem Chef die Brokken vor die Füße werfen, doch irgendwas hat mich jedesmal zurückgehalten. Und am anderen Tag habe ich wieder auf dem Bock gesessen, als ob nichts gewesen wäre.«

Anhang

Fusionen in der deutschen Automobilindustrie

Jahr	Fusionierende Firmen	Neue Firma
1899	Anhaltische Motorwagenfabrik Friedrich Lutzmann, Dessau Adam Opel, Rüsselsheim	Adam Opel Motorwagenfabrik Rüsselsheim
1901	Allgemeine Motorwagen-Gesellschaft, Berlin Neue Automobil-Gesellschaft GmbH (NAG), Berlin-Oberschöneweide	Neue Automobil-Gesellschaft GmbH (NAG), Berlin-Oberschöneweide
1902	Motorfahrzeug- und Motorenfabrik AG (MMB), Berlin-Marienfelde Daimler-Motoren-Gesellschaft AG (DMG) Bad Cannstatt	Daimler-Motoren-Gesellschaft AG, (DMG) Bad Cannstatt
1902	Kühlstein Wagenbau (Automobilabteilung), Berlin-Charlottenburg Neue Automobil GmbH, Berlin-Oberschöneweide	Neue Automobil GmbH, Berlin-Oberschöneweide
1904	Dürkopp-Werke AG, Bielefeld Karosseriefabrik Wiemann & Co., Magdeburg	Dürkopp-Werke AG, Bielefeld
1906	Automobilfabrik Hüttis & Hardebeck, Aachen Automobilfabrik Bruno Weidmann & Co., Zürich	Automobilfabrik Bruno Weidmann & Co., Zürich
1908/09	Scheibler Automobilindustrie GmbH, Aachen Maschinenbau-Anstalt Altenessen AG	Motoren- und Lastwagen AG, Aachen (Mulag)
1909	Berliner Motorwagenfabrik GmbH/Oryx Motorenwerke AG, Berlin-Tempelhof bzw. Reinickendorf Dürkopp-Werke AG, Bielefeld	Oryx-Motoren-Werke, Berlin-Reinickendorf, Zweigniederlassung der Dürkopp-Werke AG, Bielefeld
1909	Norddeutsche Automobil- und Motoren-AG, Bremen-Hastedt Elektrotechnische Abteilung der Norddeutschen Maschinen- und Armaturenfabrik GmbH, Bremen	Norddeutsche Automobil- und Motoren AG, Bremen-Hastedt
1910	Nürnberger Automobilfabrik Ludwig Maurer Feuerlöschgeräte- und Maschinenfabrik vorm. Justus Christian Braun AG, Nürnberg	Maschinenfabrik vorm. Justus Christian Braun AG, Nürnberg
1910	Süddeutsche Automobilfabrik GmbH (SAF), Gaggenau Benz & Cie. AG, Mannhein-Neckarau	Benz-Werke Gaggenau GmbH
1910	Deutsche Metallurgique GmbH, Köln Automobil-Abteilung der Bergmann Electrizitäts-Werke AG, Reinickendorf-Rosenthal bei Berlin	Bergmann-Metallurgique, Automobil-Verkaufs-GmbH, Berlin-Halensee
1913	Motoren- und Lastwagen AG (Mulag), Aachen Gebr. Mannesmann AG, Remscheid	Mannesmann-Mulag AG, Remscheid
1914 bis 1921	Hansa-Automobilwerke AG, Varel i. O. Norddeutsche Automobilwerke Lloyd AG (Namag), Bremen-Hastedt	Hansa-Lloyd Automobilwerke AG, Bremen
1918	Fahrzeugfabrik Ansbach AG, Ansbach Nürnberger Feuerlöschgeräte- und Maschinenfabrik vorm. Justus Christian Braun AG, Nürnberg	Fahrzeugwerke Ansbach und Nürnberg AG (Faun)
1918	Elitemotorenwerke AG, Brand-Erbisdorf Müllereimaschinenfabrik F. Holtzhausen & Co., Nossen	Elitemotorenwerke AG, Brand-Erbisdorf i. Sa.
1918	Elitewerke AG, Brand-Erbisdorf Diamantwerke Gebr. Nevoigt AG, Siegmar b. Chemnitz	Elitewerke AG, Abteilung Diamant-werke AG, Siegmar b. Chemnitz
1919 bis 1929	Nationale Automobil-Gesellschaft AG, Berlin-Oberschöneweide (NAG) Hansa-Lloyd-Werke AG, Bremen Gebr. Reichstein Brennabor-Werke, Brandenburg a. d. Havel	Gemeinschaft Deutscher Automobil-fabriken GmbH (GDA), Berlin NW 7 (nur Verkaufsgemeinschaft)

Jahr	Fusionierende Firmen	Neue Firma
	Hansa Automobil- und Fahrzeugwerke AG, Varel i. O. Hannoversche Waggonfabrik AG (HAWA)	
1919 bis 1926	Dux Automobilwerk AG, Leipzig-Wahren C. D. Magirus AG, Ulm Prestowerke AG, Chemnitz Vogtländische Maschinenfabrik AG (Vomag), Plauen i. Vgtl.	Deutscher Automobil-Konzern (DAK), Leipzig (Verkaufskartell)
1919 bis 1929	Basse & Selve GmbH, Altena i. Westf. Norddeutsche Automobil-Werke GmbH bzw. Sperber-Werke GmbH, Hameln	Selve Automobilwerke GmbH, Hameln
1920	Dinos Automobilwerke AG, Berlin-Charlottenburg Flugzeugbau GmbH Friedrichshafen, Werft Warnemünde	Dinos Automobilwerke AG, Zweigniederlassung Warnemünde
1921	Gothaer Waggonfabrik AG, Gotha Fahrzeugfabrik AG, Eisenach (Dixi)	aufnehmende Firma: Gothaer Waggon, beide Namen bleiben
1921	Automobilfabrik Richard & Hering AG, Ronneburg/S.-A. Elitewagen AG, Berlin SW 29	Elitewagen AG, Berlin SW 29
1922	Szabo & Wechselmann (Szawe), Berlin-Reinickendorf, Automobilfabrik Heinrich Ehrhardt AG, Zella-Mehlis und Berlin	Automobilfabrik Heinrich Ehrhardt AG, Zella-Mehlis
1922	Motorenwerke Frankenberg i. Sa. (Framo) Zschopauer Motorenwerke J. S. Rasmussen AG	Zschopauer Motorenwerke J. S. Rasmussen AG
1923	Rheinische Automobilbau AG, Düsseldorf Automobilbau AG f. d. Lizenz E. Bugatti, Mannheim (Gebr. Funke)	Rheinische Automobilbau AG (Rabag), Düsseldorf
1924	Ehrhardt-Szawe, Berlin GDA, Berlin	Gemeinschaft Deutscher Automobil- fabriken (GDA), Berlin NW 7
1924	Slaby & Beringer Automobil-Gesellschaft mbH, Berlin-Charlottenburg (SB) Zschopauer Motorenwerke J. S. Rasmussen AG	Zschopauer Motorenwerke J. S. Rasmussen AG, Zschopau
1925	Rheinische Automobilbau AG, Düsseldorf AGA AG für Automobilbau, Berlin-Lichtenberg	AGA Aktiengesellschaft für Automobilbau, Berlin-Lichtenberg
1926	Cyklon-Automobil-Werke AG, Berlin und Mylau Gothaer Waggonfabrik AG, Gotha	Gothaer Waggonfabrik AG, Gotha
1926	Neckarsulmer Fahrzeugwerke AG, Neckarsulm Schebera Automobilwerke AG, Berlin und Heilbronn	NSU Vereinigte Fahrzeugwerke AG, Neckarsulm Automobilfabrik Heinrich Ehrhardt AG, Zella-Mehlis
1926	Protos-Automobile GmbH, Berlin-Siemensstadt Nationale Automobil-Gesellschaft AG, Berlin-Oberschöneweide	Nationale Automobil-Gesellschaft AG (NAG-Protos), Berlin-Oberschöneweide
1926	Mollwerke AG, Chemnitz und Scharfenstein/Sa. Zschopauer Motorenwerke J. S. Rasmussen AG	Zschopauer Motorenwerke J. S. Rasmussen AG, Zschopau
1926	Adam Opel KG, Rüsselsheim Automobilfabrik Otto Beckmann, Breslau	Adam Opel KG, Rüsselsheim
1926	Dux-Automobil-Werke AG, Leipzig-Wahren Presto-Werke AG, Chemnitz	Prestowerke AG, Chemnitz
1926	Daimler Motoren-Gesellschaft AG (DMG), Stuttgart-Untertürkheim Benz & Cie. AG, Mannheim und Gaggenau	Daimler-Benz AG, Stuttgart, Untertürkheim
1926	Deutsche Kraftfahrzeugwerke AG, Berlin-Spandau Deutsche Industriewerke AG, Berlin	Deutsche Industriewerke AG, Berlin-Spandau
1926	Hessische Automobil- und Maschinen GmbH, Friedberg i. H.	Waggonfabrik Gebr. Gastell GmbH (HAG-Gastell), Mainz-Mombach

Jahr	Fusionierende Firmen	Neue Firma
	Waggonfabrik Gebr. Gastell GmbH, Mainz-Mombach	
1927	Waggonfabrik van der Zypen & Charlier GmbH, Deutz b. Köln Düsseldorfer Bahnbedarf vorm. Carl Weyer & Co., Düsseldorf Waggonfabrik Killing & Sohn, Hagen	Vgte. Westdeutsche Waggonfabriken AG, Deutz b. Köln
1927	Ökonom Großflächenwagen AG, Berlin-Charlottenburg und Dresden Waggon- und Maschinenbau AG, Görlitz	Waggon- und Maschinenbau AG (Wumag), Görlitz
1927	Nationale Automobil-Gesellschaft AG, Berlin-Oberschöneweide Prestowerke AG Chemnitz	Nationale Automobil Gesellschaft AG, Berlin-Oberschöneweide
1927	Autowerke für Lastwagen- und Motor-Omnibusse, Aachen (früher Mannesmann-Mulag AG) Büssing-Automobil-Werke AG, Braunschweig	Büssing Automobil-Werke AG, Braunschweig
1928	Sächsische Waggonfabrik Werdau AG Linke-Hofmann-Werke AG, Berlin Waggon- u. Masch. Fabrik AG vorm. Busch, Bautzen	Linke-Hofmann-Busch-Werke AG, Berlin und Breslau
1928	Karosseriefabrik Neuer & Thieme, Ulm Karl Kässbohrer Fahrzeugwerke GmbH, Ulm/D.	Karl Kässbohrer Fahrzeugwerke GmbH, Ulm/D.
1928	Deutsche Industriewerke AG, Berlin-Spandau Zschopauer Motorenwerke J. S. Rasmussen AG	Zschopauer Motorenwerke J. S. Rasmussen AG, Zschopau
1928	Bremer Wagen- und Karosseriewerke, vorm. Louis Gaertner AG, Bremen Goliath-Werke Borgward & Co. GmbH, Bremen-Hastedt	Goliath-Werke Borgward & Co. GmbH, Bremen
1928	Dixi-Werke AG, Eisenach Cyklon-Automobil-Werke AG, Mylau i. Vgtl. Bayerische Motorenwerke AG, München	Bayerische Motorenwerke AG (BMW), München
1928	Sächs. Waggonfabrik Werdau AG Zwickauer Fahrzeugfabrik vorm. Schumann AG	Sächsische Waggonfabrik Werdau AG, Fahrzeugbau Schumann GmbH, Werdau i. Sa.
1928	Vgte. Westdeutsche Waggonfabriken AG, Deutz b. Köln Waggonfabrik Gebr. Gastell GmbH, Mainz-Mombach	Vgte. Westdeutsche Waggonfabriken AG, Köln-Deutz
1928	Elitewagen AG, Zweigniederlassung Ronneburg/S.-A. Fahrzeugfabrik Carl Richard & Co. GmbH, Ronneburg/S.-A.	Fahrzeugfabrik Carl Richard & Co. GmbH, Ronneburg/S.-A.
1929	Hansa-Lloyd-Werke AG, Bremen-Hastedt Hansa-Automobilwerke AG, Varel i. O.	Hansa-Lloyd-Werke AG, Bremen
1929	Automobilwerke F. Komnick AG, Elbing i. Ostpr. Büssing Automobil-Werke AG, Braunschweig	Büssing Automobil-Werke AG, Werk Osten, Braunschweig
1929	Horchwerke AG, Zwickau Argus-Motoren GmbH, Berlin	Horchwerke AG, Zwickau i. Sa.
1930	Deutsche Lastautomobil AG Ratingen (Daag) Friedrich Krupp AG, Essen	Friedrich Krupp AG Essen, Kraftwagenfabriken
1931	Büssing Automobil-Werke AG, Braunschweig NAG-Lastwagenabteilung, Berlin-Oberschöneweide	Büssing-NAG Vereinigte Nutzkraftwagen AG, Braunschweig
1931	Hansa-Lloyd-Werke AG, Bremen-Hastedt und Varel i. O. Goliath-Werke Borgward & Co. GmbH, Bremen	Hansa-Lloyd- und Goliath-Werke Borgward & Tecklenborg, Bremen
1932	Audi-Werke AG, Zwickau i. Sa. Horch-Werke AG, Zwickau i. Sa. Zschopauer Motorenwerke J. S. Rasmussen AG, Zschopau und Berlin-Spandau Wanderer-Werke AG (Automobil-Abteilung), Siegmar-Schönau b. Chemnitz	Auto Union AG, Chemnitz i. Sa.

Jahr	Fusionierende Firmen	Neue Firma
1934	Karosseriewerke Drauz AG, Heilbronn a. N. Karosserie Alexis Kellner GmbH, Berlin S 42	Karosseriewerke Drauz AG, Heilbronn a. N.
1936	Humboldt-Deutz Motoren AG Köln C. D. Magirus AG, Ulm/D.	Humboldt-Deutz-Motoren AG, Werke Köln und Ulm/D.
1937	Büssing-NAG Vereinigte Nutzkraftwagen KG, Braunschweig und Berlin A. Fross KG, Wien-Brigittenau	Fross-Büssing KG, Wien-Brigittenau
1953	Automobilwerke Ernst Loof GmbH, Veritas Nürburgring/Eifel Bayerische Motorenwerke AG, München	Bayerische Motorenwerke AG, München
1956	Faun-Werke, Nürnberg Ostner-Fahrzeugwerke OHG, Sulzbach-Rosenberg (Opf.)	Faun-Werke Karl Schmidt, Nürnberg
1957	Gottfried Lindner AG, Berlin-Tempelhof Staufen Fahrzeugwerke Eislingen R. Rayer KG, Eislingen (Fils)	Staufen Fahrzeugwerke Eislingen R. Rayer KG, Zweigwerk Lindner, Berlin-Tempelhof
1959	Vgte. Westdeutsche Waggonfabriken AG, Köln-Deutz Vgte. Westdeutsche Waggonfabriken AG, Mainz-Mombach	Klöckner-Humboldt-Deutz AG, Köln
1962	Maybach-Motorenbau GmbH, Friedrichshafen a. Bodensee Industriemotorenbau GmbH (Daimler-Benz AG), Stuttgart	Maybach Mercedes-Benz Motorenbau GmbH, Friedrichshafen a. Bodensee
1963	Dr.-Ing. h. c. F. Porsche KG, Stuttgart-Zuffenhausen Karosseriewerk Reutter & Co. GmbH, Stuttgart	Dr.-Ing. h. c. F. Porsche, Karosseriewerk Porsche GmbH, Stuttgart
1963	Porsche Diesel-Motorenbau GmbH, Friedrichshafen-Manzell Daimler-Benz AG, Stuttgart	Mercedes-Benz Motorenbau GmbH, Friedrichshafen-Manzell
1965	NSU Motorenwerke AG, Neckarsulm Karosseriewerke Drauz KG, Heilbronn a. Neckar	NSU Motorenwerke AG, Neckarsulm
1965	Rheinstahl Hanomag AG, Hannover-Linden Vidal & Sohn GmbH Tempo-Werk, Hamburg-Harburg	Rheinstahl Hanomag AG, Hannover
1966	Mercedes-Benz Motorenbau GmbH, Friedrichshafen-Manzell Maybach Mercedes-Benz Motorenbau GmbH, Friedrichshafen a. Bodensee	Maybach Mercedes-Benz Motorenbau GmbH, Friedrichshafen a. Bodensee
1967	Bayerische Motorenwerke AG, München Hans Glas GmbH, Dingolfing	Bayerische Motorenwerke AG, München
1968	Automobilbau der Rheinstahl-Firmen: Hanomag AG, Hannover-Linden Henschel GmbH, Kassel-Mittelfeld	Hanomag-Henschel Fahrzeugwerke GmbH, Hannover
1969	MAN-Turbo GmbH, München-Allach Maybach-Mercedes-Benz Motorenbau GmbH, Friedrichshafen	Motoren- und Turbinen-Union GmbH (MTU), München und Friedrichshafen
1969	Staufen Fahrzeugwerke Eislingen R. Rayer KG Hubertia Fahrzeugfabrik Hans Morber, Küps/Bay.	Staufen Fahrzeugwerke Eislingen R. Rayer KG, Eislingen (Fils)
1969	Karl Kässbohrer Fahrzeugwerke GmbH, Ulm/D. H. Hummel Söhne Fahrzeugwerk und Maschinenfabrik KG, Blaustein Kreis Ulm	Karl Kässbohrer Fahrzeugwerke GmbH, Ulm/D.
1969	NSU Motorenwerke AG, Neckarsulm Auto-Union GmbH, Ingolstadt	Audi-NSU Auto Union AG, Ingolstadt
1970	Herbert Vidal & Co. Fahrzeug- und Karosseriewerk, Hamburg-Wilhelmsburg Deutsche Fruehauf GmbH & Co. KG, Kassel	Deutsche Fruehauf GmbH & Co. KG, Kassel
1972	Ackermann Fahrzeugbau KG, Wuppertal-Vohwinkel Deutsche Fruehauf GmbH & Co. KG, Neu-Isenburg	Ackermann-Fruehauf GmbH & Co. KG, Neu-Isenburg-Gravenbruch

Nutzfahrzeuge im Jahr 1953

Lastwagen

steller	Typ	Motor: Bauart	Zyl.-Zahl	Hubraum	Leistung	Drehzahl	Verdichtg.	Kühlung	Getriebe	Antrieb	Radaufhängung: vorn	hinten	Bremsen	Reifen	Spurweite: vorn	hinten	Radstand	Gewicht: Eigen-	Lade-	Zulässiges Gesamt-	Höchstgeschwindigkeit	Normverbrauch	Preis
	Kleinlaster bis 1 t																						
'	F 89 L	OR 2	2	684	22	4000	6,8	W	M 4	F	Qf	LI	Ʊ	5,50—16	1328	1390	2750	985	750	1 835	70	8,5	7 115.—
	120 I	O 2	1	118	4	4000	6,3	L	D 2	F	Sch	P	M	4,00—8	—		1570	125			50		1 700.—
	150 I	O 2	1	148	6	4700	6,5	L	M 4		Sch	P	M	4,00—8	—			165		400	60	4,0	2 000.—
	FK 1000	OR 4	4	1172	38	4250	6,8	W	LS 3	N	S	S	Ʊ	6,70—15	1340	1360	2300	1000	1000	2 000	95	9,5	
ath	GD 750	OR 2	2	396	14	3800	6,2	W	M 4	N	L I	S	Ʊ	5,50—16	—	1400	2950	660	750	1 485	60	7	4 155.—
	GV 800 a	OR 2	2	586	21	4000	6,4	W	M 4	N	Qf	S	M	5,50—16	1400	1400	2400	760	850	1 635	75	7,6	5 430.—
rod	Atlas 800H	OR 2	2	662	18	3700	6,1	L	M 3	H	Qf	P	M	5,50—16	1300	1330	2350	915	800	1 695	60	7,7	5 350.—
	Atlas 1000/3	OR 2	3	993	28	4000	6,1	L	M 3	H	Qf	P	Ʊ	6,00—16	1300	1330	2350	985	1 000	2 100	80		
d	LT 500	OR 2	2	386	13	3750	6,9	L	L 3	F	Qf	P	M	5,20—15	1200	1200	2350	555	500	1 055	60	5,7	4 375.—
erbach		OR 4	4	1172	38	4250	6,8	W	M 3	N	S	S	Ʊ	5,50—16	1250	1250	2700	870	750	1 620	75	9	5 635.—
er	Rex 4	OR 4	4	1172	38	4250	6,8	W	MS 4	N	S	S	Ʊ	6,50—16	1470	1470	2800	900''	1 000	1 850	80	10	6 745.—
	150	O 2	1	148	6,5	5000	6,5	L	F 3		T		M	4,00—8	—			180	200	380	55	3,5	1 750.—
po	Boy	O 2	1	244	10	4500	7,3	W	M 3	F	Sch	P	M	4,50—16	—	1370	2870	550	500	1 120	40	6,0	3 350.—
	Hanseat	OR 2	2	398	15	4500	6,8	W	M 4	F	Sch	P	M	5,50—16	—	1370	3170	690	850	1 580	40	6,5	4 150.—
	Matador 1000	OR 2	3	672	26	4500	6,8	W	MS 4	F	Qf	P	Ʊ	6,00—16	1350	1390	2600	990	1 000	2 100	80	9	6 750.—
	500	O 2	1	248	10	3000		L	M 3	N	Sch	S	M	6,00—9	—	1250	2700	370	550		50	5	3 275.—
swagen	Transporter	OR 4	4	1131	25	3300	5,8	L	M 4	H	LI	P	Ʊ	5,50—16	1356	1360	2400	990	760	1 750	80	8,6	6 330.—
	Lastwagen über 1 t																						
ward	B 1500 O	OR 4	4	1758	60	4000	6,4	W	MS 4	N	S	S	Ʊ	6,00—16	1374	1460	3200	1 265	1 600	2 970	90	12,5	
	B 1500 D	DR 4	4	1758	42	3400	19,8	W	MS 4	N	S	S	Ʊ	6,00—16	1374	1460	3200	1 365	1 600	3 065	75	8,4	8 825.—
	B 2000	DR 4	4	3308	60	2600	18	W	M 4	N	S	S	Ʊ	6,00—20	1500	1500	3400	2 085	2 250	4 500	75	9,8	12 175.—
	B 4000	DR 4	6	4962	95	2400	18	W	M 5	N	S	S	Ʊ	8,25—20	1640	1620	4200	3 390	4 100	7 500	75	14,5	17 845.—
nuth	Econom	DR 4	2	2660	33		18,3	L	M 4	N	S	S	Ʊ	7,50—20	1610	1652	3380	3 000	5 000	8 000	40	10,5	14 070.—
ing	4000	DR 4	6	5340	100	2600	14,5	W	L 5	U	S	S	D						4 000				
	6000	DR 4	6	7983	130		21	W	M 5	N	S	S	D	11,00—20	1939	1733	4800	6 300	5 700	12 000	62	21	32 930.—
	8000	DR 4	6	13539	200		21	W	M 5	N	S	S	D	12,00—22	1998	1815	4940	8 320	7 680	16 000	66	26	48 280.—
	12000	DR 4	6	13539	200		21	W	M 5	U	S	S	D	14,00—22	2010	2010	5900	11 000	13 000	24 000	61	32	67 130.—
	F 60 L	DR 4	6	7983	130	2250	18,3	W	M 6	N	S	S	D	11,00—20	2025	1777	5000	6 100	7 400	13 500	65		35 800.—
	L8 L	DR 4	6	13538	180	1800	20	W	M 6	N	S	S	D	12,00—22	2025	1800	5600	7 750	8 250	16 000	60		49 880.—
	FK 2000	OR 4	4	3285	52	2800	4,6	W	MS 4	N	S	S	Ʊ	6,00—20	1670	1652	3404	1 625''	2 000	4 000	85	17	8 385.—''
	FK 3000	OR 4	4	3285	57	2800	4,6	W	MS 4	N	S	S	Ʊ	7,50—20	1640	1652	4013	1 890''	3 000	5 850	70	22,4	9 895.—''
	FK 3500 V8	OV 4	8	3924	95	3500	5,9	W	MS 4	N	S	S	Ʊ	7,50—20	1640	1652	4013	1 945''	3 500	6 150	85	23,6	11 885.—''
	FK 3500 D	DR 4	6	4080	90	3000	15,5	W	MS 4	N	S	S	Ʊ	7,50—20	1640	1652	4013	2 225''	3 500	6 400	90	15	15 530.—''
mag	L 28/1,5 t	DR 4	4	2799	50	2800	20	W	LS 4	N	S	S	Ʊ	6,00—18	1420	1420	3400	2 000	1 800	3 800	75	10	9 730.—
	L 28/2 t	DR 4	4	2799	50	2800	20	W	LS 4	N	S	S	Ʊ	6,00—20	1400	1420	4000	2 240	2 160	4 400	76	11	10 935.—
chel	HS 100	DR 4	6	5429	100	2400	15,6	W	M 10	N	S	S	D	9,00—20	1900	1660	4200	4 550	4 850	9 400	94	15	25 135.—
	HS 115	DR 4	6	6126	115	2500		W	M 10	N	S	S	D	12,00—20	1880	1880	3850	5 250	5 000	10 500	65	18	
	HS 140	DR 4	6	8548	140	2200	15	W	M 8	N	S	S	D	11,00—20	1880	1780	4200	6 350	6 200	12 550	65	22	35 500.—
	HS 170	DR 4	6	11045	170	2000		W	L 10	N	S	S	D	12,00—22	1954	1790	5500	7 100	8 500	16 000	45	26	
ble	K 612 L	DR 4	6	9693	125	1600	18,4	W	M 6	N	S	S	D	11,00—20	2000	1800	4870	6 800	6 400	13 200	60		
	K 631 L	DR 4	6	14330	157	1400	18,1	W	M 6	N	S	S	D	12,00—22	2000	1818	5400	7 650	8 350	16 000	60	31,2	39 875.—
	K 832 L	DV 4	8	19104	210	1400	18,1	W	M 6	N	S	S	D	12,00—22	2000	1818	5400	8 000	8 000	16 000	60	29,8	47 090.—
rus	S 3500	DR 4	4	5322	90	2300	17,3	L	M 4	N	S	S	Ʊ	7,50—20	1800	1615	4200	3 600	3 600	7 200	78	14,2	18 650.—
	S 6500	DR 4	8	10644	175	2250	17,3	L	M 6	N	S	S	D	11,00—20	1910	1780	4800	5 850	6 750	12 600	78	20	35 560.—
	MK 25	DR 4	6	7983	120	2000	17	W	M 5	N	S	S	D	10,00—20	1900	1726	4600	5 600	5 000	10 600	75	18	29 400.—
	MK 26	DR 4	6	8276	130	2000	17	W	M 6	N	S	S	D	11,00—20	1900	1726	4600	5 300	6 500	11 800	77	18,4	32 400.—
	F 8	DR 4	8	11637	180	2000	17	W	M 6	N	S	S	D	13,00—20	2050	1750	4900	7 600	8 400	16 000	60	22,5	46 200.—
edes-	L 3500	DR 4	6	4580	90	2800	19,5	W	M 5	N	S	S	D	7,50—20	1700	1700	3600	2 960	3 500	6 700	80	14,4	16 350.—
:	L 4500	DR 4	6	4580	90	2800	19,5	W	M 5	N	S	S	DƱ	8,25—20	1700	1700	4200	3 250	4 500	7 750	71	14,5	
	L 5500	DR 4	6	7274	120	2100	18,5	W	M 5	N	S	S	D	10,00—20	1865	1726	4600	5 450	5 000	10 450	62	16,7	27 850.—
	L 6600	DR 4	6	8276	145	2100	18,5	W	M 6	N	S	S	D	11,00—20	1890	1755	4600	6 150	6 600	12 750	70	17,5	33 400.—
	Blitz	OR 4	6	2473	58	3700	6,3	W	M 4	N	S	S	D	6,00—18	1425	1420	3300	1 720	1 880	3 600	95	13,5	8 050.—
werke	SW L 50	DR 2	3	4326	120	1800	14	W	M 5	N	S	S	D	10,00—20	1876	1772	4600	5 530	5 000	11 000	61	15	29 900.—
	SW L 60	DR 2	4	5816	160	1800	14	W	M 6	N	S	S	D	11,00—20	1876	1820	4850	6 100	6 500	12 800	65	17,5	35 200.—
	SW L 80	DR 2	6	8724	210	1800	14	W	M 6	N	S	S	D	12,00—22	1976	1828	5650	8 000	8 000	16 000	68	20	50 200.—
po	Matador 1400	OR 2	3	672	28	4500	6,8	W	M 4	F	Qf	P	Ʊ	6,00—16	1350	1390	2600	1 100	1 400	2 500	60	8	7 350.—

Omnibusse

Hersteller	Typ	Motor: Bauart	Zyl.-Zahl	Hubraum	Leistung	Drehzahl	Verdichtg.	Kühlung	Getriebe	Antrieb	Radaufhängung: vorn	hinten	Bremsen	Reifen	Spurweite: vorn	hinten	Radstand	Gewicht: Eigen-	Sitzzahl	Zulässiges Gesamt-	Höchstgeschwindigkeit	Normverbrauch	Preis
Kleinomnibusse																							
DKW	F 89 L	OR 2	2	684	22	4000	6,8	W	M 4	F	Qf	Ll	Ŏ	5,50—16	1328	1390	2750	1 135	8	1 780	70	8,5	8 590
Gutbrod	Atlas 1000/3	OR 2	3	993	28	4000	6,1	L	M 3	H	Qf	P	Ŏ	6,00—16	1300	1330	2350		8	2 100	80		
Volkswagen	Kleinbus	OR 4	4	1131	25	3300	5,8	L	M 4	H	Ll	P	Ŏ	5,50—16	1356	1360	2400	1 010	8	1 750	80	8,6	7 450
Omnibusse bis 2 t																							
Hanomag	L 28	DR 4	4	2799	50	2800	20	W	MS 4	N	S	S	Ŏ	6,00—18	1420	1420	3400	2 625	15	3 800	75	8,5	18 815
Ostner	Rex 4	OR 4	4	1172	38	4250	6,8	W	MS 4	N	S	S	Ŏ	6,00—16	1470	1470	2800	900''	10	1 850	80	10	10 785
Tempo	Mat. 1400	OR 2	3	672	28	4500	6,8	W	M 4	F	Qf	P	Ŏ	6,50—16	1350	1390	2600	—	11	2 650	80	11	12 500
	Mat. Luxus	OR 2	3	672	28	4500	6,8	W	M 4	F	Qf	P	Ŏ	6,50—16	1350	1390	3150		16	2 650	80	11	18 985
Omnibusse über 2 t																							
Borgward	BO 4000	DR 4	6	4962	95	2400	18	W	M 5	N	S	S	Ŏ	8,25—20	1640	1620	5300	2 850''		8 250	75	14,5	18 725
Büssing	4000 T	DR 4	6	5340	100	2600	14,5	W	L 5	U	S	S	D										
	6000 T	DR 4	6	9840	150	2000	20	W	A	U	S	S	Ŏ	11,00—20	1939	1733	5250	7 400		13 600	85	20	
	12000 T	DR 4	6	13539	200		21	W	M 5	U	S	S	L	14,00—22	2008	2110	5250	12 000	48/67	24 000	74	32	
Drauz	Ford	DR 4	6	4080	94	3000	15,5	W	MS 4	H	S	S	Ŏ	8,25—20	1640	1652	5000	4 600	42	7 700	80	15	51 975
Faun	O 7 V	DR 4	6	13538	180	1800	20	W	V 6	N	S	S	D	11,00—20	2025	1776	6000	6 000''	26/20	15 300	85	30	44 000
	O 9 V	DR 4	6	13538	180	1800	20	W	V 6	N	S	S	D	11,00—20	2025	1776	6800	6 000''	60/20	15 300	80	30	44 800
Ford	G 1 Y 9 B	DR 4	6	4080	94	3000	15,5	W	MS 4	N	S	S	Ŏ	8,25—20	1620	1652	4800	2 570''		7 700			19 245
Graaff	Junior Rl	DR 4	6	5429	95	2200	15,6	W	M 5	H	Ql	Ql	Ŏ	9,00—20	2000	2000	4220	3 900	25	6 800	125	12	
Henschel	HS 100 N	DR 4	6	5429	100	2400		W	M 10	QN	S	S	D	11,00—20	1900	1950	4500	3 600''	51	9 800	79	15	
	HS 140 N	DR 4	6	8548	140	2200	15	W	M 8	N	S	S	D	11,00—20	1886	1780	5800	5 200''	70	13 200	85	22	32 275
	HS 200 UN	DR 4	6	13312	200	2000		W	V 6	U	S	S	D	11,00—20	2020	1752	5850	6 000''	65	16 000	80	25	
Käßbohrer	Setra	DR 4	6	5429	95	2200	15,6	W	M 5	H	S	S	D	8,25—20	1900	1660	5000	5 000	36	8 400	86	14	
Krauß-Maffei	KML 90	DR 4	4	5322	90	2300	17,3	L	M 5	H	S	S	D	8,25—20	1800	1615	5000	4 800	42/12	8 700	85	14	50 970
	KMO 160	DV 4	8	10640	175	2250	17,3	L	M 6	H	S	S	D	11,00—20	1936	1786	5750	8 600	48	13 800	80	21	
Magirus	O 3500	DR 4	6	7983	130	2250	17,3	L	M 5	N	S	S	Ŏ	8,25—20	1800	1615	5150	5 920	36/9	8 700	83	18	27 020
	O 3500 H	DV 4	6	7983	130	2250		L	M 5	H	S	S	DŎ	8,25—20	1800	1615	4100	3 150''	36	8 700	83	18	
	O 6500	DV 4	8	10664	175	2250	17,3	L	V 6	H	S	S	D	11,00—20	1937	1793	5700	8 000		13 600	87	20,5	
MAN	MKN 26	DR 4	6	8276	130	2000	17	W	M 6	N	S	S	D	11,00—20	1875	1726	5800	4 600''		11 800	77	18,4	30 900
	MKH 2	DR 4	6	8276	130	2000	17	W	V 6	H	S	S	D	11,00—20	1875	1726	5250	8 350	48	13 500	77	15	68 580
Mercedes-Benz	O 3500	DR 4	6	4580	90	2800	19,5	W	M 5	N	S	S	D	8,25—20	1700	1700	4830	5 650	30	8 500	82	14,8	36 000
	O 6600	DR 4	6	8276	145	2100	18,5	W	M 5	N	S	S	D	11,00—20	1900	1780	5700	7 500	42	12 500	86	18	55 760
	O 6600 H	DR 4	6	8276	145	2100	18,5	W	V 6	H	S	S	D	11,00—20	1900	1765	5480	5 300''	58	13 800	80	21,6	65 500
NWF	Ford	DR 4	6	4080	90	3000	15,5	W	MS 4	H	S	S	Ŏ	8,25—20	1640	1652	5000	4 550	42	7 700	95	16,3	53 800
Südwerke	SW O 60	DR 2	4	5816	160	1800	14	W	M 6	N	S	S	D	11,00—20	1976	1829	5800	8 000	70	12 500	78	17,5	33 900
	SW O 80	DR 2	6	8724	210	1700	14	W	M 6	N	S	S	D	12,00—20	2020	1815	6400		57	16 000	80	26	
	SW O 480	DR 2	4	5816	160	1800	14	W	M 6	N	S	S	D	12,00—22	2020	1828	6800	10 000	60	16 000	76	17,5	41 300

Bedeutung der Kurzzeichen: (Siehe Tabelle auf Gegenseite.)

Bauart: O = Ottomotor, D = Dieselmotor, R = Zylinder in Reihe, V = Zylinder in V-Form, B = Zylinder in Boxer-Anordnung, 4 = Viertakt, 2 = Zweitakt.

Hubraum: Angabe in ccm.

Leistung: Angabe in PS (Höchstleistung).

Drehzahl: Für Höchstleistung in U/min.

Kühlung: W = Wasserkühlung, L = Luftkühlung.

Getriebe: M = Wagenmitte neben Fahrer, L = Lenkradschaltung, A = Schaltung am Armaturenbrett, V = Vorwählung, S = Synchronisation, F = Fußschaltung, D = Drehgriffschaltung, 3 = Dreigang, 4 = Viergang, 5 = Fünfgang, 6 = Sechsgang, 8 = Achtgang, 10 = Zehngang, H = hydraulischer Drehmomentwandler.

Antrieb: N = normale Triebwerksanordnung (Motor im Bug, Hinterachse angetrieben), F = Frontantrieb, H = Heckantrieb, Bim = Bimot.

Radaufhängung: S = Starrachse, Ql = Querlenker, Ll = Längslenker, Qf = Querfeder, P = Pendelachse, T = Teleskopgabel, Sch = Schwinge.

Bremsen: Ŏ = Ŏldruckbremse, D = Druckluftbremse, M = mechanische Bremse.

Spurweiten, Radstand: Angaben in Millimetern.

Gewichte: Angaben in Kilogramm.

Höchstgeschwindigkeit: Angaben in km/std.

Normverbrauch: DAT- bzw. VDA-Angaben in Liter/100 km.

Preis: DAT-Angaben in DM.
O = bezieht sich auf bloßes Fahrgestell.

Internationaler Nutzfahrzeugmarkt

Omnibusse in Deutschland 1982 und 1983

	Produktion		Export		Neuzulassungen[1])		Marktanteil[1]) in %	
	1982	1983	1982	1983	1982	1983[7])	1982	1983
G. Auwärter-Neoplan	867	848	462[3])	299[3])	330	474	6,7	8,9
Daimler-Benz[2])	7 925	7 963	5 906	5 338	2 320	2 478	47,1	46,4
Kässbohrer-Setra	1 849	1 978	1 042	837[7])	929	1 073	18,9	20,1
Iveco/Magirus-Deutz	882	320	826	404[8])	193	84[8])	3,9	1,5
M.A.N.	2 616	2 334	1 887	1 363	956	1 024	19,4	19,1
Übrige Hersteller	11[4])	139[4])	–[4])	–[4])	189[6])	203[6])	(3,8)	(3,6)
E. Auwärter[4])	(114)	(118)	(38)	(40)	76	78	1,5	1,5
Drögmöller[4])	(114)	(111)	(26)	(48)	47	63	0,9	1,2
Vetter[4])	(172)	(150)	(54)	(50)	109	100	2,2	1,9
Insgesamt	14 150	13 511	10 123	8 411	4 917	5 336	100,0[5])	100,0[5])

[1]) Ohne Transporter, Kombi und Kleinbusse, die als Pkw eingestuft werden.
[2]) Ohne Kleinbus-Teilesätze, jedoch mit Fahrgestellen aus Düsseldorf, Mannheim und Wörth.
[3]) Aufbauten für Export von G. Auwärter auf verschiedenartigen Fahrwerken.
[4]) Werden von VDA-Produktions-Statistik nicht ausgewiesen, weil Fremdfahrwerke (wie z.B. Daimler-Benz) zugrunde liegen. In der KBA-Zulassungs-Statistik sind sie jedoch erfaßt.
[5]) Geringfügige Schwankungen durch unterschiedlich aufgebautes Quellenmaterial. VDA = Verband der Automobilindustrie. KBA = Kraftfahrt-Bundesamt.
[6]) Darunter zum Teil als Busse bestellte Ford-„Transit" mit 9 bis 15 Sitzplätzen. Sie entstehen im Rahmen europäischer Fertigungskapazitäten im Ford-Werk Genk/Belgien auf Rechnung von Ford-Köln.
[7]) Zahlen sind nicht vollständig deckungsgleich. Bedingt durch die Investitionshilfe 1983 wurden mehr Omnibusse gekauft als zugelassen. Die Zulassung erfolgte erst im Jahre 1984.
[8]) IVECO-Magirus-Omnibusse werden weiterhin vertrieben und zugelassen. Nach der Schließung des Magirus-Omnibuswerkes Mainz werden sie aus Italien angeliefert.

Weltrangliste der Omnibusse

Hersteller	Produktion 1982	Marktanteil 1982 in %	Produktion 1983	Marktanteil 1983 in %
Toyota (Japan) mit Hino	29 700*)	22,8	24 000*)	20,1
Daimler-Benz	23 800	18,2	21 200	17,7
Ford	14 900	11,4	14 400	12,0
Internat. Harvester (USA)	11 800	9,0	10 300	8,6
General Motors (USA)	9 800	7,6	11 200	9,3
Ikarus (Ungarn)	12 700	9,7	12 000	10,0
Nissan (Japan)	19 450*)	14,8	14 900*)	12,5
Tata-Telco (Indien)	8 600	6,5	11 800	9,8
Addition	130 750	100,0	119 800	100,0

*) Die Zahlen der Japaner enthalten einen großen Teil Fahrzeuge mit weit unter 30 Sitzplätzen. In der Toyota-Gruppe sind rund 4000 Hino-Busse mit mehr als 30 Sitzplätzen enthalten. In der Nissan-Gruppe wird Nissan-Diesel mit zirka 2000 Bussen (mehr als 30 Sitze) ausgewiesen.

Der exakten Übersicht halber ist hier anzumerken, daß in den Zahlen eine ganze Menge transporterartige Kleinbusse enthalten sind und daß bei Ford sowie bei International Harvester auch eine große Zahl von Schulbus-Fahrgestellen mitgerechnet werden. Ikarus hingegen liefert Omnibusse erst von 4,5 Tonnen Gesamtgewicht an aufwärts. Bei der beachtlichen Zahl der Ungarn handelt es sich also um die Produktion ausgewachsener Omnibusse.

Lkw-Produktion ab 6,0 Tonnen zulässigem Gesamtgewicht

Länder/Firmen	Produktion Jahr 1982	Produktion Jahr 1983	Veränd. in % 1982:1983	Anteile in % an EG Jahr 1983	Anteile in % an Westeuropa Jahr 1983
Bundesrepublik Deutschland	150 904[1)]	126 494[1)]	–16,2	50,4	40,[illegible]
Daimler-Benz	113 805	100 008	–12,1	39,9	31,7
M.A.N. inkl. Gemeinschaftsbaureihe mit VW	19 105	15 906	–16,7	6,3	5,0
(davon Gemeinschaftsbaureihe)	(2 782)	(3 154)	+11,3		
IVECO/Fiat und Magirus	17 200	10 006	–41,5	4,0	3,2
Frankreich	38 774	35 414	– 8,7	14,1	11,2
Renault R.V.I.	33 646	29 291	–12,9	11,7	9,3
IVECO/Fiat und Unic	5 094	6 111	+20,0	2,4	1,9
Großbritannien	59 772[2)]	49 244[2)]	–17,6	19,6	15,6
Ford	22 726	17 061	–25,0	6,8	5,4
Bedford/General Motors	16 859	14 724	–12,7	5,9	4,7
BL-British Leyland	11 453	10 365	– 9,5	4,1	3,3
Italien	26 465[3)]	29 728[3)]	+22,8	11,9	9,4
IVECO/Fiat (Fiat, OM)	26 465	29 728	+22,8	11,9	9,4
Niederlande	11 800[4)]	10 000[4)]	–18,4	4,0	3,2
DAF	11 200	9 800	–18,0	3,9	3,1
Schweden	48 351	46 671	– 3,5		14,8
Volvo	30 171	29 928	– 0,8		9,5
Saab-Scania	18 180	16 743	– 7,9		5,3
Spanien	15 725	13 748	– 6,2		4,4
ENASA/I.H.C. (Pegaso, Sava)	8 536	8 603	+ 0,8		2,7
Motor Iberica/Nissan (Ebro, Avia)	4 120	2 692	–11,9		0,9
Hispavinsa/Dodge (Renault)	3 069	2 453	–20,1		0,8
Europäische Gemeinschaft	287 715	250 880	–12,3	100,0	
Westeuropa gesamt	357 857[5)]	315 799[5)]	–11,0		100 0
Japan	202 652	184 922	– 8,7	100,0	
Toyota (Toyota, Hino, Daihatsu)	59 759	50 798	–15,0	27,5	
Isuzu (34% General Motors)	52 856	52 714	– 0,3	28,5	
Nissan (Nissan, Nissan Diesel, Fuji)	49 067	42 359	–13,7	22,9	
Mitsubishi (mit Fuso)	40 085	38 350	– 4,3	20,7	
USA und Kanada (Factory Sales)	173 295[6)]	175 901[6)]	+ 1,5	100,0	
International Harvester	47 196	46 590	– 1,3	26,5	
General Motors[7])	41 090	37 404	– 9,0	21,3	
Ford	39 854	38 800	– 2,6	22,1	
Mack	16 465	14 193	–13,8	8,1	
Kenworth/Paccar	13 461	17 852	+32,6	10,1	
Freightliner/Daimler-Benz	7 721	11 969	+55,0	6,8	

[1)] Einschließlich Sonderfahrzeuge von Faun, Kaelble, Titan, Semex und SFB.
[2)] Einschließlich Sandbach-Foden (Paccar) mit 630 Einheiten ab 15 t zulässigem GG, ERF, Seddon-Atkinson (IH), SD-Shelvoke & Drewry, Dennis und Karrier/Dodge (Renault).
[3)] Offenbar sind Astra (schwere Fahrzeuge) und Man-Meccanica (mittelgroße Gelände-Lkw) in der Gesamtzahl nicht berücksichtigt.
[4)] Einschließlich der aus zugelieferten Komponenten bestehenden Fahrzeuge von FTF, Ginaf und Terberg.
[5)] Zahlen enthalten noch den Ausstoß einer Reihe kleinerer Hersteller wie zum Beispiel SISU in Finnland, Mol in Belgien, Nicolas in Frankreich und Trabosa-TBA in Spanien. Möglicherweise sind hierin auch die Ziffern von Astra und Man-Meccanica aus Italien hinzuaddiert.
[6)] Einschließlich White-Volvo (1983 ab 15 t zul. GG: 5121), Paccar-Peterbilt (1983 ab 15 t zul. GG: 8503), American Motors-General (AM-General)-CCC, FWD und Oshkosh.
[7)] Zur General Motors Corp. (GM) gehören die Lkw und Sattelzugmaschinen herstellenden Bereiche GMC-Truck & Coach Div. und die GM-Chevrolet Div. mit der Abteilung Commercial Vehicles.

Produktion und Absatz der Nutzfahrzeug-Hersteller aus der Bundesrepublik Deutschland

Januar – Dezember 1982 und 1983

		Daimler-Benz		Magirus-Deutz (Iveco)[4])		M.A.N.		VW		Ford (Köln/Genk)[4])		Übrige Hersteller[1])		Insgesamt	
		Januar – Dezember		Januar – Dezember		Januar – Dezember		Januar – Dezember		Januar – Dezember		Januar – Dezember		Januar – Dezember	
		1982	1983	1982	1983	1982	1983	1982	1983	1982	1983[6])	1982	1983[6])	1982	1983
Kfz gesamt[2])	Produktion	182 234[3])	167 852[3])	18 082	10 386	20 013	15 848	139 731	150 083	46 174	34 489	13 148	23 841	419 432	402 499
	Export	123 668	105 248	13 553	6 186	13 459	6 882	81 831	77 902	33 495	22 417	11 496	21 720	277 502	240 395
	Neuzulassungen	55 101	62 353	4 218	3 940	7 455	10 257	54 465	64 521	12 264	12 102	36 805	45 136	170 308	198 009
	Marktanteile %	32,3	31,5	2,5	1,9	4,4	5,2	32,0	32,5	7,6	6,1	21,6	22,8	100,0	100,0
Lkw bis 6 t zul. Ges.-Gew.[2])	Produktion	60 504[3])	59 881[3])	—	—	63	30	137 999	147 592	45 631	34 489	9 638	20 502	253 835	262 494
	Export	33 136	31 379	—	—	267	213	81 831	77 902	33 063	22 417	9 309	20 262	157 606	152 173
	Neuzulassungen	28 685	29 332	299	79	88	114	54 442	64 487	12 181	14 160	30 808	36 006	126 503	144 187
	Marktanteile %	22,7	20,2	0,2	—	0,1	0,7	43,0	44,6	9,6	9,7	24,4	24,8	100,0	100,0
Lkw über 6 t bis unter 16 t zul. Ges.-Gew.	Produktion	50 929[3])	48 120[3])	8 073	5 789	1 946	2 984	1 711	2 422	—	—	—	—	62 082	59 315
	Export	33 305	29 140	4 989	2 107	1 915	1 279	—	—	—	—	—	—	40 209	32 526
	Neuzulassungen	14 483	17 073	2 736	2 714	2 276	3 099	—	—	—	531	2 280	1 796	21 775	25 213
	Marktanteile %	66,5	67,7	12,6	10,8	10,4	12,3	—	—	—	2,1	10,5	7,1	100,0	100,0
Lkw ab 16 t zul. Ges.-Gew.	Produktion	63 513	51 588	9 127	4 277	15 388	10 500	—	—	—	—	794	514	88 822	67 197
	Export	51 321	39 171	7 738	3 675	9 390	4 027	—	—	—		683	372	69 132	47 245
	Neuzulassungen	9 613	14 470	990	1 063	4 135	6 020	—	—	—	102	2 375	2 927	17 113	23 582
	Marktanteile %	56,2	57,1	5,8	4,5	24,1	25,6	—	—	—	0,4	13,9	12,4	100,0	100,0
Omnibusse	Produktion	7 925	7 963	882	320[7])	2 616	2 334	11	69	—	495	2 716	2 825	14 693	14 006
	Export	5 906	5 558	826	404	1 887	1 363	—	—	—	384	1 504	1 086	10 558	8 795
	Neuzulassungen	2 320	2 478	193	84[7])	956	1 024	23	34	83	105	1 342	1 611	4 917[5])	5 336
	Marktanteile %	47,2	46,4	3,9	1,6	19,4	19,2	0,5[5])	0,6[5])	1,7[5])	2,0[5])	27,3[5])	30,2	100,0	100,0

[1]) Einschließlich bestimmter Typen (Zugmaschinen, Autokranfahrgestelle) der Schwerfahrzeughersteller Faun, Kaelble, SFB und Titan.
[2]) Einschließlich Transporter-Kombi und Kleinbusse.
[3]) Einschließlich der als Lkw zugelassenen Unimog.
[4]) Einschließlich der Fahrzeuge, die im Rahmen europäischer Fertigungskapazitäten auf Kosten und Rechnung der jeweils deutschen Gesellschaft entstehen und durch diese im Inland vertrieben oder ins Ausland exportiert werden.
[5]) Als Kraftomnibusse mit mehr als 8 Personen zugelassen.
[6]) Produktions- und Exportziffern zwischen Ford-Köln/Genk, übrigen Herstellern und Gesamtzahlen nur bedingt vergleichbar wegen Verschiebungen in statistischer Basis.
[7]) IVECO-Magirus-Omnibusse werden weiterhin vertrieben und zugelassen. Nach der Schließung des Magirus-Omnibuswerkes Mainz werden sie aus Italien angeliefert.

Register

Firmen

Das Register teilt sich in ein Verzeichnis der Firmen und ein Verzeichnis der Personen. Nicht berücksichtigt wurden die im Anhang erwähnten Firmen und Personen. Der Übersichtlichkeit wegen sind die vielfältigen Verflechtungen der Automobil- und anderer Firmen im Register nicht aufgeschlüsselt. So sind beispielsweise die Firmen Daimler-Motoren-Gesellschaft, Daimler-Benz AG, Daimler Motor Company Ltd. und Mercedes-Benz dem gemeinsamen Stichwort Daimler zugeordnet.

Personen

Literatur

Betz, L.: Spezial-Lastautomobile. 4 Bde. Berlin 1927–1931
Fiedler, Kurt-Götz: Die Kraftfahrzeuge. Gießen 1937
Georgano, G. N.: The Complete Encyclopedia of Commercial Vehicles. Iola, Wisconsin 1979
Hartmann, Hellmut, u. a.: Autobusse im Linienverkehr. Düsseldorf 1978
Kieselbach, Ralf J. F.: Stromlinienbusse in Deutschland. Stuttgart 1983
Oswald, Werner: Kraftfahrzeuge und Panzer der Reichswehr, Wehrmacht und Bundeswehr. Stuttgart 1982
Schildberger, Friedrich: Mercedes-Benz. 75 Jahre Nutzfahrzeugentwicklung. Stuttgart 1971
von Seherr-Thoss, H. C. Graf: Die deutsche Automobilindustrie. Stuttgart 1974
Spielberger, Walter J.: Die Motorisierung der deutschen Reichswehr. Stuttgart 1979
Windecker, Carl Otto: Kraftfahrzeug-Typen. Bd. 2. Hannover 1948
Sommer, Rainer (Hg.): Reichsautobahnen. Pyramiden des Dritten Reiches. Marburg 1982
Das Kraftfahrzeug der Gegenwart, Universalhandbuch des deutschen Automobilwesens. Berlin 1927

Zeitschriften:
Der Großkraftwagen. Berlin, Jahrgänge 1936 und 1937
Last-Auto und Omnibus. Stuttgart, Jahrgänge 1949 bis 1985
Historischer Kraftverkehr. Schwieberdingen, Jahrgänge 1982 bis 1985

Bildnachweis

Borstel, Peter 74/75
Buscher, Hellmut 16, 27, 28/29, 30, 31, 41, 42/43, 46, 47, 52/53, 68 (o.), 73, 77 (o.), 79, 93 (u.), 94/95, 96/97, 98/99
Citroën 58/59, 60/61, 62/63
Daimler-Benz 6/7, 10/11, 12, 14/15, 18, 19, 25, 48, 65, 88/89, 90/91 (u.), 112/113 (u.), 149, 156
Dittmar, Wolfgang 154/155
Eliasmöller, Wilhelm 50/51, 64, 68 (u.), 72, 86/87, 162/163
Haller Fahrzeugbau 44/45, 77 (u.), 84/85, 120/121
Helsper, Reinhard 117 (o.)
Iveco Magirus 75, 87, 90/91 (o.), 92, 105, 110/111, 118/119, 144, 150
Kässbohrer 100, 104, 107, 108, 109
Lachnit, Werner 21, 37, 40, 106, 112/113 (o.), 120/121, 125
Lintelmann, Reinhard 33, 34, 35, 36, 39, 129, 131 (u.), 133, 136, 137, 138/139
MAN 22, 24, 95
Otto, Klaus 114/115
Rabe, Klaus 16/17, 38, 76, 80, 82/83, 117 (u.), 123, 132, 157, 158/159, 160
Scania 164
Schmidt, Steve St. 69, 78/79, 101, 130, 131 (o.), 140/141, 142/143
Schubert, Claus 146/147
Ullstein Bilderdienst 20, 54/55, 56, 66/67
Wehn, Harald 93, 134, 135